本书得到四川大学中国俗文化研究所资助

百川文库·两宋文学文化研究丛书

# 南宋江湖诗派的群体性与地域性考察

孙 培 ◎ 著

## 图书在版编目（CIP）数据

南宋江湖诗派的群体性与地域性考察 / 孙培著. —成都：四川大学出版社，2023.2
（百川文库. 两宋文学文化研究丛书）
ISBN 978-7-5690-6030-0

Ⅰ. ①南… Ⅱ. ①孙… Ⅲ. ①江湖诗派－研究－中国－南宋 Ⅳ. ① I207.209

中国国家版本馆 CIP 数据核字（2023）第 029957 号

| 书　　名： | 南宋江湖诗派的群体性与地域性考察 |
| --- | --- |
| | Nansong Jianghu Shipai de Quntixing yu Diyuxing Kaocha |
| 著　　者： | 孙　培 |
| 丛 书 名： | 百川文库・两宋文学文化研究丛书 |

---

丛书策划：欧风偃　王　冰
选题策划：罗永平
责任编辑：罗永平
责任校对：毛张琳
装帧设计：墨创文化
责任印制：王　炜

---

出版发行：四川大学出版社有限责任公司
　　　　　地址：成都市一环路南一段 24 号（610065）
　　　　　电话：（028）85408311（发行部）、85400276（总编室）
　　　　　电子邮箱：scupress@vip.163.com
　　　　　网址：https://press.scu.edu.cn
印前制作：四川胜翔数码印务设计有限公司
印刷装订：成都市新都华兴印务有限公司

---

成品尺寸：170mm×240mm
印　　张：11.5
插　　页：2
字　　数：198 千字

扫码获取数字资源

---

版　　次：2023 年 7 月 第 1 版
印　　次：2023 年 7 月 第 1 次印刷
定　　价：62.00 元

四川大学出版社
微信公众号

---

本社图书如有印装质量问题，请联系发行部调换

**版权所有 ◆ 侵权必究**

# 目 录

绪 论 ............................................................................ 1
第一章 江湖诗派诗人的社会身份、生存状况与交游模式 ... 12
  第一节 江湖诗派诗人的社会身份 ........................................ 12
  第二节 江湖诗派诗人的生存状况 ........................................ 27
  第三节 居住与游走：江湖诗派的交游模式 ........................... 38
第二章 两浙东西路江湖诗派诗人酬唱圈 ................................. 50
  第一节 浙东永嘉酬唱交游圈 ................................................ 50
  第二节 浙西临安酬唱交游圈 ................................................ 69
  第三节 游谒与山林：戴复古、李龏的酬唱交游活动 ........... 78
  第四节 两浙东西路其他地域酬唱交游活动 ........................... 87
第三章 福建路江湖诗派诗人酬唱圈 ........................................ 96
  第一节 莆田联谊：刘克庄的地域影响 .................................. 96
  第二节 胡仲弓、仲参兄弟酬唱交游圈 ................................ 125
  第三节 福建路江湖诗派其他诗人交游情况 ........................ 130
第四章 江南东西路、淮南东路江湖诗派诗人酬唱交游活动
    .................................................................................... 135
  第一节 江南西路酬唱交游活动 .......................................... 135
  第二节 江南东路酬唱交游活动 .......................................... 150
  第三节 淮南东路酬唱交游活动 .......................................... 157

**第五章　江湖诗派的酬唱联谊网络** …………………… 161
　**第一节**　游走促进多地域间酬唱 ……………………… 161
　**第二节**　错综复杂的唱酬交游网 ……………………… 168
**结　语** ……………………………………………………… 173
**参考资料** …………………………………………………… 176

# 绪 论

江湖诗派大约兴起于 13 世纪初,诗派之名源自书商陈起在宋理宗宝庆元年(1225)刊刻的《江湖集》,陈起将当时一些较有名气的诗人的诗作编纂成集,在社会上刊印发行。历经"江湖诗祸"的沉寂之后,陈起又陆陆续续编辑出版了江湖诸集,被学界认为是江湖诗派形成的重要诗集。

在清初之前,学界在论述晚宋时期诗坛现状时往往用"江湖诗友""江湖诗人"诸如此类的词语来指代南宋后期这一诗人群体,关注点也在他们的诗歌风格上。清初,"诗派"一词逐渐被提及,但虽名为诗派,所关注的依然是诗歌风格。民国时期,在提及"江湖诗派"时,学者们除了关注风格,还将它与陈起所编诸集联系起来,将诗集的刊刻出版作为"江湖诗派"的必要条件。[①] 20 世纪 80 年代以来,江湖诗派备受学界重视,有不少研究专著和论文问世,对江湖诗派的认识也更为明晰。

江湖诗派是南宋中后期人数最多的诗歌流派。从 20 世纪 80 年代以来,对江湖诗派的研究主要集中在以下几个方面:对江湖诗派诗歌选集、诗派成员的诗词文集的点校、注释、整理研究;对江湖诗派的整体研究,包括江湖诗风、诗派形成背景的考察等;对江湖诗派成员的个案研究,包括作家生平、诗词文等的研究。下面仅就重要专著、论文进行评介。

第一类是江湖诗派诗歌选集类著作。牛鸿恩《永嘉四灵与江湖诗派选集》(首都师范大学出版社 1993 年版)一书选编了永嘉四灵与江湖诗派部分诗作,值得注意的是该书把永嘉四灵与江湖诗派并列,由此可看出,牛鸿恩对永嘉四灵是否归属江湖诗派持有异议。胡俊林《永嘉四灵暨江湖派

---

① 参见侯体健:《士人身份与南宋诗文研究》,复旦大学出版社 2019 年版,第 14—27 页。

诗传》（吉林人民出版社 2000 年版）则认同永嘉四灵暨江湖诗派，全书分为绪论和诗选两部分，绪论部分简要评价永嘉四灵和江湖诗派诗，诗选分为永嘉四灵诗作和江湖诗派诗作两部分，并对诗歌进行点校、注释。但既然书名是《永嘉四灵暨江湖派诗传》，在诗选部分又把两者区分开来，可见他虽然认可永嘉四灵属于江湖诗派，但认为二者还是有较大的区别。赵平《永嘉四灵诗集》（浙江大学出版社 2010 年版）校点了永嘉四灵的诗作，并在附录中整理、搜集涉及永嘉四灵的碑铭行状、提要著录、序跋题记、酬唱题咏、历代汇评等内容，可谓永嘉四灵资料的汇总。

　　第二类是对江湖诗派的整体研究，包括诗派形成背景、江湖诗风等方面的考察，此类著作以张宏生《江湖诗派研究》（中华书局 1995 年版）为代表。《江湖诗派研究》是一部系统地研究江湖诗派的专著，把江湖诗派当作一个整体来分析诗派的形成因素、生活状况、诗歌的主体取向、审美情趣、诗歌渊源等，并对江湖诗派中成就较大的作家——刘过、姜夔、戴复古、刘克庄、方岳等人的诗歌做个案研究。在附录中，还逐一考证了江湖诗派成员、江湖诗祸、诗派成员的谒客身份、陈起的交友，依据其标准确定了江湖诗派的 138 位成员，并考证了诗派成员的生平履历。此书提出了很多真知灼见，比如在江湖诗派形成因素中特意指出陈起的组织作用和刘克庄的领袖作用；在江湖谒客的问题上指出谒客这一阶层属于非仕非隐的社会力量，是传统文化的倾斜，影响了诗歌的地位，使"诗歌由对政治的依附，转为兼对经济的依附"[①]。

　　张瑞君《南宋江湖派研究》（中国文联出版社 1999 年版）一书，对江湖派的界定、江湖派的形成与发展，理学、老庄、禅学对江湖派精神心理与创作的影响等问题进行了深入讨论，开拓了江湖诗派研究的新视角，比如在江湖诗派的形成和发展上，以嘉定末年为界，将江湖诗派分为前期发轫期和后期兴盛期，并对前后期的主要诗人身份进行了概括，把江湖诗派的研究推进到一个新的领域。

　　陈书良《南宋江湖诗派与儒商思潮》（甘肃文化出版社 2004 年版）从商业市场经济入手研究江湖诗派成员的生存方式——干谒，也是受商业活动的影响来分析江湖诗派之"俗"。他的另一本著作《江湖——南宋"体

---

[①] 张宏生：《江湖诗派研究》，中华书局 1995 年版，第 38 页。

制外"平民诗人研究》(中国国际广播出版社 2013 年版)把江湖派诗人定义为体制外的平民诗人,主要涉及江湖游士、永嘉四灵、陈起、刘克庄等诗人,并对江湖诗风及其入元后的诗歌流变加以考证,且不说作者对"体制外"的定义是否准确,但此书无疑为江湖诗派的研究提供了新的视角。

侯体健《士人身份与南宋诗文研究》(复旦大学出版社 2019 年版)、戴路《南宋理宗朝诗坛研究》(复旦大学出版社 2020 年版)均部分涉及江湖诗派,前者第一章第一节探讨了"江湖诗派"的概念以及它在南宋诗坛的关系,后者在论述地方文人和江湖游士诗歌创作时涉及了诗派成员。虽然是对南宋诗坛、文坛的整体考察,但为江湖诗派的研究提供了新的视角。

此外,还有一些论文对江湖诗派也有深入研究:叶帮义、胡传志《20 世纪 80 年代以来的江湖诗派研究》(《阴山学刊》2004 年第 1 期)一文总结了 1980 年至 2004 年间学界对江湖诗派的研究成果,主要论及了十余篇文章,如 20 世纪 90 年代学者对江湖诗派形成及界定的研究,张瑞君《〈江湖集〉、〈江湖前后续集〉的刊行及江湖派的界定》(《文献》1990 年第 1 期)、胡益民《关于江湖派的鉴别标准与"江湖诗人名单"》(《江淮论坛》1990 年第 5 期)、张继定《论南宋江湖派的形成和界定》[《浙江师大学报(社会科学版)》1994 年第 1 期]等,在江湖诗派的形成时间及江湖诗派成员的界定上见仁见智,依据各自标准界定了江湖诗派的人数,如张瑞君认为江湖诗派成员有 119 人,张继定界认为江湖诗派成员 140 余人,虽然在人数上有所不同,但他们的标准大多得到了学界的认可。

在江湖诗派形成背景方面,社会背景、经济基础也是学者们关注的重点。陈书良《试论书商陈起对南宋江湖诗派的作用》(《湖南商学院学报》2004 年第 4 期)认为江湖诗派产生的动力之一在于书商陈起的商业运作,陈起有诗人、书商等多种身份,他和江湖派诗人交往酬唱,刊刻、出版其诗集,引领江湖诗派的诗歌导向。费君清《诗工命穷——论南宋江湖诗人的悲剧人生》探讨了江湖诗人诗工命穷背后的原因:一是诗人自身,如没有显赫的家世、缺乏恒产、不愿走科举之路、嗜吟成癖、拙于生计,等等，二是南宋封建王朝的腐朽黑暗与统治者的压制与摧残。① 耿春红《经济依附与职业独立——南宋江湖诗派个案研究》从南宋江湖诗派诗人的谋生手段谈起，认为发达的商品经济及社会观念的转变对于士子生活道路的改变尤为重要："一是文学对经济的依附；二是文人的职业独立，且对文学艺术活动产生着直接的影响。"② 曾维刚《论南宋中兴时期江湖诗人产生的社会文化基础》从社会角度来考察，得出江湖诗派在南宋中兴时期产生的社会基础，认为"对江湖诗人及其文学创作的历史风貌、时代内涵、文学史地位等问题，还需要突破南宋后期这一时间界域，放到更为深远的历史时空中进行新的审视和思考"③。

对江湖诗风的考察，王次澄《宋遗民诗歌与江湖诗风——以连文凤与方凤诗歌为例》（首届宋代文学国际研讨会论文集，复旦大学出版社2001年版），以连文凤、方凤为例来考察宋遗民诗歌对江湖诗风的继承与发展。白爱平《江湖诗派的姚贾余绪》［《苏州大学学报（哲学社会科学版）》2011年第5期］是对江湖诗派诗风的再讨论，认为江湖诗派是对姚贾诗风的继承，也有部分诗人出自姚贾和江西诗风。钱志熙《论〈千家诗选〉与刘克庄及江湖诗派的关系》［《北京大学学报（哲学社会科学版）》2013年第2期］通过《千家诗选》与刘选唐宋绝句六种的关系分析，认为前者在刘选六种的基础上选编而成，是反映江湖诗派后期诗学观念的通俗性唐宋诗选本，对后世影响甚大，《千家诗选》是南宋后期以江湖诗派为主流的诗坛对唐宋诗史的一次重新建构；此外，还分析了江湖诗派在发展中的变化，以及对永嘉四灵的继承与发展。也有学者分析了南宋中后期士人阶层的分化对"宋调"的影响④等。

江湖诗派的个案研究集中在主要诗人身上：永嘉四灵、刘过、戴复古、姜夔、刘克庄等，涉及专书十几种，论文40余篇。无论是把江湖诗派作为整体来研究，还是选取其中某个作家，对江湖诗派的把握主要从诗

---

① 参见费君清：《诗工命穷——论南宋江湖诗人的悲剧人生》，《浙江大学学报（人文社会科学版）》2005年第6期，第143页。

② 耿春红：《经济依附与职业独立——南宋江湖诗派个案研究》，《河北师范大学学报（哲学社会科学版）》2008年第3期，第87页。

③ 曾维刚：《论南宋中兴时期江湖诗人产生的社会文化基础》，《兰州大学学报（社会科学版）》2010年第4期，第40页。

④ 常德荣：《南宋中后期士人分化与诗坛新变》，《社会科学研究》2013年第3期。

词文的创作成就去考察，同时研究者也注重从新的视角出发，考察江湖诗派作为一个独特流派在南宋诗史甚至整个古代诗史中的地位。

作为南宋中后期对诗坛影响很大的诗歌群体，虽然江湖诗派这一提法已经被绝大多数学者接受，并进行了深入的研究，但也有部分学者对江湖诗派是否自成一派持有不同看法，特别对诗派包括多少位成员未有确切的定论。

学者们对江湖诗派成员以及是否成独立诗派持不同意见。刘毅强在《南宋"江湖诗派"名辨：简论江湖诗派不足成派》[①]中认为江湖诗派之所以不能成派，首先是因为江湖诗派成员间缺乏一种比较集中和稳定的交往方式。史伟、宋文涛在《"江湖"非"诗派"考论》一文中对江湖诗派是否为文学意义上的"诗派"提出了质疑，认为江湖诗人是作为社会群体而存在的，并通过搜集史实来证明南宋诗坛上并不存在江湖诗派，虽然四库馆臣明确以"江湖"为诗派，但南宋江湖诗人群体不是以诗歌为中心和纽带的诗人群体，而是一个社会群体，是一定历史背景下的社会现象[②]。内山精也在第六届宋代文学国际研讨会上发表了《宋诗能否表现近世》一文，该文第七、八部分对江湖诗派138位成员的社会阶层按照籍贯统计分类，得出"'江湖派'名副其实，由处在士大夫阶层周边位置的诗人或在野诗人构成"[③]，具有浓郁的地域特色，同时把江湖诗派与江西诗派做比较，肯定了江湖诗派的横向联系，但在纵向联系上则认为公认的诗派领袖刘克庄对一些诗派成员缺乏认同感，或许并不能称之为领袖，"当时并不存在一个能称之为'江湖诗派'的诗派"[④]。

季品锋《江湖派、江湖体及其他》结合《钱锺书手稿集·容安馆札记》的资料考察江湖诗派，辨析了江湖派诗人和江湖诗人的区别，对江湖体诗人是否属于江湖派依据钱锺书提出的"江湖体"甄别江湖诗派成员。不过在考察某个诗人是否入江湖诗派时，季品峰的着力点除"江湖体"这一作

---

① 刘毅强：《南宋"江湖诗派"名辨：简论江湖诗派不足成派》，《华东师范大学学报》1993年第3期。
② 参见史伟、宋文涛：《"江湖"非"诗派"考论》，《社会科学家》2008年第8期。
③ 内山精也：《宋诗能否表现近世》，参见周裕锴编纂：《第六届宋代文学国际研讨会论文集》，巴蜀书社2011年版，第254页。
④ 内山精也：《宋诗能否表现近世》，参见周裕锴编纂：《第六届宋代文学国际研讨会论文集》，巴蜀书社2011年版，第255页。

品特征外,还注重作家的交游唱酬情况,"'江湖体'也非判断的充分条件,上面提到的那些'江湖体'诗人,是否归属'江湖诗派',还得考察作家的身份、交游等情况"①,同时还探讨了江湖诗派与江西诗派的关系。张瑞君的《南宋江湖诗派研究》②一书认为方岳不应列入江湖诗派,主要原因在于方岳诗不入江湖诗集且他与江湖诗派成员酬唱较少,故不应列入。

值得注意的是,在上述两类观点中,认为不足以成派的学者认为,江湖诗派成员间没有稳定的交往方式,而认可江湖诗派的学者在鉴别作家是否列入江湖诗派时,把与江湖诗派主要人物的酬唱交流作为一条重要依据。这里的主要人物有诗坛名家刘克庄、姜夔、戴复古等人,还包括江湖诗集的刊印者陈起。可见,作家之间的酬唱交游对一个诗派来说是非常重要的。

诸多学者在界定江湖诗派成员时,也注意到了作家间的酬唱交游关系。梁崑在《宋诗派别论》一书中认定诗派成员109人中,"江湖诗人非隐士布衣即不得志之末宦,登显禄者极少,其诗体本不尽同,惟以家国不宁,进退无据,乃结友招群,推盟首,主宗主,唱和酬咏,消磨岁月,无形中成为一种风气,当时有陈起与江湖诸人相友善,于是刊售《江湖诗集》《续集》《后集》等书,后人以《江湖集》内诗气味皆相似,故称之曰江湖诗派"③。这段文字中,他提到了诗人社会身份、唱酬关系、江湖诸集、诗歌风格这几点,可看作认定江湖诗派成员的标准。张瑞君考证了《江湖集》《江湖前后续集》的刊行流传和编纂者、编纂情况,依据诗歌是否入江湖诸集以及诗人间的唱酬关系,确定了江湖派成员名单,共有119人。④ 张继定在《论南宋江湖派的形成和界定》一文中提出了界定江湖诗派成员的五条标准:"(一)江湖派诗人应该是生活在南宋中后期的江湖诗人。他们具有一般江湖诗人所共有的属性和'江湖味'。(二)他们大多具有爱国忧民思想和对政治腐败、社会黑暗的不满情绪。(三)他们的诗大体能跳出江西诗风和四灵诗风的圈子,在诗体和写法方面取径较宽,自具

---

① 季品峰:《江湖派、江湖体及其他》,《文学遗产》2006年第4期,第25页。
② 张瑞君:《南宋江湖诗派研究》,中国文联出版社1999年版。
③ 梁崑著:《宋诗派别论》,商务印书馆1942年版,第145页。
④ 张瑞君:《〈江湖集〉、〈江湖前后续集〉的刊行及江湖派的界定》,《文献》1990年第1期,第36页。

一种风貌。（四）有诗入选《江湖集》丛刊而其风格的主要方面有别于江西诗派和永嘉四灵的。（五）与江湖派的元老、领袖和代表人物如刘过、姜夔、刘克庄、戴复古和陈起等人中的一二位，有过交游、结社或诗书联系，而又与他们文学主张和诗风相通或相近的江湖诗人。"① 且认为第一条和第三条是最基本的，他依据江湖诗派的相关选集选出140余人，但这140余人并非全部符合上述标准，也有一些诗人应属于江湖诗派而没被列入，不过他并没有确定最后的成员。张宏生在《江湖诗派研究》中归纳了五条江湖诗派成员的标准②：①社会地位；②活动时间在嘉定二年（1209）以后；③作品为所有或大部分江湖诗集所收录；④与陈起有酬唱；⑤传统看法（文学史上认为属于江湖诗派的，比如刘过、方岳等），并依据这五条标准确定了138人为江湖诗派成员，且在附录中对每位成员的生平著作做了简要的梳理。张宏生提出的这五条标准中，第3条是前几位研究者一致认定的重要依据，并且他也肯定了诗派成员间的酬唱交游，但和张继定的标准相比也存在显著的区别：张继定的第2、3条标准侧重从诗歌内容、思想和风格出发，而张宏生则更看重诗人的社会地位。

　　仔细分析不难得出，诸位学者在区分江湖诗派成员时涉及的标准有时间、社会身份、作品收录、诗歌风格、酬唱交游五个方面：活动时间在嘉定二年（1209）以后或者南宋中后期，社会地位较低，诗歌被江湖诗集收录，诗歌具有"江湖味"，与江湖诗派的主要人物陈起、刘克庄、戴复古等人有酬唱交游，符合这些条件的可归入江湖诗派。但也有学者认为既然以严格的文学流派标准衡量，无法定位"江湖"是"诗派"，那么再纠结诗派成员多少是矛盾之举。针对具体的诗人是否入江湖诗派，也不用拘泥于诗歌是否入江湖集，而要参考诗风与身份，"当视其为一个动态不居的文学派别，成员可进可出，随着诗人的主流诗风和社会身份的改变而改变，是一个诗风相对稳定、人员构成有所变化的文学群体"③。

　　王水照、熊海英在《南宋文学史》中说："这群'江湖之士以诗驰誉者'，并世而居，但互不相交或交往不密，依靠陈起有组织的刻印诗集而汇

---

① 张继定：《论南宋江湖派的形成和界定》，《浙江师大学报（社会科学版）》1994年第1期，第9页。
② 张宏生：《江湖诗派研究》，中华书局1995年版，第296—297页。
③ 参见侯体健：《士人身份与南宋诗文研究》，复旦大学出版社2019年版，第29—30页。

聚成一个特殊的集合体。他们原只是一个社会群体，并非严格意义上的'诗派'。一般研究者认为他们组成了'江湖诗派'，且谓其命名之由在于陈起刻印《江湖集》。然而，实际情况恰恰相反：由于社会上先已分散存在一群'以诗驰誉'的'江湖之士'，陈起遂顺理成章地把他们的诗集统一名之为《江湖集》；但如果没有陈起这一顺应潮流的创新举措，这群'江湖之士'还是一盘散沙，无法产生影响社会、影响诗坛的重要力量……陈起的书坊变成了这批民间诗人们凝聚的纽带和交流的平台。"①

诚然，在南宋中后期，是存在这样一个诗人群体的，他们诗歌风格相似，互相也有酬唱交游，因陈起的组织联络而成为一个特殊的集合体，对社会、诗坛产生重要影响。但除了陈起，这个诗人群体的交往情况是怎样的呢，是否还有其他诗人对诗派的形成产生了影响？在诸多江湖诗派的研究中，大家均看到了酬唱交游对江湖诗派形成的作用，甚至将其当作界定诗派成员的标准之一，所以考察江湖诗派的酬唱交游情况是有必要的。现今对江湖诗派酬唱交游的考察多见于个案研究，还有待进一步挖掘，对江湖诗派做群体性和地域性考察，以呈现江湖诗派酬唱交游的整体风貌。

吕肖奂、张剑《酬唱诗学的三重维度建构》一文从关系本位出发，对酬唱诗做了界定："除了独抒情志的孤吟或独吟诗歌，一切与人际关系相关的诗歌都是酬唱诗歌。换种说法，酬唱诗歌就是诗人之间各种关系的艺术或诗意书写，也就是既具有交流性而更具有交际性的诗歌。"② 并提出酬唱诗学的三重维度，即文学维度、社会学维度、文化维度。

三重维度是研究酬唱诗的立足点，也是研究的意义所在。文学维度主要研究酬唱诗的本质、价值取向、艺术表达等内容，酬唱诗因产生的原因、条件等不同于独吟之作而独具审美魅力，与独吟诗歌一起作为诗人创作的结晶也应受到相当的重视。酬唱诗不仅是诗人日常生活诗意化的完整记录，同时又是诗人社会交际生活的体现，是诗人社会交往的一部分，这也正是社会学的研究意义。通过对诗人社会身份、社会心态、社会关系、

---

① 王水照、熊海英：《南宋文学史》，人民出版社 2009 年版，第 6—7 页。
② 吕肖奂、张剑：《酬唱诗学的三重维度建构》，《北京大学学报（哲学社会科学版）》2012 年第 2 期，第 71 页。

社交活动等内容的考察，诸如论诗、游乐、宴饮、集会、诗社等活动，酬唱诗扮演着公共空间领域内的交际功能，个体与他人间互相酬唱往来的过程即展现了诗人社会生活的方方面面。酬唱诗的研究还具有文化学意义。诗人的文化素质、文化影响往往在酬唱活动中体现出来，故对酬唱诗歌进行考察不仅能让我们清晰地了解诗人的文化素质，同时也可考知诗人的文化影响力。此外，诗人间的酬唱交往还具有丰厚的文化内涵，比如题跋、题序等体现出的社交礼仪文化，馈赠物品、食物体现出来的馈赠文化与饮食文化等。

因此，本书对江湖派诗人酬唱诗的统计与研究将参照二位学者的成果，采用广义的范畴，涵盖了酬唱诗歌的多种类型，对江湖诗派的酬唱诗作全面分析与解读，目的在于找出江湖诗派成员酬唱活动的特点，彰显其特色，这恰恰是江湖诗派在南宋文坛的独特之处。作为一个人数众多的诗歌流派，江湖诗派并没有提出明确的诗歌主张，也未像江西诗派那样以宗派图来排列谱系，加上成员众多，诗歌风格迥异，诗人又分散地居住在各地，所以自被称为诗派起便受到不少学者的质疑，主要原因在于江湖诗派成员间无稳定而集中的联系。陈起对诗派的形成有功，各位学者也看到了他对诗派的组织作用，但对一个庞大的诗派而言，仅强调陈起编纂刊刻江湖诗集是不够的。陈起现存诗150余首，这个数量在江湖诗派诗人中也不是很多，和他交游酬唱的江湖派诗人有40余位[1]，那么其他近百位诗人的酬唱交游情况如何呢？所以与江湖诗派的主要诗人有酬唱交游亦被纳入诗派标准。确实，江湖诗派之所以成为一个流派也并非陈起一人之功，其间涉及多位主要诗人，不应忽视他们对诗派形成的作用。

如果深入地考察每一位诗人的诗作，不难发现诸多诗人之间也是有着千丝万缕的联系，酬唱诗歌正是他们互相联系的凭证。内山精也肯定了江湖派成员间的横向联系，通过对诗派成员籍贯的分析得出江湖诗派以浙江为中心，辐射福建、江西、江苏等地[2]。事实上，江湖派诗人也确实如此。可以说，正是酬唱交游把散布在南宋东南部的大多数诗人联系起来，

---

[1] 参见张宏生：《江湖诗派研究》，中华书局1995年版，第371—398页。
[2] 参见内山精也：《宋诗能否表现近世》，参见周裕锴编纂：《第六届宋代文学国际研讨会论文集》，巴蜀书社2011年版，第254页。

成为一个在南宋中后期占据绝对人数的诗歌流派。

同时,对酬唱交游的考察也不应仅仅局限在江湖诗派诗人之间,而应扩大到和江湖派诗人交往的官僚、布衣文人、僧道等社会各个阶层的人士,希望通过这样的分析能对江湖派诗人的交游做全面的梳理,进而从更为开阔的角度来认识江湖诗派及其诗歌创作。

关于江湖诗派酬唱诗,并没有一个收集各位诗人酬唱诗的总集,就以江湖诗派的领袖刘克庄为例,其子所编的《后村先生大全集》并未对唱酬之作进行分门别类地划分,更别说其他的江湖派诗人了。江湖诗派酬唱诗之所以被研究者关注得不多,除了诗集的原因,还和诗派诗人的生平记录较少有关。

本书首先搜集整理资料,把表现诗人酬唱交游的诗作集中起来,尽可能地厘清参与酬唱的人物和酬唱活动。以《全宋诗》所收录的江湖派诗人的诗作为主要文本,参考其他的江湖诗集、作家诗文集,综合整理,统计出每位诗人酬唱诗的数量以及占其诗作的比例,以直观地反映江湖诗派酬唱交游的个体情况。

江湖诗派虽被作为一个群体,但每一位诗人的创作情形却存在差异,酬唱交往的对象也因身份地位的不同而有所不同,这就需要结合整体和个体来考察。江湖诗派的酬唱诗体现的是江湖风味,诗人创作的江湖体,除了与以往的酬唱诗有所不同,也代表着江湖派诗人的创作。且酬唱诗歌本就是二人或多人间的交流,诗歌的创作离不开应和,诗人间的交游也就必不可少。作为诗派的成员,又或是在同一地域内,诗人与诗人之间并非孤立的,而是存在或近或远的联系,这些联系使得他们之间的酬唱成为可能。对江湖诗派酬唱诗按照地域分布来研究,对整个诗派来说是整体分析,对地域内诗人的酬唱交游来说又是个体研究,两者相结合,正可以考察江湖诗派的群体性和地域性特征。

通过对江湖诗派成员酬唱交游类诗歌的整体观照,考察江湖派主要诗人酬唱诗的创作情况,不难发现江湖诗派的酬唱交游具有以下特点:

从江湖诗派酬唱诗歌的数量及占比来说,诗派主要成员的酬唱诗歌数量较多,这一点与他们的诗歌成就、现存诗歌数量、社会身份等密切相关。在江湖诗派138位成员中,创作酬唱诗最多的是刘克庄,有1240多首(共4557首),约占全部诗作的27%。其次为陈造,有酬唱诗1210首

（共2034首），约占全部诗作的49%。方岳有酬唱诗403首（共1422首），约占全部诗作的28%，林希逸有酬唱诗232首（共813首），占全部诗作的28%。萧立之有酬唱诗160余首（共399首），占全部诗作的41%。刘过有酬唱诗163首（共373首），约占全部诗作的43%。其他江湖派诗人，如姜夔、陈起、胡仲弓、裘万顷、薛师石、乐雷发等也有不少酬唱诗作。另外，江湖诗派成员酬唱交游类诗歌的类型也不尽相同，如永嘉四灵的赠答式酬唱占了其酬唱诗的大部分，而陈造、刘克庄、裘万顷等人的唱和诗较多。酬唱对象的社会身份，既有江湖派成员，也有社会各阶层的人物，包括达官权贵、中下层官员、布衣文人、道教人士、佛教人士等。

从地域上说，江湖诗派成员间确实没有大范围的群体交往，不似北宋文人时有大型的集会唱和活动，江湖诗派更多的是地域内师友、朋友之间的小群体交往，如果按照诗人居住地来考察会有更为清晰的认识。江湖派138位诗人多集中在两浙东西路、福建路、江南东西路、淮南东路等六个地域，其中两浙东西路又以永嘉和临安府为中心形成浙东和浙西两大酬唱圈，共涉及江湖派诗人近60位，福建路酬唱群体以刘克庄为中心聚集着本地20余位诗人，江南西路酬唱群体亦有30余人，具有鲜明的地域特色。与此同时，地域内诗人结社活动亦有表现，虽然现存资料有限，但依然可以循着江湖诗派成员的诗作来考察诗人结社唱和的相关情况。

此外，上述地域的酬唱群体并非独立存在，诗人的流动性又促进了不同地域诗人间的相互联系，随着诗人的干谒漫游、宦游等又有交叉联系的情况，这样，不同地域内的酬唱群体就被串联起来，在南宋勾勒出一个庞大的酬唱交游网络。

# 第一章 江湖诗派诗人的社会身份、生存状况与交游模式

江湖诗派 138 位成员的社会身份可归纳为三类，即官员诗人、江湖游士、隐士诗人，其中江湖官员与江湖游士占了江湖诗派的绝大多数。与社会身份相关，诗派成员的生存状态也各不相同。江湖官员在政治上享有一定的地位，即便如此依然有部分诗人过着穷困的生活。江湖游士政治生存空间非常狭小，很多诗人终其一生也难有入仕机会。贫、穷是江湖游士诗人关注最多的，而漫游江湖居无定所的辗转处境也时时困扰着他们，所以游士诗人发出了渴望安定，渴望买山归隐的心声。江湖隐士无意于庙堂，多隐居在家乡，与当地士人保持一定的交往。

从整体上看，江湖诗派成员的酬唱交游模式分为居住型与游走型两类。居住型是地域内的交游，游走型为各地域间的交游。居住型主要体现在江湖诗派成员的地域分布上，他们主要集中在两浙东西路、福建路、江南西路，这三地占了诗派的绝大多数，在这些地域内，诗人组建诗社，彼此唱和往来，体现出地域群体的酬唱特征。游走型交往包括官员诗人的宦游，江湖游士的干谒、漫游均需要不同地域的辗转游历。

## 第一节 江湖诗派诗人的社会身份

作为南宋诗歌史上人数最多的诗歌流派，诗派成员的社会身份较为复杂，据现存资料可将他们归纳为官员诗人、江湖游士与江湖隐士。诸多诗人或居于一地、隐身山林，或漫游江湖、投赠干谒，或为中下层朝廷官员、挣扎于官场仕途。诗派成员的社会身份并非固定不变，而是具有流动性。这种变动并非双向型的流动，而以单向的流动为主，即官员诗人可能

会成为江湖游士或隐士,而江湖游士很难向官员诗人流动。

## 一、"江湖"的内涵

"江湖"之名,除却陈起编辑江湖诗集,还与江湖派诗人生存活跃的南宋社会息息相关。

"江湖"作为一个地理范畴的名词,具有地域和空间特征,比起一地一隅,是个地域更为宽泛的概念。南宋的疆域中,水路、漕运都比较发达,旅人外出除陆路之外,主要靠水路,水路的旅程自然少不了颠簸。对离开家乡的旅人来说,从一地到达另一地往往要花费数十天甚至数月,个中艰辛也是不言而喻的。作为地理名词的"江湖"少不了颠簸与风浪,"江湖风浪恶,飘泊此依依"(林尚仁《寄表兄郑古潭》),一个"恶"字,道出了江湖派诗人漫游江湖时的深切感受,旅程风浪恶,干谒之路亦是如此。诗人孤苦无依,四处漂泊,故乡无法回,家人不得见,与友人也常处在分别的状态,所以江湖派诗人的漂泊感与孤独感,比有宋其他时期的士人来得更为悲切。

江湖亦是一个社会政治的词汇,范仲淹在《岳阳楼记》中说:"居庙堂之高则忧其民,处江湖之远则忧其君",把"江湖之远"与"庙堂之高"对举,这里的江湖含在野之意,凡是不属于中央权力部门的官员皆可称为江湖人士,远离政治中心的江湖也并非风平浪静。"江湖波浪恶,底事欲西往"(胡仲弓《送处逊渡淮谒秋壑》)。南宋社会的现实无不触动着诗人的内心,面对险恶的社会,诗人只能发出无可奈何的哀叹。江湖诗派的主力是官员诗人和江湖游士,他们因政治或经济原因不得不漫仕、漫游江湖,但内心深处却早已厌倦了这种生活,"江湖吾倦矣,茅屋几时成"(方岳《再用汪少卿韵》)。方岳曾先后在多地担任官职,走的是封建文人的传统道路,他对朋友汪少卿表达了厌倦江湖、结屋而住的美好愿望。其实,在当时有类似愿望的诗人并非少数,"江湖路远总风波,欲向山中制芰荷。黄叶落来秋色晚,乱鸦归处夕阳多。惯经世态知时异,拙为身谋惜岁过。有屋一区田二顷,分无清梦到鸣珂"(陈必复《江湖》),诗人厌倦了江湖生涯,欲在山中建归隐之居(陈必复在嘉定年间居封禺山,结屋为药房吟所)。黄叶落下,乱鸦归巢,用秋景来渲染归家的迫切心情,而诗人之所以归家,是因为在漫游江湖的生涯中看惯了世态炎凉、时代之恶,决心寻求一个安定的场所来度过余生。

在江湖派诗人眼中,"江湖"是一个政治空间比较狭窄、生活空间动荡的社会,无论江湖派诗人的社会身份有何不同,"风浪恶""波浪恶""总风波"都是江湖诗派成员对"江湖"的普遍感受。

### 二、江湖派诗人的社会身份

南渡以后,士人的社会地位已大不如北宋,在士人阶层内部逐渐出现了分化,一些原本从属于士人阶层的诗人的社会身份、心理认同、生活状态发生了新的变化。江湖诗派成员众多,具体到每一位诗人又有不同的情形。张宏生《江湖诗派研究》一书特意提出江湖诗派中"非官非隐"这一不同于以往的社会阶层,他们主要为江湖谒客。日本学者内山精也在《宋诗能否代表近世》一文中也对138位成员的社会阶层进行了分类,将之分为士大夫阶层与非士大夫阶层,士大夫阶层又分上、中、下三层,统计得出士大夫阶层有76人,非士大夫阶层有62人,其中下层士大夫与非士大夫阶层共有122人,占总人数的88%[①]。阶层代表着诗人的社会地位,反映到社会身份上,不同阶层的诗人又具不同的社会身份。士大夫阶层是士人与官僚的结合,按照官位大小可分为上、中、下三等,非士大夫阶层为具有知识文化的普通民众,依据不同的情况又分为江湖游士与隐士诗人。现依据《江湖诗派研究》对江湖诗派成员的籍贯(或居住地)、社会身份、唱和交游等情况做一统计(见表1-1)。

---

[①] 参见内山精也:《宋诗能否表现近世》,参见周裕锴编纂:《第六届宋代文学国际研讨会论文集》,巴蜀书社2011年版,第253—254页。

表 1-1　江湖诗派成员籍贯、履历、酬唱诗歌表①

| 诗人 | 生卒年 | 籍贯 | 社会身份② | 酬唱诗数量③（约） | 诗歌总数 | 约占比例 |
|---|---|---|---|---|---|---|
| 刘克庄 | 1187—1269 | 福建路兴化军莆田（今福建莆田） | 上层官员 | 1244 | 4557 | 27.3% |
| 林希逸 | 1193—？ | 福建路福州福清（今福建福清） | 上层官员 | 232 | 813 | 28.5% |
| 高似孙 | 1158—1231？ | 两浙东路庆元府鄞县（今浙江宁波） | 中层官员 | 13 | 120 | 11.0% |
| 卢祖皋 | 约 1174—1224 | 两浙东路瑞安府永嘉（今浙江温州） | 中层官员 | 2 | 13 | 15.4% |
| 姚镛 | 1191—？ | 两浙东路处州剡溪人（今浙江嵊州） | 中层官员 | 14 | 52 | 26.9% |
| 王同祖 | 1219—？ | 两浙东路婺州金华（今浙江金华） | 中层官员 | 3 | 101 | 不足 1% |
| 史文卿 | 生卒年不详 | 两浙东路庆元府鄞县（今浙江宁波） | 中层官员 | 0 | 8 | 0 |
| 朱复之 | 生卒年不详 | 福建路建宁府建安（今福建建瓯） | 中层官员 | 5 | 19 | 26.3% |
| 黄简 | 生卒年不详，理宗嘉熙中卒 | 福建路建宁府建安（今福建建瓯），寓吴 | 中层官员 | 2 | 8 | 25.0% |
| 刘克逊 | 1189—1246 | 福建路兴化军莆田（今福建莆田） | 中层官员 | 4 | 7 | 57.1% |
| 赵善扛 | 1141—？ | 江南西路隆兴府隆兴（今江西南昌） | 中层官员 | 0 | 4 | 0 |
| 裘万顷 | ？—1219 | 江南西路隆兴府新建（今江西南昌） | 中层官员 | 147 | 263 | 55.9% |

---

①　此表根据《全宋诗》所附诗人小传、《宋集珍本丛刊》、张宏生《江湖诗派研究》，内山精也《宋诗能否表现近世》等相关资料整理而成。

②　社会身份分为上、中、下层官员，依据内山精也《宋诗能否表现近世》中对官员身份的甄别，"上为中央的显官，中为知府、知州或州级的通判，下为上述之外的属官、学官之类，或者仅有进士及第的记载而官历未详者"。

③　这里采用广泛的酬唱诗歌的含义，按照吕肖奂、张剑在《酬唱诗学的三重维度建构》一文中的界定："一切与人际关系相关的诗歌都是酬唱诗歌。"

续表 1-1

| 诗人 | 生卒年 | 籍贯 | 社会身份 | 酬唱诗数量（约） | 诗歌总数 | 约占比例 |
|---|---|---|---|---|---|---|
| 危稹 | 卒年七十四 | 江南西路抚州临川（今江西临川） | 中层官员 | 11 | 30 | 36.7% |
| 赵汝𨰻 | 1172—1246 | 江南西路袁州（今江西宜春） | 中层官员 | 37 | 283 | 13.1% |
| 刘子澄 | 生卒年不详 | 江南西路吉州泰和（今江西泰和） | 中层官员 | 6 | 26 | 23.1% |
| 方岳 | 1199—1262 | 江南东路徽州祁门（今安徽黄山） | 中层官员 | 403 | 1422 | 28.3% |
| 王琮 | 生卒年不详 | 两浙东路处州括苍（今浙江丽水） | 下层官员 | 6 | 29 | 20.7% |
| 刘植 | 生卒年不详 | 两浙东路瑞安府永嘉（今浙江温州） | 下层官员 | 7 | 25 | 28.0% |
| 巩丰 | 1148—1217 | 南渡后居两浙东路婺州武义（今浙江） | 下层官员 | 2 | 23 | 8.7% |
| 徐玑 | 1162—1214 | 两浙东路瑞安府永嘉（今浙江温州） | 下层官员 | 50 | 164 | 30.5% |
| 赵师秀 | 1170—1219? | 两浙东路瑞安府永嘉（今浙江温州） | 下层官员 | 62 | 255 | 24.3% |
| 翁卷 | 生卒年不详 | 两浙东路瑞安府永嘉（今浙江温州） | 下层官员 | 58 | 143 | 40.6% |
| 赵汝回 | (1190)—？ | 两浙东路瑞安府永嘉（今浙江温州） | 下层官员 | 18 | 43 | 41.9% |
| 宋伯仁 | (1199)—？ | 两浙西路湖州（今浙江湖州） | 下层官员 | 43 | 301 | 14.3% |
| 沈说 | 生卒年不详 | 两浙东路处州龙泉（今浙江丽水） | 下层官员 | 10 | 57 | 17.5% |
| 杜旟 | 生卒年不详 | 两浙东路婺州金华（今浙江金华） | 下层官员 | 4 | 20 | 20.0% |
| 张良臣 | 生卒年不详 | 祖籍拱州，避寇来两浙东路庆元府鄞（今浙江宁波） | 下层官员 | 9 | 40 | 22.5% |
| 陈允平 | 生卒年不详 | 两浙东路庆元府鄞（今浙江宁波） | 下层官员 | 20 | 148 | 13.5% |

续表1-1

| 诗人 | 生卒年 | 籍贯 | 社会身份 | 酬唱诗数量（约） | 诗歌总数 | 约占比例 |
|---|---|---|---|---|---|---|
| 邵桂子 | 生卒年不详 | 两浙东路建德府淳安（今浙江淳安） | 下层官员 | 4 | 7 | 57.1% |
| 周师成 | 生卒年不详 | 两浙西路湖州长兴（今浙江长兴） | 下层官员 | 1 | 12 | 8.3% |
| 郑克己 | 生卒年不详 | 两浙东路处州青田（今浙江丽水） | 下层官员 | 2 | 15 | 133% |
| 赵汝迕 | 生卒年不详 | 两浙东路瑞安府乐清（今浙江乐清） | 下层官员 | 3 | 57 | 5.2% |
| 俞桂 | 生卒年不详 | 两浙西路临安府仁和（今浙江杭州） | 下层官员 | 10 | 127 | 7.8% |
| 柴望 | 1212—1280 | 两浙东路衢州江山（今浙江衢州） | 下层官员 | 20 | 62 | 32.3% |
| 薛嵎 | 1212—？ | 两浙东路瑞安府永嘉（今浙江温州） | 下层官员 | 23 | 277 | 8.0% |
| 戴埴 | 生卒年不详 | 两浙东路婺州鄞人（今浙江宁波） | 下层官员 | 2 | 5 | 40.0% |
| 宋庆之 | 生卒年不详 | 两浙东路瑞安府永嘉（今浙江温州） | 下层官员 | 2 | 14 | 14.2% |
| 王志道 | 生卒年不详 | 两浙西路常州义兴（今江苏宜兴） | 下层官员 | 10 | 32 | 31.3% |
| 张榘 | 生卒年不详 | 两浙西路镇江府南徐（今江苏镇江） | 下层官员 | 14 | 55 | 23.7% |
| 施枢 | 生卒年不详 | 两浙西路镇江府丹徒（今江苏镇江） | 下层官员 | 30 | 187 | 16.0% |
| 朱南杰 | 生卒年不详 | 两浙西路镇江府丹徒（今江苏镇江） | 下层官员 | 8 | 41 | 19.5% |
| 赵汝淳 | 生卒年不详 | 两浙西路平江府昆山（今江苏昆山） | 下层官员 | 2 | 10 | 20.0% |
| 赵希㤉 | 1166—1237 | 两浙西路常州无锡（今江苏无锡） | 下层官员 | 0 | 4 | 0 |
| 周弼 | 1194—？ | 原籍阳谷（山东），家吴兴（两浙西路） | 下层官员 | 40 | 209 | 19.1% |

续表 1-1

| 诗人 | 生卒年 | 籍贯 | 社会身份 | 酬唱诗数量（约） | 诗歌总数 | 约占比例 |
| --- | --- | --- | --- | --- | --- | --- |
| 张端义 | 1179—？ | 居两浙西路平江府姑苏（今江苏苏州） | 下层官员 | 0 | 2 | 0 |
| 叶绍翁 | 生卒年不详 | 祖籍福建路建宁府，自署两浙西路龙泉（今浙江丽水） | 下层官员 | 9 | 53 | 17.0% |
| 朱继芳 | 生卒年不详 | 福建路建宁府建安（今福建建瓯） | 下层官员 | 24 | 213 | 11.3% |
| 严粲 | 生卒年不详 | 福建路邵武军邵武（今福建邵武） | 下层官员 | 13 | 124 | 10.5% |
| 陈翊 | 生卒年不详 | 福建路泉州晋江（今福建泉州） | 下层官员 | 1 | 7 | 14.2% |
| 陈必复 | 生卒年不详 | 福建路福州长乐（今福建闽侯） | 下层官员 | 12 | 66 | 18.2% |
| 陈鉴之 | 生卒年不详 | 福建路福州三山（今福建福州） | 下层官员 | 23 | 54 | 42.6% |
| 林同 | ？—1276 | 福建路福州福清（今福建福清） | 下层官员（以荫授官，弃不仕） | 0 | 300 | 0 |
| 林昉 | 生卒年不详 | 福建路福州三山（今福建福州） | 下层官员 | 2 | 15 | 13.3% |
| 赵庚夫 | 1173—1219 | 寓居福建路兴化军（福建莆田） | 下层官员 | 2 | 22 | 9.1% |
| 胡仲弓 | 生卒年不详，1266年在世 | 福建路泉州清源（今福建泉州） | 下层官员 | 184 | 686 | 26.8% |
| 敖陶孙 | 1154—1227 | 福建路福州福清（今福建福清） | 下层官员 | 73 | 162 | 45.0% |
| 徐集孙 | 生卒年不详 | 福建路建宁府建安（今福建建瓯） | 下层官员 | 18 | 124 | 14.5% |
| 曾由基 | 生卒年不详 | 福建路福州三山（今福建福州） | 下层官员 | 9 | 34 | 26.5% |
| 罗椅 | 1113—？ | 江南西路吉州庐陵（今江西吉安） | 下层官员 | 9 | 44 | 20.5% |

续表1-1

| 诗人 | 生卒年 | 籍贯 | 社会身份 | 酬唱诗数量（约） | 诗歌总数 | 约占比例 |
|---|---|---|---|---|---|---|
| 李泳 | ?—1189 | 扬州人，家于江南西路吉州庐陵（江西吉安） | 下层官员 | 0 | 7 | 0 |
| 邓林 | 生卒年不详 | 江南西路临江军新干（今江西新干） | 下层官员 | 5 | 60 | 8.3% |
| 利登 | 生卒年不详 | 江南西路建昌军南城（今江西南城） | 下层官员 | 15 | 75 | 20.3% |
| 赵崇鉘 | 生卒年不详 | 江南西路建昌军南丰（今江西南丰） | 下层官员 | 2 | 48 | 4.2% |
| 赵与时 | 1175—1231 | 江南西路临江军寓居临江（今江西樟树） | 下层官员 | 0 | 4 | 0 |
| 赵崇嶓 | 1198—1255 | 江南西路建昌军居南丰（今江西南丰） | 下层官员 | 0 | 82 | 0 |
| 萧立之 | 1203—? | 江南西路赣州宁都（今江西赣州） | 下层官员 | 163 | 399 | 40.9% |
| 徐文卿 | 生卒年不详 | 江南东路信州玉山（今江西信州） | 下层官员 | 3 | 11 | 27.3% |
| 黄文雷 | 生卒年不详 | 江南西路建昌军南城（今江西南城） | 下层官员 | 7 | 60 | 11.7% |
| 萧澥 | 生卒年不详 | 江南西路吉州吉水（今江西吉水） | 下层官员 | 0 | 33 | 0 |
| 章采 | 生卒年不详 | 江南西路临江军临江（今江西樟树） | 下层官员 | 1 | 10 | 10.0% |
| 曾极 | 1168/1169?—1227/1128? | 江南西路抚州临川（今江西抚州） | 下层官员 | 5 | 124 | 4.0% |
| 黄大受① | 生卒年不详 | 江南西路建昌军南丰（今江西南丰） | 下层官员 | 3 | 34 | 8.8% |
| 张蕴 | 生卒年不详 | 淮南东路扬州人（今江苏扬州） | 下层官员 | 11 | 65 | 16.9% |

---

① 黄大受，《全宋诗》诗人小传载生平未仕，《两宋名贤小集》曰"仕于鄞"，内山精也将其列入下层官员行列。

续表 1-1

| 诗人 | 生卒年 | 籍贯 | 社会身份 | 酬唱诗数量（约） | 诗歌总数 | 约占比例 |
|---|---|---|---|---|---|---|
| 陈造 | 1133—1203 | 淮南东路高邮军（今江苏高邮） | 下层官员 | 1210 | 2035 | 59.5% |
| 周端臣 | 生卒年不详 | 江南东路建康府建业（今江苏南京），寓居临安 | 下层官员 | 10 | 99 | 10.1% |
| 乐雷发 | 生卒年不详 | 荆湖南路道州宁远（今湖南永州） | 下层官员 | 65 | 155 | 41.9% |
| 史卫卿 | 生卒年不详 | 两浙东路庆元府鄞（今浙江宁波） | 江湖游士 | 1 | 11 | 9.0% |
| 毛珝 | 生卒年不详 | 两浙东路衢州（今浙江衢州） | 江湖游士 | 11 | 83 | 13.3% |
| 高翥 | 1170—1241 | 两浙东路绍兴府余姚（今浙江绍兴） | 江湖游士 | 12 | 194 | 6.2% |
| 盛烈 | 生卒年不详 | 两浙东路瑞安府永嘉（今浙江温州） | 江湖游士 | 1 | 16 | 6.3% |
| 葛天民① | 生卒年不详 | 两浙东路台州黄岩（今浙江台州） | 江湖游士 | 13 | 100 | 13.0% |
| 赵汝绩 | 生卒年不详 | 后仪人（河南开封），寓居两浙东路绍兴府会稽（今浙江台州） | 江湖游士 | 9 | 38 | 16.7% |
| 戴复古 | 1168—1248 | 两浙东路台州黄岩（今浙江台州） | 江湖游士 | 230 | 947 | 24.3% |
| 林表民 | 生卒年不详 | 两浙东路寓居台州临海（今浙江台州） | 江湖游士 | 25 | 51 | 49.0% |
| 吴仲方 | 生卒年不详 | 两浙西路湖州霅川（今浙江吴兴县） | 江湖游士 | 0 | 0 | 0 |
| 张炜 | 1094—？ | 两浙西路临安府杭州（今浙江杭州） | 江湖游士 | 12 | 81 | 14.8% |
| 何应龙 | 生卒年不详 | 两浙西路临安府钱塘（今杭州） | 江湖游士 | 2 | 48 | 4.2% |

---

① 葛天民，初为僧，后返服，亦属江湖游士。

续表 1-1

| 诗人 | 生卒年 | 籍贯 | 社会身份 | 酬唱诗数量（约） | 诗歌总数 | 约占比例 |
|---|---|---|---|---|---|---|
| 陈起 | 生卒年不详 | 两浙西路临安府钱塘（今浙江杭州） | 江湖游士 | 46 | 156 | 29.5% |
| 释永颐 | 生卒年不详 | 两浙西路平江府吴地（今江苏苏州），仁和唐栖寺僧 | 江湖游士 | 20 | 118 | 17.0% |
| 释斯植 | 生卒年不详 | 武林人（今浙江杭州），住南岳寺（江苏宜兴），晚年筑室临安西湖天竺 | 江湖游士 | 11 | 89 | 12.4% |
| 王谌 | 生卒年不详 | 两浙西路常州阳羡（今江苏宜兴） | 江湖游士 | 19 | 69 | 27.5% |
| 叶茵 | 约1200—？ | 两浙西路平江府笠泽（今江苏苏州） | 江湖游士 | 24 | 353 | 6.8% |
| 李龏 | 1194—约1272 | 祖籍菏泽，家吴兴三汇之交（两浙西路） | 江湖游士 | 78 | 556 | 14.0% |
| 吴惟信 | 生卒年不详 | 两浙西路湖州（今浙江湖州），寓居嘉定 | 江湖游士 | 99 | 205 | 48.3% |
| 葛起文 | 生卒年不详 | 两浙西路镇江府丹阳（今江苏丹阳） | 江湖游士 | 0 | 5 | 0 |
| 葛起耕 | 生卒年不详 | 两浙西路镇江府丹阳（今江苏丹阳） | 江湖游士 | 6 | 30 | 20.0% |
| 张绍文 | 生卒年不详 | 两浙西路镇江府南徐（今江苏镇江） | 江湖游士 | 3 | 17 | 17.6% |
| 储泳 | 生卒年不详 | 两浙西路嘉兴府云间（今上海松江） | 江湖游士 | 6 | 28 | 21.4% |
| 林尚仁 | 生卒年不详 | 福建路福州长乐（今福建闽侯） | 江湖游士 | 22 | 54 | 40.7% |
| 刘翼 | 生卒年不详 | 福建路福州福清（今福建福清） | 江湖游士 | 6 | 20 | 30.0% |
| 张至龙 | 约嘉定元年（1208）—？ | 福建路建宁府建安（今福建建瓯） | 江湖游士 | 9 | 71 | 12.7% |

续表 1—1

| 诗人 | 生卒年 | 籍贯 | 社会身份 | 酬唱诗数量（约） | 诗歌总数 | 约占比例 |
|---|---|---|---|---|---|---|
| 胡仲参 | 胡仲弓弟，生卒年不详 | 福建路泉州清源（今福建泉州） | 江湖游士 | 18 | 82 | 22.0% |
| 林洪 | 生卒年不详，自称和靖七世孙 | 福建路泉州（今福建泉州） | 江湖游士 | 0 | 13 | 0 |
| 盛世忠 | 生卒年不详 | 福建路泉州清源（今福建泉州） | 江湖游士 | 5 | 15 | 33.3% |
| 程垓 | 生卒年不详 | 福建路龙岩（今福建龙岩） | 江湖游士 | 0 | 14 | 0 |
| 释圆悟 | 生卒年不详 | 福建路福州福清（今福建福清） | 江湖游士 | 6 | 29 | 20.7% |
| 刘过 | 1154—1206 | 江南西路吉州庐陵（今江西吉安） | 江湖游士 | 163 | 373 | 43.7% |
| 邓允端 | 生卒年不详 | 江南西路临江军临江（今江西樟树） | 江湖游士 | 0 | 8 | 0 |
| 萧元之 | 生卒年不详 | 江南西路临江军临江（今江西樟树） | 江湖游士 | 6 | 19 | 31.6% |
| 李涛 | 生卒年不详 | 江南西路抚州临川（今江西抚州） | 江湖游士 | 2 | 24 | 8.3% |
| 刘仙伦 | 生卒年不详 | 江南西路吉州庐陵（今江西吉安） | 江湖游士 | 13 | 33 | 39.4% |
| 宋自逊 | 生卒年不详 | 金华人，居江南西路隆兴府南昌（今江西南昌） | 江湖游士 | 5 | 27 | 18.5% |
| 李自中 | 生卒年不详 | 不详 | 江湖游士 | 2 | 7 | 28.6% |
| 吴汝弌 | 生卒年不详 | 江南西路建昌军盱江（今江西南城） | 江湖游士 | 5 | 10 | 50.0% |
| 余观复 | 生卒年不详 | 江南西路建昌军盱江（今江西南城） | 江湖游士 | 2 | 11 | 18.2% |
| 罗与之 | 生卒年不详 | 江南西路吉州（今江西吉安南） | 江湖游士 | 1 | 96 | 1.0% |
| 高吉 | 生卒年不详 | 江南西路吉州人庐陵（今江西吉安） | 江湖游士 | 1 | 17 | 5.9% |

续表1-1

| 诗人 | 生卒年 | 籍贯 | 社会身份 | 酬唱诗数量（约） | 诗歌总数 | 约占比例 |
|---|---|---|---|---|---|---|
| 黄敏求 | 生卒年不详 | 江南西路隆兴府修水（今江西） | 江湖游士 | 4 | 29 | 13.8% |
| 章粲 | 生卒年不详 | 江南西路临江军临江（今江西樟树） | 江湖游士 | 4 | 13 | 30.8% |
| 释绍嵩 | 生卒年不详 | 江南西路吉州庐陵（今江西），绍定中住嘉兴之大云寺 | 江湖游士 | 77 | 377 | 20.4% |
| 姜夔 | 1155—1221 | 江南东路饶州鄱阳（今江西鄱阳） | 江湖游士 | 48 | 191 | 25.1% |
| 董杞 | 生卒年不详 | 江南东路饶州鄱阳（今江西波阳） | 江湖游士 | 0 | 10 | 0 |
| 刘翰 | 生卒年不详 | 荆湖南路潭州长沙（今湖南） | 江湖游士 | 1 | 21 | 4.8% |
| 万俟绍之 | 生卒年不详 | 荆湖北路江陵府鄐（今湖北江陵） | 江湖游士 | 3 | 23 | 13.0% |
| 张弋 | 生卒年不详 | 祖籍河阳（河南孟县） | 江湖游士 | 22 | 48 | 45.8% |
| 赵希槷 | 生卒年不详 | 汴人 | 江湖游士 | 10 | 32 | 31.3% |
| 周文璞 | 生卒年不详 | 原籍阳谷（山东），居两浙西路 | 江湖游士 | 40 | 253 | 15.8% |
| 郭从范 | ？—1160 | 不详 | 江湖游士 | 0 | 4 | 0 |
| 陈宗远 | 生卒年不详 | 不详 | 江湖游士 | 7 | 38 | 18.4% |
| 李时可 | 生卒年不详 | 不详 | 江湖游士 | 1 | 7 | 14.3% |
| 来梓 | 生卒年不详 | 不详 | 江湖游士 | 0 | 4 | 0 |
| 徐照 | ？—1211 | 两浙东路瑞安府永嘉（今浙江温州） | 隐士 | 35 | 260 | 13.5% |
| 邹登龙 | 生卒年不祥 | 江南西路临江军临江（今江西樟树） | 隐士 | 6 | 39 | 15.4% |
| 薛师石 | 1178—1228 | 两浙东路瑞安府永嘉（今浙江温州） | 隐士 | 51 | 112 | 45.5% |
| 许棐 | 生卒年不详 | 两浙西路嘉兴府海盐（今浙江海盐） | 隐士 | 35 | 193 | 13.0% |

续表 1-1

| 诗人 | 生卒年 | 籍贯 | 社会身份 | 酬唱诗数量（约） | 诗歌总数 | 约占比例 |
|---|---|---|---|---|---|---|
| 武衍 | 生卒年不详 | 南渡后寓居两浙西路临安清湖河（今浙江杭州） | 隐士 | 18 | 114 | 15.8% |
| 程炎子 | 生卒年不详 | 江南东路宁国府宣城（今安徽宣州） | 隐士 | 6 | 17 | 35.3% |

在上表中，76 位诗人有过仕宦经历，占江湖诗派总人数的近六成，除刘克庄、林希逸位居中央显官，王同祖等 14 人属中层官员外，大部分为官诗人官位并不高。

既然"江湖"一词与"庙堂"对举，含退隐之意，为何这部分朝廷官员会被列入江湖诗派？

首先，除为数不多的诗人外，江湖诗派大部分官员诗人官位卑微。相对于"庙堂"，他们辗转各地，大多为中下层官员，比如赵师秀长期在外宦游，庆元元年（1195）任上元主簿，后为筠州推官，上元为江南东路建康府下所辖县，"南宋时……诸州上、中、下县主簿从九品"①，所以赵师秀所任上元县主簿不过从九品小官，筠州推官也不过从八品，皆属于地方低级官员。陈造早年积极于仕途，于孝宗淳熙二年（1175）进士及第后，历任地方官职，自以转辗州县幕僚无补于世而隐退，自号江湖长翁。赵师秀、陈造二人的仕宦经历在官员诗人中极具代表性。也就是说，虽然一大半诗人有仕宦经历，但多数如赵师秀、陈造般仕途不顺、官位不显，很难对朝堂或地方政治产生较大的影响，即便如刘克庄、林希逸等诗人也因位居高官的时间相对短暂，难以产生重要的政治影响。刘克庄以门荫入仕，先后任靖安簿、建阳知县等低阶官职，中年因"江湖诗祸"里居多年，晚年才官至朝廷大员，但比起他在文坛的影响，其对朝堂的影响确实可以忽略不计。

其次，官员诗人的作品多入陈起所编江湖集。据张宏生考证，在历代

---

① 龚延明：《宋代官制辞典》，中华书局 1997 年版，第 555 页。

23种江湖诗集中大部分官员诗人的作品均已入集①,且和江湖诗派主要成员永嘉四灵、陈起、戴复古、刘克庄等酬唱较多。在上述所列江湖派主要成员中,永嘉四灵中的赵师秀、徐玑以及刘克庄属于官员诗人,在当时颇负诗名,且皆有宦游经历,交游广泛,与不同地域的诗人皆有交往。陈起属非仕非隐阶层,又是江湖诗集的刊刻者,他与江湖诗派的40余位诗人保持着唱和往来。戴复古是典型的江湖游士,他干谒权贵、漫游江湖,行踪遍布整个东南地域,与之交游的诗人有不少是朝廷官员。

再次,江湖派诗人的身份皆非固定,而具有变动性。因生平资料的缺乏,较难判断他们在考中进士之前是一心只读圣贤书,还是曾经有过漫游江湖的经历,即便考中进士,步入仕途,身份为朝廷官员,又因官场原因而辞官或弃官、被罢黜的诗人也不在少数。很多诗人青年时代出入科场,及第之后辗转各地为官,逐渐厌倦官场,选择辞官归隐,比如陈造辞官后自号江湖长翁。也有一些江湖官员因忤逆权贵而被罢官,罗椅曾因反对贾似道而去官,回故乡隐居不仕。侯体健重新审视了江湖诗派,认为江湖诗人是一个流动的群体:"晚宋诗人群体,以社会身份划界,大致可分为三群,即官僚诗人群、乡绅诗人群、江湖诗人群。这三个群体成员组成容有交叉或转换,他们之间也多有联系。"② 随着诗人仕宦的波折,其社会身份也发生变化。通过对江湖诗派成员仕履的仔细考察,特别是对那些下层官员的考察,不难发现,大部分下层官员并非一直身在仕途,多是因种种原因弃官转而或漫游或归隐江湖,脱离了官场之后,与江湖游士、隐士并无太大区别。社会身份的转变带来文学审美趣味和诗歌风格的变化。江湖派领军人物刘克庄一生曾有四种身份的转换③,中青年时期的刘克庄漫游江湖,交往酬唱的对象多是文坛、政坛中人。江湖诗祸后,刘克庄受到贬斥,在乡赋闲多年,其时社会身份是被贬官员或赋闲官员,诗文创作是其主要生活状态,和他交往酬唱的士人中以本地诗人居多。而身为州府官员和朝廷重臣的刘克庄,生活的重心放在了公文和官场事务中,与他交往的

---

① 张宏生:《江湖诗派研究》,中华书局1995年版,第271—296页。
② 侯体健:《刘克庄的文学世界——晚宋文学生态的一种考察》,复旦大学出版社2013年版,第81页。
③ 参见侯体健:《刘克庄的文学世界——晚宋文学生态的一种考察》,复旦大学出版社2013年版,第89页。

多是官场中人，这时的创作也以应制类文学为主。大部分的官员诗人不外于在里居、宦游之间互相转换，与此相应，其诗歌主题和酬唱交往皆会发生变化，所以部分朝廷官员被纳入江湖诗派也在情理之中。

除却官员诗人，还有一类，内山精也将他们称为非士大夫阶层，非士大夫阶层又可分为江湖游士与隐士诗人。江湖游士被学者们关注最多，他们构成了南宋士人阶层的主要力量，张宏生将他们称为"非仕非隐阶层"，涵盖了谒客、幕士、术士等一批布衣文人，以漫游江湖、干谒为生，如高翥、盛烈、葛天民、赵汝绩、戴复古、吴仲方、陈起、王谌、叶茵、李龏、吴惟信、林尚仁、张至龙、胡仲参、林洪、盛世忠、程垓、刘过、邓允端、萧元之、李涛、刘仙伦、宋自逊、李自中、吴汝式、余观复、罗与之、高吉、黄敏求、章粢、姜夔、张弋、周文璞、郭从范、陈宗远、李时可、来梓等，皆属江湖游士。

从社会阶层上说，江湖游士依然属于传统的士人阶层，有些人科举不第，无奈之下干谒权贵以求实现理想抱负，如刘过；还有部分人无意于科举，漫游江湖求取钱财，"钱塘、湖山，此曹什佰为群，阮梅峰秀实、林可山洪、孙花翁季蕃、高菊磵九万，往往雌黄士大夫，口吻可畏，至于望门倒屣"①。在方回眼中，这些人什佰为伍，结伴前往富贵士大夫家求取钱财，信口雌黄，口吻可畏，代表着一部分士人对江湖谒客的看法。同样是求取钱财，也有例外，戴复古"中年以诗游诸公间，颇有声……每于广座中，口不谈世事，缙绅多之"②，又有诗名，得到缙绅的赞赏。传统儒家文化影响了他们的思想，丰富了他们的学识，使这部分诗人能更好地融入江湖社会，虽未脱离传统文化的熏习，但和传统文人已经有了很大不同，他们与南宋空前发达的商品经济相关，属于非官非隐的阶层。

江湖诗派还包含四位僧人：释绍嵩、释斯植、释圆悟、释永颐。僧人大部分时间都在行走漫游，也可归入江湖游士行列。

隐士诗人人数较少，有资料可证的有薛师石、许棐、邹登龙、武衍、程炎子等六人，他们多隐居山林，不乐仕途，与当地士人交流颇多，并且与江湖诗派主要成员也有密切的交游。如许棐，自号梅屋，居住地周围遍

---

① 方回选评，李庆甲集评校点：《瀛奎律髓汇评》，上海古籍出版社1986年版，第840页。
② 方回选评，李庆甲集评校点：《瀛奎律髓汇评》，上海古籍出版社1986年版，第840页。

植梅花，与陈起交往颇多。薛师石早年专心于科举，失败后隐居永嘉，造瓜庐自居，与本地士人切磋唱和，过着渔父般的生活。武衍南渡后寓居临安清湖河，隐居不仕，自号适安，与陈起有交游。

以上三类共同组成了南宋中后期人数众多的江湖诗派。表面上看，作为诗派主力的官员诗人似乎和"江湖"这个名词背离，实际上他们中大多仕途坎坷，主要的社会影响力也在地方，参与地域内酬唱，构建了地方文人的文化景观。非仕非隐的江湖游士的活动空间主要在"江湖"，通过漫游、干谒对社会、地域文坛产生影响。隐士诗人则大多融入了地方文人群体，同官员诗人一样，丰富了地域文学创作。

## 第二节　江湖诗派诗人的生存状况

生存状况受政治、经济、社会阶层等多种原因影响，涉及政治空间和生活空间以及生存手段，具体到江湖诗派成员，不同社会身份的诗人生存状况不尽相同，即便是社会身份相同的诗人，生存状况也有着一定的差别。

总体来说，步入仕途的官员诗人不可避免地有官场上的迎来送往，同僚之间在官事闲暇之余，或写诗写文，或酬唱宴饮，交游的对象中官员也占了相当的比例，这类江湖诗派成员因身在其位，对朝廷政治、国家大事、抗边战争关注较多，往往站在传统文人的立场，爱国忧民之作也有不少。与他们相比，江湖游士的身份则要复杂得多，比如刘过、姜夔、戴复古三人是典型的江湖游士。刘过豪气纵横，无论写诗还是写词都别有一番豪爽之气，又有着较强的功名之心，所以他漫游江湖更多的是想找机会实现自己的理想和抱负。戴复古同样是漫游江湖，但他更多的是为生计奔波，投赠干谒。姜夔也长期漫游江湖，且"早岁孤贫，奔走川陆"（姜夔《昔游诗》自序），他最初也怀着用世之心，两次献《大乐议》《琴瑟考古图》等，希望能得到朝廷的赏识和任用，而政治理想一旦不能实现，姜夔便在琴瑟歌章中过着风流自赏的清悠生活，是江湖游士中清客的代表。这三类中的江湖隐士多隐居一地，写文作诗自娱自乐，作为闲散人员也基本不关注朝政，交往对象多为本地名士，他们的生活圈子相对较窄，诗文创作以抒发个人生活和情志为主。

## 一、江湖诗派诗人的生存状态

官员诗人往往面临仕宦奔波,更能体会"江湖风浪恶",以至时不时有归隐之意,经济上相对于江湖游士和隐士诗人要优越一点,但也不排除部分诗人生活清贫。江湖游士的政治生存空间非常狭小,很难通过干谒实现自己的理想抱负,此外,经济的窘迫也时时困扰着他们,虽然有些诗人以干谒、卖诗为生,但脱离了传统士大夫阶层,他们的生活境遇更为艰难。隐士诗人多寓居一地,生活较为闲适。

### (一) 官员诗人

朝廷官员属于士大夫阶层,具有一定的社会地位,除部分人以门荫补官外,大多数诗人皆科举出身。宋代科举取士的人数大大超过唐代,据资料记载,"两宋通过科举共取士115427人,平均每年361人"[①],再加上更多的通过门荫、出职、进纳入仕的人,大量士人等待朝廷补缺,造成的直接后果是,部分及第士人有时需要等待很久才被授官,甚至有些士人终其一生也难以授官。如诗派成员裘万顷于孝宗淳熙十四年(1187)进士及第,光宗绍熙四年(1193)授乐平簿;徐文卿宁宗嘉定四年(1211)进士及第后,未授官便身死。而那些被授予官职的士人,官位也非常低,多以县级官职为主,多在从八品以下甚至更低。宋代沉重的冗官现象又制约了官职的进一步上升,许多士人终其一生仅为县级小官,例如前文所说陈造,辗转州幕僚,遂放浪于江湖;叶茵曾十年不调,退居邑同里镇。即便少数士人能够身居高位,其仕途也非一帆风顺。"由于他们对政治有着一定的参与意识,曾遭到统治集团的嫉恨,因而构成江湖诗祸。"[②] 江湖诗祸对江湖诗派的影响很大,领袖刘克庄被迫里居,曾极被贬谪而死,赵汝迕因"江湖诗祸"而被贬官沦落,敖陶孙同样也受到了牵连,陈起亦因此获罪。刘克庄在晚宋文坛享有盛誉,晚年仕途也比较顺达,但因江湖诗祸的牵连也在纷纭复杂的政治争斗中历经十余次弹劾,无怪乎江湖派诗人感叹"江湖风浪恶"了。

---

① 张希清:《论宋代科举取士之多与冗官问题》,《北京大学学报(哲学社会科学版)》1987年第5期,第106页。

② 张宏生:《江湖诗派研究》,中华书局1995年版,第4页。

胡仲弓《选官图》诗歌的创作说明了江湖派诗人对选官制度的看法："百年穷仕宦，尽在此图中。真假名虽别，升沉理则同。前程如漆黑，末著满盆红。时采毋虚掷，平迁至上公。"投掷选官图是宋代文人的一种娱乐游戏，"真假名虽别，升沉理则同"两句表明，选官图游戏有一定的规则，而现实仕宦生涯也相应地有一套规则，一生仕宦皆依升沉之理。胡仲弓曾科举及第，但授官不久便被罢黜，"平迁至上公"也只不过是诗人一厢情愿的期待罢了。倒是隐士诗人许棐看得更为透彻："排衔累职甚分明，除罢皆由彩色行。纵有黄金无好采，也难平白到公卿。"（许棐《选官图》）。

仕途不顺达、繁重的官务又令官员诗人生出厌烦情绪。陈造《官务》一诗说："磨陁为官多，晓了未更历。今世从仕者，万口用一律。文桉日从事，雁鹜窃投隙。自谋脱悔吝，初肯计易剧。追逮有踵接，符牒动山积。岂念南亩民，晷刻校日力。停犁听上命，质衣供旅食。谁定老我师，黠民几鬼蜮。缔彼刀笔吏，表里肆狙憸。奈何食肉人，立说与推激。此论傥不破，此弊终未息。揆予阅世熟，敢此谂在职。"每日从事繁重的劳动，符牒如山般积压，甚至衣食亦不能保全，不但要时刻听从上级的命令，还要典质衣服来供给旅食，更有甚者，黠民难以管束，官吏狡诈邪恶，官民间的矛盾难以化解。陈造对繁重的官务十分不满，但身在其职也只能尽其责。

若说烦琐的事务还能尽责去完成，生活的清贫却对大部分官员诗人提出了严峻的考验。对官员诗人来说，在为官期间，俸禄是其最主要的生活来源，南宋朝廷对文人的待遇还算优渥，不仅提供米面，对外任官还给予一定的土地，而那些官职更高的官员还有朝廷提供的茶、炭、元随傔人等。此外，也有部分在政坛、文坛享有盛誉的官员诗人有一些额外收入。江湖派成员的诗文中有不少"代上……""代寿……"为题的诗歌，如周端臣《代上刘郎中》、陈允平《兰陵王·辛酉代寿鳌翁丞相母夫人》、胡仲弓《代寿圆峤颜文昌》、方岳《代赠》等。"代"字表明是诗人替别人写的诗文，既然是替人帮忙自然少不了报酬，刘克庄一生为多人作过序跋和行状，所收润笔也是相当可观的。

但是大部分官员诗人微薄的俸禄并不足以让他们衣食无忧，仅能勉强维持生计。施枢说"俸钱已足供薪粒，比著箪瓢尽有余"（《廨宇傍河彷佛家居》），境遇比一箪食一瓢饮的颜回要好很多，至少俸禄足够生活日用。

方岳在官场沉浮多年，曾为知州等中级官员，他的经济状况也比较差。方岳对贫穷也是深有感触，他在《寄侄》中写道："尔亦为贫驱，窗间砚欲枯。自从村墅别，曾到陕山无。"首联写侄子为穷所驱，一个"亦"字，也包括了他自己。危积有过仕宦经历，为了凑足买山钱他还上书赵帅，希望能在钱财上获得一定的资助。陈造中青年时期身在宦途，但他的生活并未因此有较大的改变，依然贫困不堪，陈造曾借贡院居住（《谢袁起岩使君借贡院居》），官满无钱搬家不得已向友人借船："书生禄邀空自怜，三年官满囊无钱"（《谢朱宰借船》）。王琮更是穷得连果腹之米也要向友人乞讨："范甑欲尘贫亦甚，陶腰未折计何如。小窗独对萧萧雨，临得唐人乞米书。"（《客中从厚禄故人乞米》）无奈之下不得不临颜真卿《乞米书》以求取生活之资。

一旦诗人离开了官场，身份地位发生变化，其生存状况也会随之发生一定的变化。脱离了仕途的官员，多是回到家乡或择地而居，这是在经济条件充裕的情况下，而那些经济相对贫乏的诗人，离开了官场也就意味着失去了朝廷的俸禄，其生存状态可想而知。而曾有过短暂仕宦经历的胡仲弓，即便有了俸禄，他的生活也是比较清贫。"一官如许冷，况复是清贫"（胡仲弓《将之官越上留别诸友》），当他远离官场失去俸禄时，生活很快陷入窘迫。胡仲弓在《老母适至时已见黜》中说："千里迎阿婆，相见翻不乐。微禄期奉亲，亲至禄已夺。所悲乏故交，何以寓漂泊。向来耿介心，馈遗拒不诺。"此时，胡仲弓被罢官，难以供养母亲，心中悲伤不已。

（二）江湖游士

江湖游士是一个很宽泛的概念，凡在江湖游走之人皆可归入此列。他们中不乏对仕途有进取之心而干谒求取的士人，有多次参加科举而不第的士人，有弃举业以教职为生的士人，亦有入幕施展才华的士人，甚至僧道人士、术士也可归入此列。

对江湖游士而言，他们的政治生存空间更为狭小。刘过是典型的江湖游士，他有着极其强烈的功名之心，多次应举不第后便干谒权贵以期实现抱负。他曾上书朝廷提出恢复中原方略，不被采纳。早年的姜夔也曾以白丁之身向朝廷上书论雅乐，"姜夔刘过竟何为，空向江湖老布衣"（乐雷发《题许介之誉文堂》）。刘过和姜夔空有一番抱负，但朝廷也并未给他们提供施展理想的空间。为此，刘过还被下旨还乡，他在《初伏阙上书得旨还乡上杨守秘书》中说："访旧须俱白，过家心欲摧。故乡非不好，不是锦衣回"，充满了理想难以实现的深深感伤。他的《下第》诗同样表达了政治失意的悲哀："荡荡天门叫不应，起寻归路叹南行。新亭未必非周顗，宣室终须召贾生。振海潮声春汹涌，插天剑气夜峥嵘。伤心故国三千里，才是余杭第一程。"新亭对泣、宣室招贾谊，刘过用这两个典故表明自己空怀抱负而不得实现。进京考试而落第，此一伤心也，故国三千里难以收复，此二伤心也。刘过此诗既有对下第的伤感，更多的是对空怀抱负无处施展的感伤。

此外，贫、穷也是江湖游士普遍吟咏的主题。在现代汉语里，贫和穷是一对近义词，但贫多指生活上困窘，缺衣少食，而穷还包含多重含义。江湖游士的身份决定了他们在政治上的飞黄腾达只能是一个无法企及的美梦，那么"穷则独善其身"也就成了诗人的无奈选择，同时大部分诗人漫游江湖以维持生计，生活的穷困也时时困扰着他们，诗里出现了大量展现"贫"的诗句。有些是描写友人的穷困，但诗人自己也处于同样的境地，表达了对友人无法援助的无奈之情，有友人将赴外地干谒或入幕府，自己抒发对友人的美好祝福，但更多的是对自己贫穷生活的自嘲。有许多江湖诗派的诗人往往把贫穷和作诗联系在一起，似乎是因为太专注于作诗才导致的贫穷，甚至生病了也是因为作诗，这一点颇值得玩味。作诗成了江湖派诗人毕生追求的事业，因太在意诗艺，闭门作诗成为家常便饭的时候，"苦吟"也经常出现在诗人的诗句中。"咫尺不相见，闭门唯苦吟……身外一贫在，灯前百虑深"（薛嵎《寄宋希仁兄弟》），"只有君同我，惟添病与贫"（王湛《简刘吉父》），又贫又病，江湖游士的经济状况颇值得同情。

而江湖游士的生存手段，历来被人们提到最多的是干谒。干谒在南宋是普遍现象，一些有才华的江湖游士，如戴复古、姜夔、刘过、孙惟信、高翥、宋伯仁等都曾有过干谒经历。有学者总结江湖诗人的谋生方式为："干谒权贵，获取钱财；投亲靠友，接受周济；出卖诗文字画，兜售个人才艺；教书授徒，代人撰述。"[①] 文中的江湖诗人主要指江湖游士。

盖"江湖"游士，多以星命相卜，挟中朝尺书，奔走闽台郡县糊

---

① 费君清：《南宋江湖诗人的谋生方式》，《文学遗产》2005年第6期，第52页。

口耳。庆元、嘉定以来，乃有诗人为谒客者，龙洲刘过改之之徒不一人，石屏亦其一也。相率成风，至不务举子业，干求一二要路之书为介，谓之"阔匾"，副以诗篇，动获数千缗，以至万缗。如壶山宋谦父自逊，一谒贾似道，获楮币二十万缗以造华居是也。①

方回这段文字提到了江湖游士的干谒之举，江湖派中的那部分江湖游士，主要的生活来源是干谒权贵。庆元、嘉定前，江湖游士阶层多星命相卜，以奔走闽台郡县为生，之后，部分诗人自觉加入谒客的行列，并以此为营生。传统的游士奔走江湖靠星命相卜的手艺谋生，不但寻常百姓会寻求相士来占卜吉凶，一些大学者、政治家也和相士关系密切，像真德秀、魏了翁、刘克庄等理学名家都曾写过赠给相士的诗。和这类江湖游士糊口的方式一样，只是诗人们靠的是阔匾和诗篇，是为了钱财。"此曹什佰为群"，说明以此为业的人在当时社会还有很多。"雌黄士大夫""口吻可畏"都表明方回对江湖游士干谒行为的不赞同和贬低。在传统士人眼中，干谒的行为是不光彩的，不习举子业，可以理解为江湖游士中的一批人对科举没有多大兴趣，也可理解为有部分人在漫游江湖之前研习过科举，因为种种原因而中途放弃了。不管哪种情况，对江湖游士而言，虽则不习举子业，但不代表他们在诗文上用功不够。干谒权贵离不开阔匾和诗篇，高质量的诗文无疑是江湖诗人获得权贵赏识的筹码。戴表元曾评说李时可"往年吴中熟，时可携书就食诸公间，东家馈币，西家发廪，妻孥终岁充，然无不悦之色"②。除了高质量的诗文，诗人的性情在干谒时也很重要。刘过"流落江湖，酒酣耳热，出语豪纵，自谓晋、宋间人物"③，刘过的诗词连同豪爽个性受到同具豪爽之气的文人的赏识，如辛弃疾、陆游、陈亮等。上述江湖游士"多雌黄士大夫，至于望门倒屣"，而戴复古"每于广座中，口不谈世事，缙绅多之"，可见，戴复古谨慎小心的性格也使得他得到缙绅权贵的认同，更有助于干谒行为的完成。

南宋理宗时期的大臣杜范《詹世显老丈舂米为赠时有张老之子携其父诗求月助即以詹米转馈之詹丈以诗送米和其诗》记载了江湖游士以诗寻求

---

① 方回选评，李庆甲集评校点：《瀛奎律髓汇评》，上海古籍出版社1986年版，第840页。
② 戴表元：《剡源集》卷八《李时可诗序》，《景印文渊阁四库全书》本。
③ 张世南撰，张茂鹏点校：《游宦纪闻》，中华书局1981年版，第4页。

救济的情状:"归来两见春载耜,老矣陈人愧髦士。书生活计常若拙,瓶粟屡空固其理。石庄好义无不为,独将饱腹念朝饥。担只赪肩米叩户,要转儿啼成欢嬉。此赐何敢望此老,况有新诗非草草。再拜为之惊且惭,锦章玉粲斗新好。我贫犹有稻粱谋,更有贫士需麦舟。为君乞与君然否,乐施曷计谁家留。"詹世显带着米来,刚好有张老之子携其父诗来寻求资助,杜范把詹丈带来的米转赠予张。杜范身居高位,前来干谒投赠的人较多。为了得到资助,诗人们一般都会携带诗文,"书生活计常若拙",士人在养家糊口方面不是很擅长,所以才瓶粟屡空。"况有新诗"句表明诗人前来寻求资助的诗篇是精心创作的,尾联两句表明社会上还有很多的贫士需要接济。

随着南宋商品经济的发展,诗文也逐渐成了商品,所以部分江湖派诗人以卖诗文为生。卖诗文的现象在唐代就已经出现,如中唐诗人姚合《送费骧》:"兄寒弟亦饥,力学少闲时。何路免为客,无门卖得诗。"对贫寒的诗人来说,卖诗无门就意味着没有生活的财资。不过唐代靠卖诗文为生的诗人还是少数。到了南宋,大批士人沦落江湖,又不事生产,诗文变成了他们赖以谋生的工具。戴复古长年漫游江湖,干谒权贵,也有过卖诗的行为。"七十老翁头雪白,落在江湖卖诗册"(戴复古《市舶提举管仲登饮于万贡堂有诗》),"岁里无多日,闽中过一年。黄堂解留客,时送卖诗钱"(戴复古《谢王使君送旅费》)。

有卖诗行为,就有书商索诗。陈起作为书商,和江湖派多位诗人均有交往。陈起的书铺不仅刊刻前代文人的诗文,还刊刻江湖派诗人的诗作,其中不少诗作是索取来的。赵师秀《赠陈宗之》说:"每留名士饮,屡索老夫吟。最感书烧尽,时容借检寻。"陈起在向诗人索取诗文时十分讲究,他设宴招待诗人,在席间索取诗作,因为他藏书丰富,为了方便诗人创作,允许诗人们借书和检索。可以想象,陈起和江湖派诗人交往,固然是出于朋友间的深厚情谊,但作为商人,求诗之举为书铺盈利的目的也是存在的。

综上所述,对江湖游士来说,他们的政治生存空间非常狭小,而经济的窘迫也时时困扰着他们,在诗歌中竭力表现自己的"贫""穷",虽然有些诗人以干谒、卖诗为生,但是总体上来说,脱离了传统士大夫阶层,他们的生活境遇相对艰难。

### （三）隐士诗人

和江湖官员的生活空间在仕途、江湖游士的生活空间在江湖不同，隐士诗人的生活空间多在山林，也有部分诗人隐于城市。尧帝欲禅位于许由，由坚辞不受，隐居山林，此后，山林便成为隐居者主要的生活环境。不过隐士诗人并非与世隔绝，相反，他们与当地士人交往密切，受到一致好评，甚至有些隐士还受到权贵的褒扬。薛师石应举不第隐居永嘉，在会昌湖上建造瓜庐作为自己的隐居之所，与永嘉四灵、叶适等有酬唱交往，上述诸人还专门造访过他的瓜庐。另外，瓜庐也是永嘉士人交流集会的地点，薛师石生活闲适、自由自在，他在《渔父词》中把自己塑造成一个隐居于世的渔父形象："十载江湖不上船，卷篷高卧月明天。今夜泊，杏花村，只有笭箵当酒钱。"隐士的生计问题并未被更多的资料记载，诸隐士个人情况也不尽相同。薛师石筑室会昌湖，种瓜钓鱼，属于有一定恒产之人，自然不用为生计忧虑。武衍南渡后寓居临安清湖河，过着弄琴作诗的隐居生活，"可羡一廛安所适，纷纷车马泹黄埃"（陈起《题适安清湖寓居》），虽远离了世俗，生活还是比较惬意的。陈起与之酬唱交游，并选其诗入江湖集，应能从陈起处得到些许钱财。

## 二、馈赠与"买山"：江湖诗派诗人的生活细节

从中唐开始，诗人们常常选取日常生活中的琐事入诗，宋代诗人继承了这一传统，在诗歌中对日常生活的书写更为全面。江湖诗派成员也创作了不少反映日常生活状况和内心愿望的诗作，其中有两点值得关注：一是馈赠类诗歌，此类诗作往往记录诗友们的馈赠之举，赠送的物品多为生活用品，反映了江湖派诗人日常交往的生活细节。二是"买山"类诗歌，有为数不少的江湖派诗人抒发了"买山"的愿望，渴望买山隐居，而买山需要资产，从中也能看出江湖派诗人的资产状况。

### （一）馈赠：情谊的传达

礼尚往来是中华民族的优良传统，早在先秦时期，人们已然有互相馈赠的行为，馈赠也伴随着人们的交际直至现代社会依然存在。江湖派诗人日常生活中也有馈赠行为，但是他们收到的馈赠种类比较多，从瓜果、菜蔬，到茶、酒、肉、鱼，甚至还有药，当然其中也不乏珍稀之物，但是这

些物品以生活所需为主。江湖诗派的馈赠行为总体上呈现出从审美性到实用性的转变，体现了从情感传达到实用性的精神超越和体验，所以才值得诗人大写特写。

陈起曾收到武衍赠送的糟蟹、新酒，说"此宝君所储，何为贻老夫"（《适安惠糟蟹新酒》），可见所赠之物的珍贵。戴复古亦尝收到友人所送盐蠘子鱼（《吉州李伯高会判送盐蠘子鱼比海味之珍者未免为鲈鱼动归兴》），在漫游途中收到具有家乡风味的食物，戴复古异常欣喜，动了思乡之念："每思乡味必流涎，一物何能到我前。怒奋两螯眸炯炯，饱吞三印腹便便。形模突出盐池底，风味横生海峤边。合为莼鲈动归兴，久抛东浦钓鱼船。"江湖派诗人的馈赠之物多具有实用性，以食物为主，如菜羹、肉、酒、鱼、蟹等，并且友人对诗人的心理体察入微，馈赠之物往往能投其所好。官员诗人高似孙性爱螃蟹，在螃蟹成熟的秋季，友人纷纷赠送螃蟹，其记载友人送蟹诗不下十首。

此外，茶、酒等颇有文人意趣之物也深受士人阶层喜爱。对诗人来说，酒是日常生活中的调剂佳品，节假日时饮酒庆祝，高兴、伤悲时都离不开酒，甚至写诗时还需饮酒助兴，酒可以说和茶一样是除文房四宝外最具有文人气的馈赠物。林希逸每月都能收到友人馈赠的美酒："好友怜余渴饮溪，酝香每月入缄题。分无内库黄封赐，似有孤山赤帮支。把盏惭非浆玛瑙，倾瓶尤胜碧玻璃。三升美醑何须恋，绩也当年可煞痴。"（《谢石塘小孤山惠酒》）有了友人馈赠的佳酿，林希逸不必忧愁日常所饮。薛师石《寄谢黄元信惠茶》说："建溪金铤直几千，余性所嗜一已偏。寻常草卉不足进，龙团凤夸如珉坚。长须健卒前月到，手提茶器急取煎。妻儿攒眉笑苦涩，为言真味兹天然。""金铤"为做成此样的茶，"直几千"则说此茶非常名贵，薛师石性嗜茶，收到好茶便迫不及待地享用。戴复古收到友人馈赠的酒、茶后还反馈了谢礼："遣来二物应时须，客子行厨用有余。午困政须茶料理，春愁全仗酒消除。不胜欢喜拜嘉惠，无限殷勤作谢书。君既有来何以报，一床蕲簟两淮鱼。"（《谢史石窗送酒并茶》）"应时须"表明酒和茶正是戴复古生活所需，午困和春愁全靠这两样物品，他收到礼物欢喜万分，回赠一床蕲簟和两条淮鱼，也极具实用性，这两样可能是戴复古当时所能提供的最好回礼了。

除接受馈赠外，江湖诗派诗人还有乞米、借物之举。戴复古在《谭俊明雪中见访从而乞米》中曰："野夫饥欲死，谁与办晨炊。"诗人饥饿欲死不得不向友人求助。江湖派诗人虽也有富裕之时，比如江湖游士干谒，"动获数千缗，以至万缗。如壶山宋谦父自逊，一谒贾似道，获楮币二十万缗以造华居是也"①，但也不乏部分诗人面临困境而求助友人。陈造为官多年，亦有借屋、借船之举，陈起经营书铺也有借居（《借居值雪》）的行为，更遑论其他江湖派诗人了。

要之，馈赠虽非日常生活的常态，乞米、借物之举亦非长久，但均能从侧面反映出江湖诗派成员的生活状况。

（二）"买山钱"与江湖诗派诗人的资产状况

"买山"典出《世说新语》，指出资购买山林作为归隐之所。对江湖诗派成员而言，官员诗人和江湖游士在其诗作中不时提到买山钱，隐士诗人无需买山钱，所以"买山钱"所反映的是前二者诗人的资产状况。

先说官员诗人。与江湖游士相比，官员诗人生活境遇稍好，自己尚能提供买山钱，如陈造、刘克庄、薛嵎等人；但也有部分官员诗人生活比较清贫。

　　与世端如上濑船，还家稍办买山钱。（陈造《漫兴》）
　　一官强颜窃温饱，粗免庚癸形庾辞……囊中仅办买山钱，径当拂衣践此语。（陈造《再次韵答节推司理路监岳》）

陈造早年辗转各州县，积攒了部分钱财，买山之资尚能自己提供。

刘克庄有三首诗与买山相关，他是官员诗人中官职较高者，在当时亦享盛名，尚有买山钱。"薄田足可躬稼，余俸尚堪买山"（《六言五首为仓部弟寿》），这是首祝寿诗，不过依刘克庄官职来看，他是能够提供这笔钱的。在《和竹溪三诗·戊辰二月六日》中嫌自己所买之山太靠近城市："买山深悔于城近，逃席何须待酒阑。"

薛嵎有题为《近买山范湾自营藏地与亡弟草塘君及外家墓茔悉可跂望感事述情继有是作》的诗，从诗题看，他买山范湾作自营藏，与亲友墓茔相距不远。薛嵎为永嘉人，科举及第后任长溪簿等下级官职，"十万买山浑可事，放教身死骨犹香"，十万买山钱薛嵎尚负担得起，但买山后便陷

---

① 方回选评，李庆甲集评校点：《瀛奎律髓汇评》，上海古籍出版社1986年版，第840页。

入贫困的境地,"愁因失鹤致,贫为买山深"(《君誉病愈相访》),诗人因买山而生活困窘,精神却是愉悦的,在自己的那片山林中静享安闲与舒适。

胡仲弓短暂为官便被罢黜,此后一直漫游江湖,面对高昂的买山钱,只能望洋兴叹,"万缘无所欠,只欠买山钱"(《湖》)。

危稹在其诗歌中也提到买山钱,与陈造、刘克庄、薛嵎等人不同,他是为乞钱。"买宅须买千万邻,季雅喜得王僧珍。买山百万复谁与,襄阳节度真主人。我生兀兀钻蠹简,不肯低头植资产。缀名虎榜二十年,依旧酸寒广文饭。"(《上隆兴赵帅》)这时危稹已登进士多年,因不愿钻营,不善置资产,依旧寒酸贫穷,为了买山只好向隆兴赵帅求助,以进士身份乞钱在当时社会比较少见,而乞钱之举多是江湖游士的行径。和官员诗人相比,江湖游士对买山钱有着更热切的期待,大概与他们的切身经历相关。江湖游士中的戴复古、高翥、吴惟信、李涛、释绍嵩皆有买山之念,但是他们筹措买山钱需要的时间和精力更多。

部分江湖游士在一生劳碌之后才凑齐买山钱。高翥奔走江湖、干谒求资,人到中年还是难以买山。刘克庄《赠高九万并寄孙季蕃二首》(其一)中说:"诸人凋落尽,高叟亦中年。行世有千首,买山无一钱。"高翥有千余首诗流传于世,却依然无钱可买山。戴复古诗名更盛,也是至老方凑齐买山钱,"落魄江湖四十年,白头方办买山钱"(《镇江别总领吴道夫侍郎时愚子琦来迎侍朝夕催归甚切》),"半路袖回攀桂手,一生才遂买山心"(《招山乃诗人刘叔拟故居朱清之得其地清之赴南宫中道而返就招山卜筑不久亦去世》)。辛苦了一辈子,在落魄江湖四十余年后,戴复古才得以过上安定的生活,个中心酸大概只有诗人自己才可以体会。

以干谒求取钱财,并置办下买山钱的江湖游士只是少数,更多的是劳碌一生无力买山,只能无奈地期望与等待。吴惟信寓居嘉定,以诗游江湖间,与同时期的达官名流如赵善湘、江湖派官员诗人高似孙多有酬唱。诗名并未给他带来丰厚的回报,"买山成"是他毕生努力的目标,"吟苦只因听雨久,心闲直待买山成"(《寄沈二山人》),"相约在何许,买山归卜邻"(《寄朱仁叔伦魁》),他与友人朱伦魁相约日后归隐买山时相邻而居,但这也只能是诗人的理想罢了。

李涛在诗中直言一生有两件事不如意,其中之一便是买山无钱:"辟谷未能那废食,买山所欲尚无钱。但须两事略如意,便占白云深处眠。"
(《三月十六日西湖闻杜鹃》)

当然,买山并非士人的专利,僧人绍嵩也有买山之念,"吾事只如此,奔忙自作痴。买山犹未得,吊古却成悲"(《写怀奇湛上人》)。僧人行脚江湖,衣食住行皆由寺院提供,且寺院多在山上,身为僧人的绍嵩却想买山隐居,大抵与当时社会风气以及僧人文人化的现象相关。

综上,对官员诗人而言,有一部分能够付得起买山钱,而买山所耗费的钱财也从"十万"至"百万"不等。从这点来说,部分官员诗人的资产状况还是相当不错的,但是也不排除一部分士人经济状况较差,难以实现买山退隐的愿望。而对大多数江湖游士而言,买山并非轻松之事,许多游士依靠干谒、客食、亲友短期的救助为生,买山钱对他们来说无疑是天文数字,即便部分江湖游士能负担得起,也往往需要耗费一生的时间来积攒这笔钱财。虽然江湖诗派成员不时提到买山,但是真正实践者还是少数。有买山之愿的是官员诗人与江湖游士,江湖官员买山为了脱离官场归向隐士,江湖游士则是为了脱离漫游干谒而回归隐士,虽然各自目的不一,但他们买山的愿望与举动无不昭示着对隐逸生活的向往。

## 第三节 居住与游走:江湖诗派的交游模式

江湖诗派成员众多,居住地相对分散,再加上他们社会身份的流动性和生存的需求,诗派成员游踪广泛,但江湖派诗人分散而有交流,流动而又相对集中,交游模式呈现出两大特点:一是居住型,以两浙东西路、福建路、江南西路等地为主形成小地域的酬唱交游群体,在同一地域内,文人又有自己的小圈子,他们组建诗社,互相唱和,以社团的形式和地域内的文人保持联系;二是游走型,江湖诗派成员为了生计而漫游江湖,在干谒、游宦过程中时有交流。

### 一、居住型交游

江湖派诗人分散在南宋东南部,又因长年漫游、宦游,诗人之间难有大规模的聚会和交往,更多的是地域内小群体的交游,主要表现为地域内的群体酬唱与诗社联谊。

（一）地域内群体性特征

江湖诗派成员地域型分布深受地理格局的影响，"南宋地理格局的巨变，带来晚宋文坛的最大特点就是地域性加强、全国性趋弱"①。北方士人南渡后便在南方定居下来，他们往往会选择文化氛围比较浓郁的地方，而南宋疆域的缩小使得士人们更加集中。士人的集中有利于彼此的交往和联系，如江西诗派成员中的谢逸、汪革、饶节、谢薖四人居住在临川，三洪、徐俯、洪羽、潘淳等六人居住在南昌②，以地域为中心，诗人们彼此唱和，同声相应。江湖派诗人也是如此，按照诗人居住地域来考察会有更为清晰的认识。以江湖派诗人籍贯或居住地（有些诗人寓居某地，参与当地士人酬唱）为统计方法，诗派138位成员多集中在两浙东西路、福建路、江南东路、淮南东路等地③，其中两浙东西路又分为浙东瑞安府永嘉和浙西临安府两个较大的酬唱群体，共有诗人56人，而福建路酬唱群以刘克庄所在地莆田为中心辐射福州、建宁府等地聚集的17位诗人，江南东路酬唱群体有33人，以隆兴府、吉州、建昌军、临江军形成小地域群体的交流，淮南东路诗人的分布具有鲜明的地域特色。

两浙东路永嘉地域以四灵为首，还包括本地其他诗人，如赵汝回、卢祖皋、刘植、盛烈、薛师石、薛嵎、赵汝迕、宋庆之等12位诗人，并且"继灵之后，则有刘咏道、戴文子、张直翁、潘幼明、赵几道、刘成道、卢次夔、赵叔鲁、赵端行、陈叔方者作；而鼓舞倡率，从容指论，则又有瓜庐隐君薛景石者焉。……继诸家后，又有徐太古、陈居端、胡象德、高竹友之伦。风流相沿，用意益笃，永嘉视昔之江西几似矣，岂不盛哉！"④王绰的这篇墓志铭描述四灵后永嘉地域的几代诗人。四灵后的刘咏道、戴栩、刘植、卢祖皋、赵叔鲁、赵端行等人积极参与本地诗文唱酬，而他们又或多或少地彼此间均有所交往，如薛师石《哭刘咏道》、徐玑《送戴文

---

① 侯体健：《刘克庄的文学世界——晚宋文学生态的一种考察》，复旦大学出版社2013年版，第33页。
② 参见伍晓蔓：《江西宗派研究》，巴蜀书社2005年版，第154—178页。
③ 内山精也在《宋诗能否表现近世》[见《第六届宋代文学国际研讨会论文集》一书]中按照现代地域分为浙江、江西、福建、江苏等四地，共有121位，占江湖诗派总人数的88%。
④ 王绰：《薛瓜庐墓志铭》，见《瓜庐诗》附录，《景印文渊阁四库全书》本。

子赴定海主簿》、翁卷《寄张直翁》、薛师石《送赵几道赴台州录事》《送卢次夔兼柬卢九秘书》《赵叔鲁端行胡象德携酒见雇》、叶适《赠卢次夔》等。除本地士人外，赵端行还与戴复古有交往，陈叔方和刘克庄有交流，也参与了跨地域的交流。

另外浙东庆元府也是诗人聚集之地，史卫卿、史文卿、张良臣、戴埴、陈允平、高似孙等皆为本地士人。但是他们的诗歌保留下来的不多，酬唱诗较少，他们之间的酬唱关系并不明显。

两浙西路南宋都城临安府聚集了大量的士人和江湖游士，经济文化非常繁荣，市民文化也取得了长足进步。临安陈起作为江湖诗派诗歌的搜集者和刊印者，对整个诗派起着至关重要的作用。在他身边聚集着一大批江湖诗派成员，或为刊刻诗集，或为生计卖文卖诗于陈起，而书商陈起又需要与江湖派诗人保持相对亲密的联络，彼此间时有唱酬。与此同时，临安政治经济文化中心的地位吸引着大批士人，如参加科举的布衣文人、来此选官述职的待选人员，还有一批为寻求入仕、入幕机会的士人也聚集此地，临安府所积聚的士人可以说是南宋各地之最。临安府蓬勃的经济也吸引着大批的江湖游士，除却临安府本地陈起、俞桂、张炜、何应龙、武衍、姚镛 6 人外，其余地域诗人有 40 余人来过临安。在陈起酬唱圈之外，还有大量游走至此的诗人彼此交往、参与酬唱，他们交汇于此，又通过游走联络不同的地域，在整个南宋东南地区形成江湖诗派的交游联谊网络。

在临安之外，两浙西路镇江府也是诗人交汇之地。镇江府有张榘、施枢、朱南杰、张绍文、葛起文、葛起耕 6 位本地诗人，但因其特殊的地理位置，江湖游士也会选择镇江的多景楼作为漫游之地。

福建路的酬唱群体不像两浙东西路那么复杂，诗人由于地缘关系，又有共同的酬唱对象刘克庄，于是在本地域形成共同的酬唱群体。福建本地诗人多居住在福州、建宁府、兴化军等三地，三地相距不甚远，刘克庄作为江湖诗派的领袖长期里居家乡莆田县，他身边聚集了一批文人，这些人或和他有诗词交往唱酬，或仰慕刘克庄的文学成就以期得到指点，或慕刘克庄声名希望其撰写序跋，等等，以刘克庄为中心形成了一个辐射整个福建路江湖诗派文人、下层文人的交际圈。

江南西路在两宋时期是重要的诗坛重地，江西诗派诗人多居住在此，与江西诗派成员集中在隆兴府南昌、抚州临川相比，江湖诗派成员主要聚集在吉州、建昌军、临江军三地，共有 19 位江西籍诗人在此居住。江西诗派与江湖诗派成员人数相当，不过因江湖诗派缺少共同的学习对象与诗歌主张，加上江湖派成员的漫游生活，所以他们的交游仅限于地域小群体的交流，缺少像在整个江南西路大范围的酬唱往来。

（二）诗社型交往

江湖派诗人还有结社的活动，主要是诗社。诗社最早出现在中唐时期，但总体上数量较少，到了宋代，文人才存在普遍结社的现象。北宋时期，较著名的诗社有徐俯的豫章诗社，有成员徐俯、洪刍、洪炎、苏坚、苏庠、潘淳、吕本中、汪藻、向子諲、张元幹等。诗社对文学的影响十分深远，"诗社同仁本来就是诗歌同道，审美观念本就相近，诗社唱和更易使这种一致性得到强化，所以许多诗社往往是一个诗派的前身和核心，如徐俯豫章诗社、薛师石诗社、江湖吟社、杨缵吟社分别对宋代著名的诗词流派江西诗派、永嘉诗派、江湖诗派、格律词派具有重要影响"[1]。据周扬波、欧阳光统计，和江湖诗派有关的诗社有十余种之多[2]。按照地域分类，两浙东路有包含薛师石、赵师秀、徐玑等成员的永嘉诗社，薛嵎诗社，高翥诗社，叶茵诗社，王琮诗社；两浙西路有姚镛诗社及陈起、许棐组建的桐阴吟社等；福建路有敖陶孙诗社，胡仲弓、胡仲参、孚上人组建的胡仲弓诗社，林尚仁诗社，刘克庄、陈起、吴茂新、吴垚等人组成的江湖诗社，徐集孙诗社；江南西路有曾原一、戴复古组建的江湖吟社，黄文雷、利登、赵崇嶓、赵崇𡵆、曾原一等6人组成的黄文雷诗社，杜范、孙惟信组成的杜范诗社，李涛诗社等；淮南东路有陈造参与的真州诗社、陈造诗社；荆湖南路有以方岳为主力的方岳诗社。

在江湖诗派诗人集中的两浙东西路、福建路、江南西路均有诗社成立，虽然由于现存资料有限，很多诗社成员并不能确定，甚至连诗社的地点都难以确定，只能从诗人诗歌中的只言片语中来考察诗社的具体情况。尽管如此，依然可以看到，诗社大多局限在诗人亲朋小圈子内部，比如永

---

[1] 周扬波：《宋代士绅结社研究》，中华书局 2008 年版，第 129 页。
[2] 参见周扬波：《宋代士绅结社研究》，中华书局 2008 年版，第 130—136 页。欧阳光：《宋元诗社研究丛稿》，广东高等教育出版社 2011 年版，第 250—257 页。

嘉诗社成员赵师秀与徐玑同为"四灵"中人，薛师石与二人交好，胡仲弓诗社成员为兄弟二人与僧人孚上人，方岳诗社成员由方岳及其三弟、四弟组成，由此可见诗友、亲友在酬唱活动中的重要意义。

陈起既是书商又是诗人，作为江湖诗派的联系纽带，他也参加了两个诗社——江湖诗社和桐阴吟社，其中桐阴吟社的地点与陈起的书铺有关。许棐是江湖诗派成员，自号梅屋，也是陈起的好友，两人有酬唱活动，并且许棐的诗集由陈起印刷出版，"甲辰一春诗，诗共四五十篇，录求芸居吟友印可"①。许去世后，陈起有挽诗《挽梅屋》"桐阴吟社忆当年，别后攀梅结数橼"，桐树是陈起家中所种，芸居是陈起的号，芸居楼是他居住和藏书的地方。江湖派诗人的酬唱诗中也经常提到"芸居"和"桐阴"，杜耒"对河却间桐阴合，隔壁应闻芸叶香"（《赠陈宗之》），郑斯立"桐阴覆月色，静夜独往还"（《赠陈宗之》），危稹"刚被旁人去饶舌，刺桐花下客求诗"（《赠书肆陈解元》）。陈起居住的环境，诗人比较熟悉，可以大胆猜测，诗人们以前也来过芸居楼，"刺桐花下客求诗"，客人所求极有可能是芸居楼里所藏的诗书。在陈起的家宅和书铺中，无论是陈起求诗还是诗友们求书，都已成为江湖派诗人关注的焦点。

江湖诗社的主要成员包括刘克庄、陈起、吴茂新、吴垚等人。吴垚曾投赠刘克庄并参与《梅花百咏》唱和；刘克庄为吴茂新作挽诗，有"白头哭同社"（《挽吴茂新侍郎三首》）一句。此陈起应不是江湖诗派中的陈起，刘克庄作《挽陈梧州起》，"谷目多名士，西轩与石门。族皆通一谱，君独秀诸孙"。此外，刘克庄《梅花百咏》唱和活动吸引了福建地域的缙绅、江湖社友等二十余位士人的参与，唱和活动之盛、持续时间之长在南宋中后期也很值得关注。可见，江湖诗社是刘克庄的社交圈的缩影。

至于诗社的活动，从现存的诗作资料来看，不外乎聚吟、文会、作诗等社团活动。

薛师石诗社曾有过聚吟、文会等集体活动，"而瓜庐翁薛景石每与聚吟，独主古淡，融狭为广，夷镂为素，神悟意到，自然清空"②。但赵汝

---

① 许棐：《梅屋四稿》，《南宋群贤六十家小集》十八，汲古阁景宋钞本。
② 薛师石：《瓜庐集》，赵汝回序，《景印文渊阁四库全书》本。

回这篇墓志铭并没有明确哪些人参与,以及聚吟、文会活动时诗人们都做了什么,只是针对薛师石诗歌风格的评论。

另外,诗社还有举行诗盟比赛的活动,一般选择在节日间举行。如高翥《清明日招社友》诗:"面皮如铁鬓如丝,依旧粗豪似向时。嗜酒更拚三日醉,看花因费一春诗。生前富贵谁能必,身后声名我不知。且趁酴醾对醽醁,共来相与一伸眉。"高翥在清明那天和社友有聚会,并且设酒招待社友,有借诗会联谊的性质。胡仲弓与社友的聚会也是在节日,如《与社友定花朝之约》:"花朝曾有约,来此定诗盟。……且尽吟樽乐,徂徕不用赓。"与社友定在花朝日举行诗盟,饮酒欢乐,既切磋了诗艺,也交流了感情。当然与社友的活动并不仅局限在作诗,还会一起游览当地的风景名胜。戴复古有诗《赵苇江与东嘉诗社诸君游,一日携吟卷见过,一语谢其来》,记载了其和赵苇江之间的酬唱,依此诗来看,赵应是东嘉诗社的成员,这里的"游"有游玩、交游之意。胡仲弓还有一诗《和社友游清源洞韵》,同诗社社友共游胜地,或分韵,或分题,是竞赛,也是相互切磋,虽然社友的诗作未能留存,但胡仲弓这首诗提供了很多信息。清源洞是福建泉州清源山的主要景点之一,胡仲弓、胡仲参兄弟是泉州清源人,诗社成员游览了清源洞后写了诗,胡仲弓依其韵而和,既是社友间的切磋,又加深了彼此的联系。

诗社成员之间声同气和,经常举行文学活动,互相唱酬,社友不在身边还寄书、寄诗来表达问候之意。社友之间的诗词寄赠大约有两种情形。第一种是诗人有感而写诗,寄与社友,有希望社友唱酬、评点之意,属于文人间的文字游戏。如林尚仁《雪中呈社友》:"风雨萧萧搅雪飞,一寒如此只贪诗。酒瓢倾尽囊金少,恐被梅花笑不知。"既有写诗的原因,因雪而贪诗,也有诗人对生活状况的自嘲。第二种为诗人想念同社诗友,寄托相思之情。如徐集孙《寄里中社友》,"欠作故人书,侵寻半载余。穷吟虽各自,入梦不相疏。……待余归故里,鸥约复如初"。诗人寄赠,表达了他对里中诸社友的深深怀念。

虽然江湖诗派成员积极参与了诗社活动,举行文会,酬唱交游,但因资料所限,我们还无法了解更多的诗社图景,这不得不说是一大遗憾。

## 二、游走型交游

江湖诗派又是一个游走型的诗派，除了江湖隐士，几乎每位诗人都有游走的经历，游走不仅是江湖诗派成员谋生的方式之一，还大大加强了各个地域之间的联系。江湖派诗人多种多样的生存手段对酬唱的影响是多方面的。干谒的主体是江湖派中的游士诗人，他们以诗来寻求资助，从这点来说，诗人和权贵之间存在着一定的交往。宦游的主体是江湖派诗人中有过仕宦经历的诗人，步入仕途之后，他们按照朝廷的指派在各地担任官职，有时需要辗转多地为官，交往对象多为官宦阶层的同僚。在干谒、宦游生涯中，诗人们远离家乡和亲朋，旅途的孤寂和强烈的思乡、思友之情时时在诗作诗歌有所表现，和亲朋的交往除了书信，便是诗歌。

### （一）厌倦与离愁：官员诗人的宦游体验

宦游一般指士人外出求官或做官。在战国时期，很多士人外出游说各诸侯国，以期得到诸侯的赏识步入仕途，如著名的苏秦、张仪、商鞅、李斯都曾有过宦游的经历，但是这一时期的士人总体说来更具有出世之精神，和强烈的功成名就的情感。两汉时期，宦游者的士人远离家乡和亲人去各地求官，精神面貌迥异于战国时期，多了宦游之苦和思乡、思亲之情。唐代，诗人漫游之风兴盛，也有一大批士人离开家乡到外地做官，开始了宦游之旅。此外，唐宋两代文人遭遇贬谪的事件也多了起来，他们多被贬谪到远离中原的偏远之地，甚至广西、岭南、海南等地。到了南宋，疆域进一步缩小，江浙、福建、江西等逐渐成了文化兴盛之地，之前被视为偏远的蛮荒之地在南宋也已不再偏远，甚至有机会主动前去入幕，比如嘉定十四年（1221），刘克庄受到广西经略安抚使司胡槻的极力邀请携家入桂，取道江西，经湖南入广西，留下了许多写景记事的佳作。刘克庄在嘉定十五年（1222）春抵达桂林，叶岂潜以诗歌相迎，刘回诗次韵（《来至桂州叶潜仲以诗相迎次韵一首》）。在桂林，他和叶岂潜以及一些地方官员游览了当地的风景名胜，写下了许多诗文，受到胡槻的重视，酬唱甚多。在《送陈东序》中，刘克庄说："予从事广西经略使府，潜仲适漕幕。

岭外少公事，多暇日，予二人游钓吟奕必俱。……平生乐事，莫如桂州时也"①，表达了对旅桂生活的怀念。

对于江湖诗派的成员来说，宦游的生涯很少像刘克庄那么惬意，而是充满了宦游的辛苦。江湖派诗人中大多有过科举或仕宦的经历，在诗作中也涉及相关内容。江湖派诗人对宦游的亲身经历或感想大概有三方面的含义。

苦无官况莫来休，羞见傍人说宦游。（王琮《邺中书怀》）

二十宦游今七十，于身何损复何加。（刘克庄《丙辰元日》）

王琮和刘克庄厌倦宦游，王诗表达的是仕宦的无奈与失望，刘诗则自述五十年的宦游生涯给他的身体带来了巨大的损伤。

他日犹能说宦游，老禁多病厌漂流。近临西蜀窥鲛室，旧傍东溟看蜃楼。归计已嗟霜蟹晚，吟声闲伴候虫秋。尘冠径欲留神武，万顷苍茫漾白鸥。（陈造《次韵张司户》）

与君相望淮南北，宦游适偕乱山里。（陈造《次韵梁广文重午吊古》）

昔我尝宦游，兄弟轻别离。自从失予季，忧闷鬓成丝。（裘万顷《题伯量春风堂》）

数点青来海上山，山根断处水漫漫。为无南雪地偏暖，才有北风天便寒。生理尽归蛮贾去，宦游直作瘴乡看。尘迷钜野家何在，纵有云梯见亦难。（胡仲弓《南地》）

陈造、裘万顷、武衍、胡仲弓等人则叙写了宦游给诗人的身体和心理带来的创伤。宦游意味着离别和远离，心灵上的伤痛还未来得及治愈，诗人又经历着宦游时所遇到的恶劣环境，如胡仲弓诗中所写的路途遥遥，虽然南地气候较北温暖，但是北风一来，仍然寒冷彻骨，又多蛮荒之地，即便有云梯相助，但隔着重重瘴气也难回自己的家乡。在这种情况下的宦游，诗人身心俱疲。所以一些诗人历经多年宦游，就有了新的选择。

---

① 刘克庄著，辛更儒笺校：《刘克庄集笺校》卷九十四《送陈东序》，中华书局2011年版，第3968页。

地迥秋声远，山空野兴多。宦游聊尔耳，疏懒奈吾何。摇落惊黄叶，推敲步绿莎。新凉大自在，对酒且高歌。（张绍文《即事》）

麦苗堆绿菜花黄，一簇人家古道傍。酒熟不妨邀里巷，年丰赢得事农桑。世情只说宦游好，客里那知归兴长。我有平生蓑笠在，钓丝何日理斜阳。（裘万顷《玉山道中时赴掌故之命》）

张绍文、裘万顷在诗中反复诉说不追求仕宦的生活是多么自由自在，不用忍受官场琐事的烦闷，不用面对人情冷暖，可以随心所欲地与好友西湖联诗，邀请里老喝酒，享受丰年的喜悦，但现实是诗人们为了生计不得不奔波在宦游途中。

宦游时期也是诗人求官为官时期，这个阶段对诗人的影响很大，他们不仅要应付官场事务，还要饱受远离家乡亲朋之苦，同时宦游各地的恶劣的地理环境也会使诗人产生不如归去的感慨。在孤独的旅程中，社友的问询便显得弥足珍贵。而友人到了一地久无音讯，又会引起诗人的惆怅与挂念。如陈造《丁簿到芜湖书不至》诗："几日到于湖，交情未合疏。相望百里地，不寄一行书。特此宽相忆，何人念索居。朔风吹雁断，徒倚正愁予。"其时，陈造在繁昌，距离芜湖不过百里，但是思念却超越了地域的限制。人生有聚就有别，相聚总是那么短暂，分别却是那么长久，在江湖派诗人的酬唱诗中有很多寄友人的诗作。友人离别伤悲是起始的情怀，在伤悲之后，诗人们便感受到了深深的孤独。

宦游经历对诗人酬唱交往是有一定影响的，官员诗人因宦游远离家乡与亲朋，只能借助于书信交流，他们去外地当官，自然要比外出干谒和漫游来往奔波要好，但同样也面临着行役之苦、远离亲朋的悲伤，无论是自己宦游还是为亲友、诗友宦游，要保持联系也只能靠书信或寄赠类诗歌。

（二）辛酸与孤独：漫游中的干谒

漫游是江湖派游士诗人的生活状态，在漫游中，诗人干谒权贵、依附亲朋，为求官或为求财。唐代是文人大量漫游的时代，也是繁盛的时代，唐代的许多文人都有过漫游的经历。著名的大诗人李白、杜甫，边塞诗人高适、岑参、王之涣、王昌龄等都有漫游经历。漫游成了唐代文人增长知识、开阔眼界的新途径，从寓居一地到辗转全国，即使是环境条件比较艰苦的塞外也有文人的足迹，这也为文人带来设身处地的感受和大量的创作灵感，促进了唐诗题材的繁荣。漫游多地也促进了不同地域文人的交流，杜甫、李白、高适就是在漫游途中结下了深厚的友谊。

南宋大量下层文人沦落江湖，姜夔、刘过、戴复古、葛天民、高翥、吴惟信、李龏、李时可、周弼、张弋等数十位诗人皆有漫游经历，更不论生平记载不详的江湖派诗人，江湖派诗人在漫游时已经不像唐代诗人那样有强烈的入世精神，而是为了寻求干谒。

干谒之风兴起于唐代，唐人干谒是为了能够顺利地进入仕途。葛晓音在《论初盛唐文人的干谒方式》中说："在中国封建社会中，无论统治阶级取士的制度有多少变化，干谒始终与文人求仕相伴随。然而哪一个时代都不如初盛唐的干谒兴盛。"[1] 并且"唐人干谒之风，实至晚而弥烈"，且唐人干谒"其主既曰求禄仕，其次则曰求衣食"[2]。唐代干谒的主体是参加科举考试的士人和下级官员，科举制度从唐代始渐完善，在科举之外，"举荐"制度已经在中国封建社会实行了上千年，为统治阶级输送了大批的人才，高涨的入世热情和昂扬的精神状态都激励着士人，其中也不乏一些贫寒之士为衣食而干谒。

而江湖诗派诗人的干谒主要是为了生计，甚至部分江湖游士把干谒当作主要的谋生手段。南宋时期，科举制度已经相当完备，朝廷遴选人才的主要途径是科举考试，两宋科举取士的力度非常大，诗人无须干谒便有进身仕宦的途径，他们之所以还选择干谒，更多的是基于经济条件的考虑，特别是江湖诗派成员中有将近一半属于江湖游士，他们中的大多数政治地位低下，经济条件窘迫，但也有少数江湖游士为仕宦而干谒，刘过就是这类人物的代表。他一生多次参加科举不第，无奈之下只有选择干谒一途，漂泊江湖数十载，也受到过不少官员的礼遇，更多的是饱尝漫游之辛酸。

刘过的《谒淮西帅》是干谒诗，诗中满是悲壮之气："……东游吴魏三千里，西入成都一万山。解使愁肠能寸寸，空令泪眼已斑斑。此情不告英雄帅，说向儿曹总是闲。"诗人有干谒之心，故而全诗都在诉说

---

[1] 葛晓音：《诗国高潮与盛唐文化》，北京大学出版社1998年版，第211页。
[2] 钱穆：《中国文学论丛》，生活·读书·新知三联书店2002年版，第274–284页。

自己的抱负未能施展之愁肠，诗歌的意境也很宏大，比如"三千里"和"一万山"，以山高水长来形容漫游之路的艰辛，也隐喻了诗人的愁肠百结。

像刘过这样怀着极其强烈的仕进之心的江湖游士，在江湖诗派成员中并不多见，更普遍的是诗人为生计而不得不游走江湖，寻求干谒，戴复古是这类人物的典型代表。戴复古早年丧父，矢志于诗，跟从当世诗学名家林宪、徐似道、陆游等学诗，诗成后以诗游于江湖五十年，八十岁时由其子从镇江府迎回。

前人对文人干谒和因此而创作的诗歌已经有了很多研究，这些研究无一例外强调干谒是这类诗歌创作的主要目的，诗人之所以创作干谒诗，是为了达到其政治目的，权贵们的态度决定了干谒行为能否成功。从这个角度来说，干谒诗的交际功能大于其美学功能。

一旦权贵接受了士人的干谒，加上权贵也多具备一定的文化素养，他们与士人之间的关系便发生了微妙的变化，从干谒到赏识，乃至有可能成为朋友。对权贵来说，与穷苦文人的交往既可以体现出他们惜才爱才的一面，亦能在这种交往中获得某种精神满足。士人既然为干谒而来，达成目的便是首要的目标，故在干谒的过程中免不了对权贵的赞美和奉承。对士人来说，既达成了干谒的目的，或求官或为钱财，又和权贵有了交往之谊。干谒，意味着双方都能从中获得一定的收益和精神满足。但是在现实情形中，干谒时权贵一般很少直接回复诗人的诗文，不过一旦诗人能获得权贵的赏识便能得到他们的资助，甚至能再行干谒之事。这也只能说明诗人和权贵之间有可能有交往，至于诗文酬唱那就另当别论了。不过，干谒权贵时往往需要"干求一二要路之书为介"，要路之书在干谒中关重大，靠此书平民诗人的干谒之作才有可能进入权贵眼中，所以江湖游士选择要路之人也需要一定的技巧。虽然江湖诗友认为戴复古的诗有高超的歌功力，不需要介绍书，刘克庄在他谒陈延平时有诗送别："仓部当今第一流，艰难有诏起分忧。城危如卵支群盗，胆大于身蔽上游。应是孔明亲治事，岂无子美可参谋。君行必上辕门谒，为说披蓑弄钓舟。"（刘克庄《送戴复古谒陈延平》），但从广义上说，此类也可纳入酬唱交游的考察内容。

干谒诗具有社会交际的功用，但与诗人的独吟诗作相比，其在艺术上、表达上都有所限制，不能自由地抒发情感。作为交际型的诗歌，干谒诗的对象为高门权贵或者是官员，酬唱诗的对象一般为亲朋好友，对象的不同也就决定了二者在艺术情感上的差异。

长期的漫游江湖、干谒权贵，令江湖士人的心理非常敏感，他们在诗歌中不仅诉说干谒之辛苦，还诉说心灵之悲苦。

独有诗人货难售，朔雪寒风常满袖。孤馆青灯不自聊，短帽鹑衣竞相就……千龄得失寸心知，笑尔随群走干谒。（周弼《戴式之垂访村居》）

纷纷人海中，有客面如铁。前日方游吴，今日又走越。一身天地间，行役劳岁月。问子去何为，岂是事干谒。（胡仲弓《送怀玉之越谒秋房使君》）

戴复古以干谒为主要谋生手段，他来到周弼所居村居，周写出了戴复古干谒的艰辛，而胡仲弓也对友人远赴越地干谒使君有所劝诫。由此看来，干谒并非一项轻松的活计，不但需要相当的才识，还需要相匹配的智慧，诗人还要能忍受干谒奔波的艰辛和失败的无奈。

同时，漫游江湖也令江湖游士与亲人、朋友聚少离多。江湖游士与亲人、朋友的相聚很短暂，他们尚未来得及体会这难得的欢乐，便又因生计而面临分别的境地，因此江湖派诗人的干谒之路也变得漫长而孤独。虽然由于时间、地点的关系朋友难以很快答复，但诗中所包含的珍贵情谊却能打动读者之心。"举目皆我友，我心知者谁。知心而久离，此情悲不悲。"（利登《寄黄希声》）虽然朋友遍地，但是真正能称得上知己的能有几人？知心朋友长久的分别，此情怎能不让人悲伤！

江湖诗派遍及南宋各地，游走使诗人离开了原来以居住型为主的诗友交际群，但离开并不意味着失却联系，游走又为诗人结识新的友人提供了可能，江湖诗派成员就在不断的漫游、漫仕中保持着联络与情谊。

# 第二章 两浙东西路江湖诗派诗人酬唱圈

两浙东西路是南宋都城临安所在地，也是官员、江湖游士大批聚集的地方。江湖诗派成员有59位两浙诗人，其中浙东32位，浙西27位，分别在各自地域内形成小型酬唱圈。永嘉与临安是浙东、浙西酬唱的中心，在这两地聚集着志同道合的诗人群体，互相唱和。浙东、浙西酬唱圈互相独立又有联系，构成了两浙地域错综复杂的江湖派诗人酬唱交际网。在永嘉与临安之外，又有浙东台州戴复古和浙西平江府李龏：戴复古才高名大，靠干谒和卖诗为生；李龏因编纂《唐僧弘秀集》和僧人交往较多。

## 第一节 浙东永嘉酬唱交游圈

浙东酬唱群体以瑞安府永嘉地域为主，聚集着赵师秀、徐玑、徐照、翁卷、卢祖皋、薛嵎、刘植、赵汝迕、赵汝回、盛烈、薛师石11位诗人，彼此间皆有所酬唱。在这个酬唱圈中，有中心诗人——永嘉四灵[①]，也有永嘉诗人群的聚会地点——薛师石瓜庐。以四灵为中心聚集了一大批本地和外地诗人，他们仰慕四灵，学习四灵诗歌，深受四灵影响，所以说四灵是永嘉酬唱圈的中心诗人。而比四灵稍晚的永嘉诗人薛师石以诗交游，他的居住地瓜庐常有本地士人聚会唱吟，是永嘉酬唱圈的聚会地点。

### 一、中心诗人：永嘉四灵

永嘉地域酬唱群体以四灵为中心，辐射诸多本地和外地士人。从身份

---

① 本书采用张宏生《江湖诗派研究》一书对江湖派成员的界定，永嘉四灵属诗派成员。

上说，唱酬圈中有一代大儒叶适，他不但位居高官，亦是四灵的提携者；也有下层官僚，但更多的是本地乡友。从籍贯上说，四灵声名远播，他们和非永嘉籍士人也有唱和，加上四灵中的赵师秀和徐玑曾有宦游经历，翁卷长年漫游在外，和外界的接触本就不少，也吸引了不少外地士人参与。

（一）四灵师友圈

即使个人交游的对象不尽相同，但四灵出现在南宋诗坛，从整体上考察他们的酬唱交游活动比较合理。依据四灵现存诗集和文献，赵平在《永嘉四灵诗派研究》一书中择其要者考证出四灵有两位师友：潘柽和叶适；永嘉籍诗友20人，为许及之、木待问、陈谦、赵希迈、蒋叔舆、卢祖皋、潘亥、曹豳、刘植、薛师石、薛师董、薛嵎、戴栩、鲍肃、陈益谦、薛叔似、黄叔向、赵建夫、张直翁、周端朝；非永嘉籍诗友42人，游九言、赵蕃、葛天民、任希夷、余伯皋、韩淲、朱复之、释居简、戴复古、苏泂、汤千、汤巾、刘正之、薛泳、张弋、杜耒、周师成、赵汝鐩、孙季蕃、释永颐、陈起、刘克庄、张侃、葛绍体、叶茵、王明清、单炜、李商叟、翁诚之、丁少瞻、唐人鉴、沈庄可、周端常、潘景参、真德秀、谢耘、曾极、叶任道、戴汉老、翁定、周南、赵庚夫等[1]，并对这些诗人的生平经历以及与四灵的酬唱关系加以考证。

诸人中，潘柽和叶适是四灵的师辈，他们对四灵的诗歌风格和创作有很大的影响。潘柽是永嘉本地最早于宋诗中开一代唐风的士人，四灵及其后学唐诗者无不受到他的影响，叶适对四灵的作用在于发现并提携了四灵。

潘柽，字德久，号转庵，永嘉人。与陆游、姜夔、永嘉地域的陈傅良、许及之、叶适、徐玑、徐照等多有交往。除上述这些人外，陈造、韩淲、敖陶孙、袁说友、王居安、吴潜与潘柽亦有酬唱。方回在《瀛奎律髓》卷三评潘德久《题钓台》曰："叶水心快称其诗，竟谓永嘉'四灵'之徒凡言诗者，皆本德久。"[2] 四灵从潘柽那里找到宗法的对象并创作晚唐诗，但说名动诗坛，离不开叶适的提携。叶适是理学大家、朝廷重臣，他的褒扬不仅令四灵在当时名显，还引起一批后学对唐诗的模仿。

---

[1] 参见赵平：《永嘉四灵诗派研究》，浙江大学出版社2006年版，第182—228页。
[2] 方回选评，李庆甲集评校点：《瀛奎律髓汇评》，上海古籍出版社1986年版，第146页。

> 庆历、嘉祐以来，天下以杜甫为师，始黜唐人之学，而江西宗派章焉。然而格有高下，技有工拙，趣有浅深，材有大小。以夫汗漫广莫，徒枵然从之而不足充其所求。①

叶适与四灵中的二徐关系密切，二徐曾以师礼待叶适，二徐去世后，叶适为两人作墓志铭。叶适还和赵师秀有诗歌交流，鲜见与翁卷酬唱。叶适与二徐有题为"净光山"的吟咏活动。徐照有《净光山四咏呈水心先生》，徐玑亦有《净光山》四首同题诗，叶适有《宿觉庵》《净光松风阁》等诗，形成了二徐与叶适"净光山吟咏"。虽然三人的唱和关系不是特别明显，但本地诗人同题诗歌的创作本身便带有一定的交流意义。

净光山，即温州松台山，《弘治温州府志》卷三记载"松台山又名净光山，在郡西偏"②，"位于古城西南角，东西走向，高36米多，因其山上广植青松、山坪如台而得名……永嘉玄觉禅师童年即出家于山麓龙兴寺，云游悟道后返温，因观其寺旁别有胜境，遂于岩下自筑禅庵，名'宿觉庵'，亦名'龙兴别院'。此庵面朝大海，背依青山……"③ 净光山有宿觉庵、净光塔等名胜。

徐照的净光山四咏不但抓住了名胜古迹的特点，还紧扣题目，此组诗为呈叶适之作，故而徐照在诗中也用了叶适与净光山相关的事迹。

徐照《净光山四咏呈水心先生》：

> 公说曹溪事，经今六百年。庵基平地筑，碑记远人传。种竹初遮日，疏岩只欠泉。自当居鼎鼐，岂在学修禅。(《宿觉庵》)
>
> 高顶宜登望，吾州见地形。水通蛮国远，山出海门青。藓径僧行迹，风枝鹤退翎。公能同众乐，私蓊建官亭。(《绝境亭》)
>
> 不见日东上，西原雨一晴。逐时看景异，风物入诗清。立久飞云灭，身高去鸟平。石峰何处是，归思忽然生。(《会景轩》)
>
> 片山唐国赐，茶有数根留。几番见人说，今朝还独游。远波分段白，宿霭向晴收。却有觉庵主，犹能学道州。(《茶山堂》)

---

① 叶适著，刘公纯、王孝鱼、李哲夫点校：《叶适集》，中华书局2010年版，第214页。
② 王瓒、蔡芳编纂，胡珠生校注：《弘治温州府志》，上海社会科学院出版社2006年版，第34页。
③ 赵平：《永嘉四灵诗派研究》，浙江大学出版社2006年版，第235页。

徐照四咏写古迹，篇篇都用叶适事迹。叶适作《宿觉庵》诗，并作《宿觉庵记》记录玄觉禅师事。玄觉禅师问禅于六祖慧能，顿时得悟，因留住一宿，故用"宿觉"来为庵命名，叶适受钱塘本然、蜀人居宽力邀登临净光山，"则山已入贵家，所存二三而已。枯茶败草，仿佛乱石中，余慨然怜之，为于绝景亭下作小精舍。寺名四字，土人但称净光，故重述旧事，题曰宿觉，使宽主之。稍种竹树，有所避隐出没，以为风雨晦明之地"①。徐照的字里行间突出了叶适的事迹，立传、种竹，在赞美宿觉庵景色优美的同时也隐含了对叶适净光山事迹的褒扬。

绝境亭是净光山上的另一处风景名胜。徐照《绝境亭》一诗前三联写亭子所处的位置和自然景色，最后用叶适出资修筑亭台事来结尾，紧扣题目。会景轩和片山堂亦是净光山上的亭台，徐照独自登上净光山游览，联想到唐代玄觉禅师，念及有重新修葺之功的叶适，看到眼前景色，归思顿生。

再看徐玑《净光山（四首）》：

欲问庵中事，无论后与先。还因一宿觉，不用再参禅。门远青山曲，檐依古木边。谁当秋夜静，来看月孤圆。（《宿觉庵》）

行向最高处，惟将物色参。郡城依薮泽，地势转东南。对景身垂老，题诗兴欲酣。可能清晓出，四面有晴岚。（《绝境亭》）

屋自与山背，西园景最清。凉风从下起，新月向前明。林静闻僧语，田虚见鹭行。此方多积翠，略似镇南城。（《会景轩》）

山是朝廷赐，名从古昔传。为堂居此地，汲水记前贤。雨露余根在，荆榛细蔓缘。因来求一盏，打坐亦安禅。（《茶山堂》）

《宿觉庵》前两句写事理，后两句写景。庵中先后事，应当指玄觉禅师筑宿觉庵与叶适重新修葺二事，而因宿觉领悟禅机，故而不必继续参禅。从组诗中的"月孤圆""新月"来看，徐玑可能晚宿宿觉庵，秋夜寂静，秋月高悬，徐玑在此留宿一晚后，也希望深悟禅机。徐玑游览净光山后写作此诗，专意于摹写净光山的景观，这四首诗以写景为主，也论及玄觉禅师事迹，对叶适事用得比较隐晦，大概和组诗的创作目的相关。徐照

---

① 叶适著，刘公纯、王孝鱼、李哲夫点校：《叶适集》，中华书局 2010 年版，第 158 页。

的四咏是呈叶适,所以他在诗作中时时不忘用叶适事,而徐玑的四咏意在吟咏净光山的风景,侧重点不一样。"净光山吟咏"以二徐为主力,以组诗形式描绘净光山的景观,兼用本地师长叶适事迹,隐含请叶适指点之意。

徐照与徐玑的诗歌交流不仅上面这一组,二人曾先后游览雁荡山。雁荡山是永嘉东北名山,历来就吸引着诸多文人墨客。二徐登览雁荡山,各咏雁荡诸景,如能仁寺、大龙湫瀑布、灵岩、灵峰、石门庵、宝冠寺,并赠东庵约公。徐照《游雁荡山·大龙湫瀑布》曰:"飞下数千尺,全然无定形。电横天日射,龙出石云腥。壮势春曾看,寒声佛共听。昔人云此水,洗目最能灵。"徐玑《大龙湫》:"瀑水数千尺,何曾贴石流。还疑众山圻,故使半空浮。雾雨初相乱,波涛忽自由。道场从建后,龙去任人游。"大龙湫瀑布被称为雁荡三绝之一,从二徐诗来看,瀑布高数千尺,气势宏大。

翁卷、赵师秀亦有关于雁荡山的吟咏,比如赵师秀的《大龙湫》《雁荡宝冠寺》《赠约老》《灵岩》《石门寺》,翁卷的《能仁寺》《赠东庵约公》《石门庵》《宝冠寺》等,四灵游览雁荡非同时,诗有先后,虽然没有明确的唱和交流,但同"净光山吟咏"一般,咏雁荡之诗作也可以称得上一次四灵内部的诗歌创作交流活动。

叶适和赵师秀也有交往,赵师秀游天台时,叶适曾有诗相送。叶适作为师长对四灵大力提携和赞赏,但也有批评和不满。"叶适以乡曲之故,初力推之。久而亦觉其偏,始稍异论。"①

除了潘柽、叶适两位本地师长,四灵与其他人士人多以平辈论交,也有部分以四灵为学习对象,例如前文提到的刘咏道、戴栩、张直翁、潘亥、赵几道、刘植、卢祖皋、赵叔鲁、赵端行、陈叔方等人。盖因四灵名声在外,加上四灵中除徐玑外的三灵有多年漫仕、漫游经历,所以四灵诗友并非局限在永嘉一地,他们和很多非永嘉籍士人、中下层官僚都有酬唱。

四灵和诗友们的主要活动是诗歌交流。诗友学习四灵,从这一角度说,四灵又是引领者和指导者。杜耒曾向赵紫芝问句法:"杜小山耒尝问

---

① 永瑢:《四库全书总目》,中华书局1965年版,第1410页。

句法于赵紫芝，答之云：'但能饱喫梅花数斗，胸次玲珑，自能作诗。'戴石屏云：'虽一时戏语，亦可传也。'余观刘小山诗云：'小窗细嚼梅花蕊，吐出新诗字字香。'……亦此意。"① 赵紫芝的一句戏语一语中的，梅花以清香赢得人们的赞誉，戴复古亦赞同诗句贵清香，这和诗友们对四灵诗的评价高度一致。薛师石兄弟也曾向徐照问诗，叶适《薛景石兄弟问诗于徐道晖请使行质以子钱畀之》："弹丸旧是吟边物，珠走钱流义自通。认得徐家生活句，新来栏典讳诗穷。"薛师石，字景石，号瓜庐，永嘉人，亦是江湖诗派成员，其弟薛师山，字仁静，"君常读周易，行携坐挟，终身不释"②。薛家兄弟专门问诗于徐照。作为同郡人，薛师石和四灵都有交往酬唱，在他的住所瓜庐经常聚集着一批诗人，会吟切磋。除翁卷外，赵师秀和二徐为薛师石瓜庐题过诗，薛还曾在赵师秀家中留宿。"郊居无一事，喜见友人来。促席坐添火，推窗立看梅。论诗漏欲尽，煮茗匣重开。此夜思徐照，墓松犹未栽。"（薛师石《会宿赵紫芝宅》）诗人们好久不见，促膝谈坐，推窗看梅，每次聚会都少不了论诗，想到去世的徐照，不胜唏嘘。徐照去世后，"紫芝集常朋友殡且葬之，在塔山、林额两村间"③，想必薛师石也有参与。

此外，四灵与本地士人也经常举行小群体的切磋，主要体现在拜访题咏住宅、书斋、园林等社会交际中。新居落成或建造书斋，对士人来说是件大事，高兴之余往往会邀请本地有名望之人为新居题咏，而园林题咏在当时也很盛行。四灵作为永嘉本地有名的诗人，交友众多，经常受到诗友的邀请，为他们的住宅、园林、书斋题咏，留下不少题咏佳作。

四灵题咏过的园林很多，有陈谦的湖楼、薛师石瓜庐、鲍使君林园、林遂之真意亭、薛象先新楼，等等，其中陈谦的湖楼四灵都有题咏。陈谦（1144—1216），字益之，号水云，亦号易庵，永嘉人。孝宗乾道八年（1172）进士，曾任福州、江州、荆湖北路、成都等地官员，叶适为其作墓志铭。四灵与陈谦均有交往，并为湖楼题咏，徐照作五言古体《题陈待制湖楼》，翁卷作五言古体《和陈待制秋日湖楼宴集篇》，徐玑作五言律诗

---

① 丁福保辑：《历代诗话续编》，中华书局2006年版，第562页。
② 叶适著，刘公纯、王孝鱼、李哲夫点校：《叶适集》，中华书局2010年版，第615页。
③ 叶适著，刘公纯、王孝鱼、李哲夫点校：《叶适集》，中华书局2010年版，第322页。

《题陈待制湖庄》，赵师秀作七言律诗《陈待制湖楼》。题咏园林楼阁必定要抓住其主要特点，四灵对湖楼的优美景色描绘得非常细致，如徐玑诗："园无三亩地，四面水连天。行向楼高处，却如身在船。野花春渚外，山色海云边。一任人来往，兹怀亦浩然。"把一个不足三亩的小小园林描绘得如此优美，高楼、水面、野花、洲渚、山色，一派春光，园林虽小五脏俱全，足见南宋园林艺术的高超与玄妙。翁卷《和陈待制秋日湖楼宴集篇》，从题目来看，宴会在秋日举行，"怀我林下人，招携共观省"，翁卷参与了此次宴会，诸位宾客作诗助兴，翁卷也创作一首助兴，在享受宴会交流情感的同时，又切磋了诗艺。

除了诗歌交流，四灵与诗友们的日常交际还包括出游、个人爱好的切磋。

四灵和诗友们闲暇时还一起出游。翁卷曾和赵师秀、杜子野同游寺院（《同赵灵芝杜子野游豫章总持寺》）；徐玑曾和王仲言有联句诗（《登三层楼与王仲言联句》）；赵师秀和友人与一道士同泛舟游湖（《九客一羽衣泛舟分韵得尊字就送朱几仲》）；赵希迈和二徐一起游南台（《南台徐灵晖徐灵渊皆有作》）；四灵一起泛湖（翁卷《同徐道晖赵紫芝泛湖》）。

徐玑喜书擅书，他和诗友除了讨论诗歌，还一起切磋书法，徐玑《次韵刘明远移家》（其二）说："诗得唐人句，碑临晋代书。半生惟此乐，同辈必无如。"若说诗歌上的同声相应是诗人对诗风的共同追求的话，那么书法则纯属个人爱好了。"半生惟此乐，同辈必无如"，是徐玑找到知音后发出的欣喜之语。

（二）四灵与诗友的送别、寄赠诗

四灵诗学贾岛、姚合、许浑等晚唐诸人，篇幅短小，以五言或七言律诗为主，叶适认为有"因狭出奇"之态，四人诗歌总共 800 余首。以四灵为中心的酬唱群体，虽然诗人众多，却没有大型的唱和活动，而以送别、寄赠为主要形式，其中送别诗的酬唱对象多为本地诗友，寄赠诗的对象以外地诗友为主。

南宋中后期，大量文人宦游、漫游江湖，个体的流动性非常大，四灵又是永嘉酬唱圈的主力，深受众多诗友推崇，四灵中除徐玑外其他三灵经常外出，于是分别、送别就成了四灵酬唱互动的主题。自古多情伤离别，送别诗不仅寄托着诗人对友人的无限牵挂，还蕴含着无限伤感之情。

四灵送别的诗友中，有陈棣、薛师董、潘才文等外出做官的士大夫，也有远游的诗友，如翁常之、翁诚之、翁应叟等人，亦有道士、僧人等。此类送别诗四灵侧重抓住酬唱对象的不同身份。

送别外出为官的诗友时，四灵送别诗的侧重点在为官之地民众的期盼，充满了对友人才干的褒扬。陈棣知严州，徐照和翁卷均有诗送别。徐照《送陈郎中知严州》："去作严光郡，前为列宿官。水程趋阙近，丰岁得民安。公暇行随鹤，宵寒卧听滩。千峰临旧榭，曾约野人看。"翁卷有《送陈郎中棣知严州》："频年经虎害，人望使君来。地重分旄节，州清管钓台。凉天星象动，吉日印符开。帝擢平津策，曾知有用才。"陈棣，永嘉人，曾高中榜眼。严州属两浙东路建德府，和永嘉相距不远，徐照笔下的严州俨然一幅国泰民安的景象。而在翁卷看来，严州并非太平之地，"频年经虎害"一句表明民生艰辛，百姓一直盼望着新长官的到来，颔联描述了严州地理位置的重要和县治清明，颈尾二联寄托了对陈棣的充分肯定和支持。同一个地方，在徐照和翁卷笔下是如此不同，但可以肯定的是，他们对诗友此行都寄予了很高的期望，徐照希望诗友在任上岁丰民安，而翁卷表达更多的是对友人的支持。

关系亲近的诗友，四灵送别时侧重对友人远行的忧虑和别离的感伤。

翁卷《送刘几道》："束发同执经，交分人莫如。我愚百无成，蹭蹬空林居。君文最奇崛，二十魁荐书。青衫何太晚，警捕殊区区。是月蝉始鸣，秀色连郊墟。俶装趋海邑，指期当憇车。老大恋亲友，暂别犹欷歔。况此一分手，归期三载余。积雨山川晦，新晴氛雾除。殷勤送客吟，摻执行子裾。愿言乘高风，矫翮凌太虚。"

刘几道，永嘉人，曾任惠安尉（参见叶适《送刘几道惠安尉》）。翁卷的这首送别诗饱含对刘几道的依依不舍之情。"束发同执经，交分人莫如"，翁卷和刘几道从少年时就相识，两人感情超越了众人，接下来翁卷以对比的手法赞美友人诗文高妙，对友人仕途之路的曲折表示同情，刘几道所去之地在海邑，车马一路颠簸，此次分手一别三年，友人和亲友别离时感慨万千。作为送行人，翁卷同样依依不舍，他手握好友衣裾，久久不忍离开，诗人只希望友人能一路顺风，仕途顺利。

寄赠诗是四灵酬唱诗中较多的一类，江湖诗友们各自东西，经久不见，诗书成了唯一的联络工具，寄赠诗在一定意义上扮演着书信的角色。

和送别诗是在特定场合创作的不同，寄赠诗在任何场合都适用，无论赠答的对象远行在外，还是和作者就在本地，一般来说有赠就有答、酬，诗友之间的感情就在这一赠一答中体现出来。

张弋（或作亦），字彦发，一字韩伯，不喜举子业，与戴复古、赵师秀等多有酬唱。张弋作为江湖诗派成员，除赵师秀外，和永嘉酬唱圈的翁卷、沈庄可，以及陈起、刘克庄等名流皆有交往。他一生漫游多地，途中不时想念诗友，"独游非一事，书札故应迟。江上逢春月，湖边忆醉时。有云为我伴，终日诵君诗。百鸟鸣花树，声声在远思"（张弋《寄赵紫芝》）。漫游行程无定使得书札迟迟才能收到，诗人在漫游途中终日朗诵着赵师秀的诗作，以寄托思念之情。张弋漫游江湖，赵师秀亦漫仕江湖，造化使然，两位好友还能在外地相遇，张弋的《高邮送紫芝》写的就是这种情形："重逢又重别，把盏更凄然。明日帆开岸，平湖水接天。好诗应自作，狂梦与谁圆。我欲来相趁，扬州且住船。"重逢的喜悦被即将面临的分别冲淡了，明日就要远行，日后也只能在梦中相见了，张弋依依不舍地送别赵师秀。另一首《豫章别紫芝》把诗友之间的情感抒发得淋漓尽致，"吟苦事俱废，拙深贫未除。年来如旅雁，秋至即移居。古道行黄叶，空囊贮素书。一生江海恨，惟子最知余"。诗人因苦吟而家贫，不得不像旅雁般迁徙不定，漫漫旅途中唯有几本诗书相伴，"一生江海恨，惟子最知余"，一语道尽诗人漫游的无奈和孤独寂寞之感，也表达了对友人深沉的思念。赵师秀也有两首名为《赠张亦》的诗："相逢楚泽中，语罢各西东。天下方无事，男儿未有功。边风吹面黑，市酒到肠空。早作归耕计，吾舟俟尔同。"写赵师秀和张弋在漫游途中偶然相遇，仅仅数语就要分别，诗人心中的遗憾更甚于《高邮送赵紫芝》一诗，在高邮两位好友还有一夕的时间来话别，而这次竟只有数语的时间，所以赵师秀期待着和张弋一起早日归家。另一首曰："一别无书信，相逢各老苍。山川烽外远，岁月梦中长。空橐盛诗草，单衣渍酒香。因言瀼溪宴，同忆旧时狂。"赵师秀和张弋许久不通音信，好不容易相见两人都苍老了许多，回忆往事，诗人感慨万千。

翁卷也有题为《赠张亦》的诗："兴兵又罢兵，策士耻无名。闲见秋风起，犹生万里情。借窗临水歇，沽酒对花倾。示我新诗卷，如编众玉成。"翁卷从时事入手，但关注点还是张弋，兴兵罢兵的论争并不能让张弋这样的江湖游士一举成名，秋风起，让人生出归乡之意，用西晋张翰见秋风忽忆家乡物产之典，家乡安稳的生活对在外的游子永远最具吸引力，临窗而歇，对花饮酒，闲暇之余还有不少诗作问世。翁卷、赵师秀都有漫游、漫仕的经历，许是这样的经历太过艰辛和孤独，他们两人的赠诗中都蕴含着不如归去的色调，在回归故里的潜意识背后，诗人们对漫游生涯感慨良多，赠诗也就有了伤感与期待的底色。

（三）诗友眼中的四灵与四灵诗

永嘉四灵以唐代诗人贾岛、姚合为宗法和学习的对象，受到叶适的提携，四灵之名天下莫不闻，逐渐有了更多的诗友品评鉴赏四灵诗歌。现有的记载对四灵的关注主要在其诗，对四灵的生活和性情涉及得不多。

1. 诗友眼中的四灵其人

在酬唱友人眼中，四人的形貌各有特点，赵师秀的"仙骨"之气、穷瘦之身，翁卷的家贫之艰、发白之悲，徐照、徐玑两人的形貌在诗作中未被涉及，但诗友们对四灵的描述抓住了他们的主要特点，各有特色。

（1）诗友眼中的赵师秀：清才与漫仕。

葛天民在《简赵紫芝》中说："紫芝虽漫仕，五字已专城。清坐有仙骨，苦吟无宦情。囊因诗句重，分与酒杯轻。所好煎茶外，烧香过一生。""薄宦因吟苦，高风与世违"（葛天民《访紫芝回与子舒集》），"如君清到骨，只合静焚香"（葛天民《次紫芝韵》）。

赵师秀有过仕宦经历，长年奔波在外的漫仕生涯在葛天民看来并未影响他的诗作和性情，赵师秀如有仙骨，清气满身，为数不多的日常嗜好是煎茶和烧香。茶在宋诗中被许多诗人提及，和文房四宝一样成了宋代文人生活雅趣的一部分，赵师秀因爱饮茶而自煎茶，若说焚香体现出他骨清仙气的一面，那么煎茶这一寻常举动则体现出他作为世俗文人的可爱。

在诸多诗友眼中，赵师秀的贫穷生活是因为他对诗歌的苦吟所致，刘宰《寄同年朱景渊通判八首》提道："当时最少年，雪林紫芝翁，诗名三十年，正复坐此穷。"赵师秀在同游的一群人中年纪最轻，当时的他已享诗名三十年，但也因诗而变得更加贫穷。也有其他诗友描绘了赵师秀贫困的生活和瘦病的身体。苏泂（1170—?），字召叟，与赵师秀同龄，山阴人（今浙江绍兴）。苏颂四世孙，曾任短期朝官，后在荆湖、建康等地做幕僚，与当时著名文人辛弃疾、刘过、赵师秀、姜夔等皆有唱和往来，现存七首他与赵师秀之间的酬和之作。《寄赵紫芝》创作于诗人五十余岁时,"同年今半百,同病半年赊",同龄的情意和同病的遭遇拉近了两人之间的情感,赵师秀五十岁去世,大约持续半年的病患摧损了他的身体和精神。

潘亥,字幼明,号秋岩,潘柽子,和赵师秀同为永嘉地域诗人。他眼中赵师秀的形象为"长安独跨驴,一别二年余"(《寄赵紫芝》),赵师秀因宦途而漫游,和友人一别已两年有余,跨驴外出,表明他生活的窘困和行程之落寞。

薛师石和赵师秀同为永嘉地域诗人,两人唱和交往颇多,他的瓜庐诗社赵师秀亦有参与,"闲看篱下菊,忽忆社中人。苦咏肩常瘦,移家债又新"(薛师石《秋晚寄赵紫芝》),赵师秀曾有搬家之举,也因此欠下新债。他去世后,诗友们纷纷作诗悼念这位诗歌创作中的知音和生活中的好友。苏泂有悼念诗《忆紫芝》,其一:"几度青衣裹白云,流传仙句世间闻。如今一去无踪迹,独自看云不见君。"其二:"清才漫仕橐长空,末后翻身尚客中。便死托生都是妄,直疑君去作秋风。"表达了对好友逝去的悲哀与怀念。

(2)山人徐照。

徐照,字道晖,又字灵晖,自号山民,未有仕宦经历。同为四灵的成员,徐照和赵师秀有很多的相同之处。徐玑《送徐照还旧山》其一:"城阛多汨没,宜尔向村居。蔬茹餐僧饭,香茶读古书。秋潮侵岸满,晓月带星疏。相送未相忆,相期同荷锄。"记载了徐照的日常生活。和城市相比,徐照似乎更喜欢乡村,颔联和尾联为我们描述了一幅优美的乡村生活画卷。徐照过着清贫自适的乡村隐居生活,虽然清贫但胜在日子悠闲自在,品香茗、读古书是徐照最寻常的生活了。其二颔联和尾联写到"小舍依沙渚,扁舟系荻丛。且能渔钓乐,亦似古人风"。"沙渚"和其一中的"秋潮"呼应,点明徐照的房屋在河岸边,所以徐照能享受到垂钓的乐趣。翁卷另一首诗《寄山友徐灵晖》:"若非殊俗好,那肯爱幽居。深径无来客,空山自读书。"虽然乡村生活有很多乐趣,但远离城市的偏僻和孤寂也是徐照需要忍耐的一部分。乡村生涯十分清苦,诗人为了生存不得不寻求其他出路,于是徐照有了出山之举。"只隔烟霞数里间,本期还往共幽闲。宁知逸羽飞相背,我入山来君出山"(翁卷《寄山人徐灵晖》),翁卷对徐照出山深表遗憾。不过在徐玑看来,徐照在闹市中的生活和山中并没有多大区别："近参圆觉境如何，月冷高空影在波。身健却缘餐饭少，诗清都为饮茶多。城居亦似山中静，夜梦俱无世虑魔。昨日曾知到门外，因随鹤步踏青莎。"（徐玑《赠徐照》）徐照对佛教很感兴趣，爱好参禅，终日参禅和粗淡的饮食并没有损害他的身体，反而因餐饭少身体更为康健了。饮茶不仅为他带来了乐趣，还增加了诗歌的清气，现在看来，虽然搬到闹市，但城居和山中的生活并无二致。

在酬唱诗友眼中，徐照如一位古人，无论是否居住在山中，他都过着清贫自适的生活。

(3) 暮书近兰亭：徐玑。

据四灵诗作，徐玑曾任龙溪丞（翁卷《晚秋送徐玑赴龙溪丞因过泉南旧里》）和永州掾（赵师秀《送徐玑赴永州掾》）。龙溪在福建漳州，永州在湖南，距离永嘉都较远，徐玑不得不奔走在漫长的仕宦途中。和赵师秀、徐照一样，徐玑的生活也很清贫。"二水鸿飞外，君今问去程。家贫难择宦，身远易成名。"（赵师秀《送徐玑赴永州掾》）因为家贫，所以徐玑对仕宦没有多少选择的余地，作为谋生的手段，徐玑心境淡泊，安守贱贫。"微官漫不遇，泊然安贱贫"（赵师秀《哭徐玑五首》其一），即使做了官，徐玑的生活似乎并没有什么好转，赵师秀和徐玑都有过漫仕的经历，相同的境地令两位诗人有同是天涯沦落人的感慨。徐照这首《送徐文渊赴省试》说："永州官满后，借屋静中居。两岁不参部，一心惟读书。孤经期榜首，行日离春初。即有杏花宴，题诗众弗如。"写徐玑永州官秩满后，心无旁骛一心读书，徐照幻想友人高中举人后，在朝廷举办的杏花宴上，徐玑的诗才压倒众人，对友人赴省试给予了很大的鼓舞和支持。

除了诗歌，徐玑还擅长书法。叶适在《赠徐灵渊》中盛赞徐玑书法的功力："欧虞兼褚薛，事远迹为尘。今日观来翰，如亲见古人。"欧虞指唐代著名的书法家欧阳询和虞世南，褚薛指初唐书法家褚遂良和薛稷，四人书法各有特色，叶适看到徐玑的来信，有亲见唐代这四位大书法家的感觉，足见他对徐玑书法的赞许和推重。徐照在《酬赠徐玑》中说道："字学晋碑终日写，诗成唐体要人磨。"徐玑的字写得好和他的辛勤练笔有很大的关系，"终日写"表明徐玑练字之刻苦，练字和作诗一样，已经成为他日常生活的一部分。徐玑对书法的爱好甚至还损害了他的身体，赵师秀说："平生于所学，常若丧其敏。临池书未成，池水黑已尽。传来叶岭帖，遂与兰亭近。凡兹究极功，亦足损肝肾。"(《哭徐玑五首》其四) 徐玑每日像王羲之一样临池摩书，池水都被洗成黑色了，从他寄来的书帖看，其字也越来越像《兰亭序》。因为太用功，伤了他的肝脏和肾脏，不过徐玑的这番苦心还是得到了回报。叶适也是永嘉地域有名的书法家，他在《徐文渊墓志铭》中说"暮年，书稍近兰亭"①，当是对徐玑书法的褒扬。

（4）诗友眼中的翁卷。

翁卷曾入江淮边帅幕，徐照和徐玑有同题诗《送翁灵舒游边》，两人为好友送别，寄托了对好友建功立业的期望。除了江淮，翁卷到过很多地方：湘中（戴复古《湘中遇翁灵舒》）、临川（赵汝鐩《翁灵舒客临川因经从访之不遇闻过村居》），他长期在外漫游，真可谓"江湖不相见，才见又西东"（刘克庄《赠翁卷》）。不过在三灵眼中，他们最为怀念的是和翁卷在一起的山居生活。徐照有两首题翁卷山居的诗，"引泉移岸石，栽药就园蔬"（徐照《题翁卷山居》其一），闲适而惬意。

翁卷的住处似乎也成了好友们聚会的好地方，据酬唱诗友的诗歌可知，徐照、刘明远、赵师秀都曾在翁卷家中住宿，好友之间久不谋面，"不期欣会面，如即失炎蒸"，不见时心如炎蒸，见到之后从最初的欣喜到同住的促膝而谈，到"废寝看迟月，同吟忆远僧""得句争书写，蛾飞扑灭灯"（徐照《同赵紫芝宿翁灵舒所居》），"自来难会宿，安得废清吟"（徐照《刘明远会宿翁灵舒西斋》），翁卷和友人的相处相当愉快，创作诗歌，为记下苦吟得来的诗句争相书写，给我们呈现的是翁卷和诗友们聚在一起的创作生活，极富情趣。

2. 追慕晚唐、词工调清的四灵诗

四灵以诗名于世，得到时人的关注和赞誉，对四灵诗歌的品评也经常出现在诗友们的酬赠工作中。这些品评鉴赏使我们对四灵诗在南宋中后期的影响有了更为直观的了解。

四灵有意识地以唐代贾岛、姚合为宗法对象，在《徐文渊墓志铭》中，叶适如此记载："初，唐诗废久，君与其友徐照、翁卷、赵师秀议曰：'昔人以浮声切响单字只句计巧拙，盖风骚之至精也。近世乃连篇累牍，

---

① 叶适著，刘公纯、王孝鱼、李哲夫点校：《叶适集》，中华书局 2010 年版，第 410 页。

汗漫而无禁,岂能名家哉!'四人之语遂极其工,而唐诗由此复行矣。"①他们不满于近世诗歌的连篇累牍、汗漫无禁,在造语用字上越发用功,唐风在南宋诗坛逐渐复兴,酬唱诗友们抓住四灵诗歌的这一特点,品评主要体现在以下几个方面。

首先,对四灵诗,诗友们不吝用赞美之词褒扬。刘正之《送别赵紫芝》说:"夫君落落大雅姿,声名早与贺白驰。"赞扬赵师秀的诗名在盛唐与李贺、李白般响亮。赵汝镵是江湖派诗人,他在《翁灵舒客临川因经从访之不遇闻过村居》中直接赞扬翁卷诗:"诗好人皆诵,身安心自闲。"薛师石《喜徐玑至》中则用简单直白的语句赞扬其诗其人:"诗好多人说,官清得荐书。"张侃也说,"天乐无他好,精神尽在诗"(《赵紫芝诗卷》)。赵汝镵和薛师石同是江湖派成员,并且都在永嘉地域酬唱圈内,他们如此直白地赞赏四灵,一方面因他们是好友,另一方面四灵诗在当时确实给诗坛带来了新鲜的气息。

不过,并非所有的交往对象都对四灵诗持赞誉的态度,叶适提携四灵,但也对四灵未能超越开元、元和之盛深怀不满。"水心之门,赵师秀紫芝、徐照道晖、玑致中、翁卷灵舒,工为唐律,专以贾岛、姚合、刘得仁为法,其徒尊为四灵,翕然效之,有八俊之目。水心广纳后辈,颇加称奖,其详见《徐道晖墓志》,而末乃云'惜其不尚以年,不及臻乎开元、元和之盛',盖虽不没其所长,而亦终不满也。"② 四灵后,叶适又提携青年诗人刘克庄,寄希望于他能"建大将旗鼓",而题《南岳诗稿》。

其次,诗友们还经常把四灵比作晚唐诗人贾岛,抓住四灵诗风的特征,用唐风、晚唐来描述他们的诗风。

叶适作为四灵的提携者,他和四灵中的三灵(赵师秀、徐照、徐玑)交往甚多,他在《徐师垕广行家集定价三百》中为徐照诗集打广告:"徐照名齐贾浪仙,未多诗卷少人看。惜钱嫌贵不催买,忽到鸡林要倍难。"徐师垕是徐照之子,在徐照死后出版家集,请叶适写此诗,有借名人宣传的广告效应。叶适把徐照比作唐代诗人贾岛,自然有赞誉的成分,不过其他酬唱诗友也经常用贾岛来形容徐照。赵师秀《徐灵晖挽词》:"魂应湘水

---

① 叶适著,刘公纯、王孝鱼、李哲夫点校:《叶适集》,中华书局2010年版,第410页。
② 吴子良:《荆溪林下偶谈》卷四《四录诗》,《景印文渊阁四库全书》本。

去,名与浪仙俱。"赵师秀在《哀山民》中也说:"君诗如贾岛,劲笔斡天巧。昔为人所称,今为人所宝。"

不只徐照,赵师秀也同样被诗友以贾岛来比称。葛天民在《访紫芝回与子舒集》中称赞赵师秀诗参唐句,得贾岛的衣钵,"君参唐句法,亲得浪仙衣"。江湖诗派四僧之一释永颐《悼赵宰紫芝甫》也提及:"紫芝昔赋天台日,桐柏宫诗老更成。梦断玉楼春帐晓,蝶迷花院夕魂轻。钱郎旧体终难并,姚贾新裁近有声。有子无家须吊问,故交谁不为伤情。"钱郎是中唐时期诗人钱起和郎士元的合称,这两句是说钱郎诗难再得,而赵师秀学诗以贾岛和姚合为学习对象,"近有声"指贾岛、姚合诗在南宋中后期被很多人学习。浪仙是贾岛字,四灵学诗以贾岛、姚合宗法对象,所以直接把四灵比作贾岛、姚合,不但概括了四灵的诗风,还间接赞扬了他们。

其实四灵学习的诗人并非只有贾姚,所以在酬唱诗友眼中,唐体、晚唐体也是他们论及四灵诗歌经常使用的词汇。

东晋时人物,晚唐家数诗。(戴复古《哭赵紫芝》)

晚唐吟派续于谁,一脉才昌复已而。(徐集孙《赵紫芝墓》)

非止擅唐风,尤于选体工。有时千载事,只在一联中。(刘克庄《赠翁卷》)

四灵诗体变江西,玉笥峰青首入题。(薛嵎《徐太古主清江簿》)

以上几句指出四灵学习唐风,擅长唐风的特点。因是诗友间的酬唱交往,所以诗友们对四灵擅唐风多持赞扬和肯定的态度。

再次,"清""工"是诗友们赞扬四灵诗的主要原因。

四灵学晚唐,在当时就为世人所熟知,具体学习晚唐诗的什么特征,诗友们在与四灵酬唱时明确指出他们诗歌的特点:"工""清"。

非止擅唐风,尤于选体工。(刘克庄《赠翁卷》)

永嘉有四灵,词工格乃平。(方回《秋晚杂书三十首》其十七)

与三灵相识的方回虽然对四灵的诗歌多有不满,但也指出四灵词工这一特点。

和贾岛、姚合苦吟的创作方式相同,四灵也曾在诗歌上刻意推敲。《诗人玉屑》中记载了这样一则故事:"赵天乐冷泉夜坐诗云:'楼钟晴更响,池水夜如深。'后改'更'为'听',改'如'为'观'。病起诗云:

'朝客偶知承送药，野僧相保为持经。'后改'承'作'亲'，改'为'作'密'，二联改此四字，精神顿异，真如光弼入子仪军矣。"[1] 赵师秀将《冷泉夜坐》改动二字，用两个与感官相关的动词代替两个副词，更有诗味，更能体现出人与人之间的情意。

四灵学习晚唐诗，除了在用词造句上下苦工，还学贾姚之"清"。"为爱君诗清入骨，每常吟便学推敲。明知箧笥篇篇有，百度逢来百度抄"（苏泂《书紫芝卷后》），"四灵殁后谁知己，惟有清香满旧枝"（薛嵎《普觉院登上人房老梅擅名滋久，昔四灵与其先师道公、方公游，赋咏盈纸，距今三世矣。余每至其所，辄徘徊不忍去，登亦对坐不倦，有前辈之风。槐逢弟拉同游者赋诗，因用其韵，俾登藏之，庶不愧昔日尔》），"忆昔闻君未识面，独得句法夸清健"（刘正之《送别赵紫芝》），都突出了四灵诗"清""清健"的特点。

严羽和江湖诗人戴复古有交往，对江湖派诗贾、姚和四灵在《沧浪诗话》中评价："近世赵紫芝翁灵舒辈，独喜贾岛姚合之诗，稍稍复就清苦之风；江湖诗人多效其体，一时自谓之唐宗。"[2] 四灵之诗学贾、姚，虽未能取得如贾、姚在诗史上的地位，但他们对南宋后期诗歌的影响很大，尤其是江湖派的其他诗人。

诚然，四灵和四灵诗并不是诗坛的佼佼者，四灵名显于江湖之际，正值大诗人谢世不久，而诗友们却对四人赞扬的声音多于批评，叶适虽然后来对四灵不满而提携刘克庄，但四灵诗开一代诗风，在当时有一大批的追随者，在永嘉本地就有不少士人学习，更遑论整个南宋诗坛。

## 二、聚会之地：薛师石瓜庐

四灵在时的永嘉是一个人才荟萃之地，形成以四灵为中心的酬唱交游圈，但四灵中除徐玑外，三灵长年在外漫游、漫仕，和诗友的交流也多在送别、赠寄，再加上他们属江湖诗派早期成员，去世较早，不过永嘉本地士人学习四灵之风不衰，继四灵之后，薛师石的瓜庐成为永嘉地域诗人活动的另一中心。

---

[1] 魏庆之撰，王仲闻点校：《诗人玉屑》，中华书局2007年版，第615-616页。
[2] 严羽著，郭绍虞校释：《沧浪诗话》，人民文学出版社1983年版，第27页。

薛师石（1178—1228），字景石，号瓜庐，永嘉人。他筑室会昌湖上，与赵师秀、徐玑等永嘉本地士人多有酬唱。他生年晚于四灵，卒年又比四灵中最晚去世的赵师秀晚十年，一生未仕，四灵去世之后，他与当地士人依然保持着频繁的诗文交流活动。"继灵之后，则有刘咏道、戴文子……而鼓舞倡率，从容指论，则又有瓜庐隐君薛景石者焉。"① 四灵之后，薛师石"鼓舞倡率""从容指论"，在一定程度上成为四灵后的中心诗人。

《瓜庐集序》中有这样的记载："而瓜庐翁薛景石每与聚吟，独主古淡，融狭为广，夷镂为素，神悟意到，自然清空。"② 聚吟的场所赵汝回没明确说，但很多士人都到过薛师石的瓜庐，如赵师秀、徐玑、徐照、叶适、赵汝回、赵希迈等均有相关诗作，薛氏瓜庐逐渐成为永嘉士人的聚会之地。薛师石与赵师秀、徐玑等人曾组建永嘉诗社，薛师石《哀徐致中》："一卷诗编空就绪，两年文会觉凋零。"其实诗社应该不止此三人，徐照、翁卷、赵汝回、赵希迈等人均造访过薛师石瓜庐。另据乐雷发《访菊花山人沈庄可》诗"永嘉同社声名在，乾道遗民行辈孤"句，沈庄可或加入永嘉诗社。沈号菊山（菊花山人），江南西路袁州人，曾任钱塘知县，与江湖派诗人赵师秀、戴复古、张弋、邹登龙、严粲等人有交游。

永嘉之地诗人多有题咏瓜庐的诗作，如赵师秀、徐照、徐玑、赵汝回等人，他们均属永嘉诗社成员，或可视为诗社活动，且称之为"瓜庐题咏"。虽然"瓜庐题咏"在严格意义上并非唱和活动，但是汇集了永嘉本地多位诗人的积极参与，从某种意义上说，"瓜庐题咏"也是一次本地域内的诗歌交流活动。

"瓜庐题咏"围绕薛师石瓜庐展开。瓜庐是诗友的题咏地点，亦是吟咏的对象。瓜庐之所以吸引众人，主要在其环境清雅。瓜庐主人薛师石有诗描述瓜庐的景象："近来有新趣，买得薛能园。疏壤延瓜蔓，深锄去草根。花时长载酒，月夜正开门。最识田家乐，辛勤更不言。"（薛师石《瓜庐》）诗中提到的薛能是晚唐著名诗人，一生仕宦多地又耽于作诗，薛师石用同姓典故表明自己热衷于诗作。薛师石买来园林后，辛勤地种瓜种花，倍享田家之乐，命名之为瓜庐。

---

① 王绰：《薛瓜庐墓志铭》，见《瓜庐诗》附录，《景印文渊阁四库全书》本。
② 薛师石：《瓜庐集》，赵汝回序，《景印文渊阁四库全书》本。

二徐有《题薛景石瓜庐》的同题诗，大概是二徐一起造访薛师石瓜庐。

> 何地有瓜庐，平湖四亩余。自锄畦上草，不放手中书。人远来求字，童闲去钓鱼。山民山上住，却羡水边居。（徐照《题薛景石瓜庐》）

> 近舍新为圃，浇锄及晚凉。因看瓜蔓吐，识得道心长。隔沼嘉蔬洁，侵畦异草香。小舟应买在，门外是渔乡。（徐玑《题薛景石瓜庐》）

薛师石的瓜庐临湖而建，二徐诗中也都提到瓜庐有湖，徐照说"平湖四亩余"，徐玑说"小舟应买在，门外是渔乡"，依山傍水，四亩有余，可见瓜庐真是个聚会的好场所。徐照诗中的"山民"是徐玑，即便在山中居住的徐玑对薛师石傍水而居也很羡慕。

再看赵师秀《薛氏瓜庐》："不作封侯念，悠然远世纷。惟应种瓜事，犹被读书分。野水多于地，春山半是云。吾生嫌已老，学圃未如君。"赵师秀因漫仕多年，对薛师石远离尘嚣的瓜庐生活深怀羡慕。薛师石买此园林并非只为一了田耕的愿望，而是在远离世纷中，使瓜庐成为供诗人栖息的精神家园，"自锄畦上草，不放手中书"，"惟应种瓜事，犹被读书分"，薛师石种瓜之余不忘诗书，有人远来求字便放下田耕事，闲暇时间便享受垂钓之乐，这样的生活何等惬意。

赵汝回在《薛景石瓜庐》中也描绘了薛师石种瓜、垂钓、作诗写字的乐趣："湖村有真逸，爱着钓鱼袍。鹤语柴门静，身闲笔砚劳。移来瓜种别，看得桂丛高。所写虽云僻，文名不可逃。"

薛师石有《渔父词》（七首），七首词成一系列，描绘了渔父的生活，其实这何尝不是薛师石的日常生活。"爱着钓鱼袍"的薛师石钟爱钓鱼、种瓜，一生不仕，"十载江湖不上船"（其一），不禁让人想起李白"天子呼来不上船"的壮举，薛师石很享受身在江湖的时光，"鸥与鹭，莫相猜，不是逃名不肯来"（其五），鸥、鹭也是因为要逃离名胜才来到江湖。瓜庐是一片自由的江湖，薛师石在自在天地中作诗写字，逃离了功名利禄，返归本真，怡然自适的生活也吸引了本地士人。

翁卷也曾造访过瓜庐，"嗟余四友朋，惊见三化魄。一翁尚凄凉，六秩困行役。家贫病难愈，诗苦发全白。昨来叩我门，偶往比邻宅。闻语亟倒屣，已去俟无迹。知君怀百忧，虽出难久客。从今幸安居，况有旧泉石。清晨过穷庐，竟夕话畴昔。逝者已云远，相期守枯瘠。"（薛师石《喜翁卷归》），翁卷漫游江湖归家，四灵也只剩下翁卷一人了，家贫病重，发白诗苦，翁卷来到了瓜庐，但主人薛师石去了邻家，所以翁卷久叩而门不开，等薛师石闻声赶紧来开门时，已经不见了翁卷的身影。第二日翁卷又来瓜庐，两位友人聊着往昔之事竟然忘记了时间，从清晨一直聊到傍晚。可以推想，翁卷来到瓜庐与薛师石聊得最多的应是他们与四灵的交往。三灵去世后，不仅翁卷感到孤独悲伤，身为好友的薛师石同样感到孤独。

一代名臣叶适也曾来过瓜庐。叶适是四灵的提携者，也是薛师石的师长，薛师石在《水心先生惠顾瓜庐》中描述叶适到来的激动之情："未成三径已荒芜，劳动先生枉棹过。数朵葵榴发深愧，一池鸥鹭避前呵。路通矮屋惟添草，桥压扁舟半没河。再见缁帷访渔父，却无渔父听清歌。"似是陆上的路径还未形成，不得不劳叶适坐船游览瓜庐，石榴变红在薛师石看来似是在羞愧道路不通畅，客人坐在小船上，薛师石边走边呵斥着鸥鹭，希望它们不要打扰到叶适，而一路上的矮屋和扁舟这时在薛师石眼中也失去了以往的野趣，末句用孔子遇渔父之典，把叶适比作孔子，叶适是永嘉之地大儒，这个比喻既合乎叶适的身份，又表达了对叶适的尊敬之情。叶适的到来对薛师石来说应是一件值得纪念的大事，不然诗人也不会如此紧张和自谦。

和薛师石有酬唱的也以本地士人居多，如四灵、薛师董、刘几道、蔡任、叶适、张直翁、卢祖皋、刘子至、陈谦、葛天民、薛泳、刘咏道，等等。赵希迈，字端行，和薛师石有诗歌唱和。据其诗《吴中中秋怀瓜庐诸友》"凉分一半秋，此夜客吴州。无侣共明月，唤僧同倚楼。……遥忆前年醉，狂吟沧海头"，薛师石的瓜庐同时招待过多位诗友，欢宴、狂吟，这样的聚会不止出现一次，"而瓜庐翁薛景石每与聚吟，独主古淡……"虽然现有的资料很难明确当时聚会的盛况，但毫无疑问，薛师石的瓜庐已成为永嘉本地士人诗文交流活动的中心。

## 第二节　浙西临安酬唱交游圈

南宋时期，虽然北方地区受到战火的践踏，但广大的南方地域并没有受到大肆破坏，大批士人和民众南渡，使江南这片区域更加繁华。南宋诗人林升《题临安邸》一诗无情地讽刺了南渡北人在临安腐朽糜烂的生活，也从另一个侧面说明临安的繁华并不亚于北宋的都城汴州。《梦粱录》亦说："杭为行都二百余年，户口蕃盛，商贾买卖者十倍于昔，往来辐辏，非他郡比也。"[①] 临安作为南宋的政治、经济中心吸引着大量士人，江湖游士也多会来此，于是临安遂成江湖诗派成员的聚集地之一，再加上居住此地的本地诗人，形成了临安酬唱交游群。其中，陈起因编辑出版江湖诗集，与多位诗人结交，形成陈起酬唱交游圈。而临安吸引来的官员诗人与江湖游士形成了西湖酬唱交游圈，当然两个酬唱圈并非毫无联系。

### 一、陈起的酬唱交游圈

陈起作为江湖诗派的联络者，在整个诗派中具有举足轻重的作用。他既是书商，积极刊印江湖派诗集，又是诗人，与多位江湖派成员相酬唱。以他为中心，在临安形成了陈起酬唱交游群。据张宏生考证，有 40 人与陈起有唱酬交往关系，其中江湖派诗人有 23 位，占已知陈起交游总人数的二分之一强。陈起借刊印诗集事与诗人交往、聚会，这样的聚会一般在他的家中兼书铺里举行。虽为商人，但陈起和诗友们建立了良好的友情，不但家中大量的藏书可供诗友查阅、借阅，在日常生活中，陈起与诗友间互相问询、饮酒聚会、互赠物品等，透着浓浓的诗友情意。

（一）陈起交游的江湖诗派诗人

陈起，字宗之，号陈道人，亦号芸居。开书肆于钱塘睦亲坊，与江湖诗人相友善，编辑出版江湖诗集。理宗宝庆初，因江湖诗祸而被流配，被赦后重操旧业。

张宏生《江湖诗派研究》考证与陈起有交往唱酬的有郑清之、吴潜、

---

[①] 吴自牧：《梦粱录》卷十三，见《东京梦华录》（外四种），古典文学出版社 1956 年版，第 238 页。

武衍、郭圣与、黄文雷、黄载、徐棐、陈鉴之、朱继芳、汪耒业、周端臣、杨幼度、汪起潜、刘克庄、陈梦庚、汪泰亨、赵师秀、施枢、赵与时、胡仲弓、赵蕃、王琮、毛居正、喻仲可、蒋廷玉、叶茵、叶绍翁、危稹、杜耒、张弋、张至龙、吴文英、周文璞、赵汝绩、郑斯立、俞桂、敖陶孙、徐从善、黄顺之、黄简、释斯植等 40 人。①

在这 40 人中，郑清之累官至左丞相，进封齐国公致仕，他和江湖诗派的领袖刘克庄也有交往，是陈起交往对象中的高官。陈起和郑清之的酬唱诗共有四首。陈起的书商身份加上他对郑的称呼"安晚先生"，并为郑作寿诗可知，陈起对郑清之怀着十分尊敬的心态，除了郑位高权重，"可能还与江湖诗祸有关"②。方回《瀛奎律髓》卷四二刘克庄《赠陈起》诗下评论曰："此所谓卖书陈彦才，亦曰陈道人。宝庆初以'秋雨梧桐皇子府，春风杨柳相公桥'诗为史弥远所黜。诗祸之兴，捕敖器之、刘潜夫等下大理狱，郑清之在琐闼止之。予及识此老，屡造其肆。别有小陈道人，亦为贾似道编管。"③ 从方回的评论看，刘诗是写给陈起的，陈起亦被人称为陈道人，其子续芸为小陈道人，刘克庄因郑清之的关系在江湖诗祸中并没有受到多少非难，郑为涉案其他人如陈起开脱的可能性也不是没有。

在诸多人中，武衍、胡仲弓与陈起酬唱颇多。在陈起现存的 159 首诗作中，与武衍酬唱的诗作有 11 首。在胡仲弓的存诗中，他与陈起的酬唱诗也有 9 首。

武衍，字朝宗，号适安，隐居不仕，江湖诗派成员。与陈起、胡仲弓等多有酬唱。陈起和武衍的诗歌往来有《适安惠糟蟹新酒》《武兄惠药》《适安有湖山之招病不果赴》《适安招游汤镇不果赴》《适安夜访读静佳诗卷》《朝宗馈食且复招饮》《与适安夜饮忆葵窗》《与苇航适安饮》等，既有友人间的馈赠，也有聚饮，陈起得到新茶、菰干、黄独、乳酪等也会约武衍来品尝（《真静馈新茶、菰干、黄独、乳酪，约葵窗、适安共享，适安不赴，葵窗诗来道谢，次韵答之，兼呈真静、适安》），诗友之间的浓浓情意就在彼此的相邀、饮酒、赠送物品中变得更加亲密。

---

① 参见张宏生：《江湖诗派研究》，中华书局 1995 年版，第 371—393 页。
② 张宏生：《江湖诗派研究》，中华书局 1995 年版，第 372 页。
③ 方回选评，李庆甲集评校点：《瀛奎律髓》，上海古籍出版社 1986 年版，第 1535 页。

胡仲弓，字希圣，号苇航，福建路清源（今福建泉州）人。胡仲弓和陈起曾一起为离京的刘克庄送行（《辛亥去国，陈宗之、胡希圣送行，避谤不敢见。希圣赠二诗亦不敢答，乙卯追和其韵》），因避谤，刘克庄多年以后才和胡仲弓的送行诗。刘克庄卧病之时，陈起和胡仲弓均有诗问候；在胡仲弓和陈起的酬唱诗中，有二题四首和刘克庄有关，《次陈芸居问讯后村韵》和《后村来书有此心如珠有物蒙之之语芸居有诗再用前韵》，可以说是刘、陈、胡三人间的酬唱活动。陈起嗜酒，现存诗作中有罢酒、止酒等内容，他与胡仲弓、武衍曾一起聚饮（陈起《与苇航适安饮》）："献酬无算是杯行，午酌从容至四更"，"觥筹交错舞傞傞，延得嫦娥泛醁波。客谓平生无此乐，二章聊继饮中歌"，陈起与好友从中午一起饮酒至四更，觥筹交错，诗友们都非常尽兴。

　　许棐，字忱夫，号梅屋，和陈起有数首诗相酬，他去世后，陈起作《挽梅屋》一诗悼念。他和陈起的交情很深，二人同为桐阴吟社的诗友。若说陈起和武衍是朋友间的交流，偏重于日常生活，那么陈起和许棐之间则是诗友的交流，更偏重于诗歌交流。陈起刊刻四灵诗选，许棐作序，许棐创作了诗歌也交与陈起刊刻，陈起刊刻了新的书籍回赠与许棐，他对志同道合的朋友很大方，许棐也直接向陈起索要新刊，"君有新刊须寄我，我逢佳处必思君"（《陈宗之叠寄书籍小诗为谢》）。如非交好，应不会有如此直率之语。

　　以上所叙是和陈起酬唱较多的诗友，临安唱酬圈以陈起为中心聚集了40多位诗人，以陈起互为联络，诗友们的交往充满着浓浓的情谊。

　　在陈起酬唱中有两类主题的诗歌占据了较大的分量，一类是诗友馈赠类诗，另一类是诗友间借还书稿、词稿。人与人之间的馈赠是礼仪文化的体现，中国古人又讲究礼尚往来，投桃报李式的馈赠说到底是"永以为好"的表现，诗友间的馈赠亦是如此。陈起收到的物品很多，主要集中在食物、书画两大类。他和武衍酬唱颇多，曾收到糟蟹、新酒等食物，生病时还收到对方送的草药。此外，黄伯厚赠送纸衾，周端臣送酒，胡仲弓送水纹簟，真静赠送新茶、菰干、黄独、乳酪，郑清之赠送丹剂四种，等等。陈起收到诗友的馈赠时非常感动，"此宝君所储，何为贻老夫"，几乎每次都有诗作诞生。同时，他有了好物品也很乐意与朋友分享，曾赠朱丛瑞羊羔酒，赠送友人歙砚、广香，赠送许棐纸帐、书籍小诗，赠送汪起潜唐诗和《刘沧小集》。陈起兼商人与诗人两重身份，刊刻诗人书稿，在一定程度上为诗友的诗歌提供了流传的平台，也解决了诗友的经济问题，诗友平日的赠送可能只是纯粹表达感谢，这样的礼尚往来也使得陈起和诗友间的关系越来越亲密。他收到武衍赠送的药，颇有感慨："昔人馈药不敢尝，未达寒温良毒旨。朝来剥啄客问病，宝剂盈奁意何侈。便当三咽答殷勤，儿欲先尝还且止。平生结交结以心，岂有鸩人羊叔子。多君相济义薄云，友道几绝今振起。绿阴庭院趁清和，抖擞精神迎药喜。"（《武兄惠药》）收到武衍的赠药后，儿子欲尝药被陈起拒绝，他认为与人结交要结心，武衍对自己的病情非常了解才对症送药，所以陈起很高兴地收下了友人送的药。细致入微的心理描写是陈起诗歌的主要特点，在另一篇与武衍的酬唱诗中，他把诗友间的情意概括为"相亲逾骨肉，何以结情深"（《朝宗馈食且复招饮》），可见陈起与诗友感情之深厚。

陈起虽为商人，但他和诗友的交往酬唱并没有太多的利益成分，书商的身份反而为他带来不少便利。诗友们有了新作首先想到的是他，所以陈起经常会收到诗友的诗稿，这和书铺的编辑出版活动息息相关。

陈起的书铺在临安睦亲坊北棚，他"诗刊欲遍唐"，刊刻的书籍也会赠与诗友，陈起赠送诗友汪起潜唐诗后又赠送《刘沧小集》，刘沧是晚唐人，可知汪起潜喜作晚唐体诗，陈起送书的目的在诗作中说得很明白——"箧中尚有诗一编，持赠虽微意则虔。锦段料应重下剪，向来清思涌如泉"（《汪起潜谢送唐诗用韵再送刘沧小集》），希望诗友作诗时能诗思如泉涌。其实，陈起的赠送是一种营销手段，他为作者提供了各种便利的服务，是希望诗友们能创作出高水平的诗作交付自己刊刻，所以他经常借书与诗友。张弋从陈起处借得图书后说"案上书堆满，多应借得归"（《夏日从陈宗之借书偶成》），赵师秀也曾从陈起处借书，"最感书烧尽，时容借检寻"。若说赠诗集、借书是为了解答诗友的疑惑，提供可以借鉴的模本的话，那么诗友把诗集给陈起看则纯属编辑活动的组稿了，而诗稿也多由诗友主动寄来。

陈起有《适安夜访读静佳诗卷》一诗。静佳是江湖派诗人朱继芳的号，其诗入《江湖续集》。武衍深夜来访和陈起一起赏读朱继芳诗稿，诗稿应是朱继芳寄给陈起的：

情同义合亦前缘，得此兰交慰晚年。旋爇古香延夜月，试他新茗渝秋泉。君停逸驾谈何爽，客寄吟编句极圆。可惜病翁初止酒，不能共醉桂花前。

武衍深夜造访，和陈起在月夜品茗论诗，朱继芳寄来的诗稿质量极佳，陈起对它评价甚高，在朱继芳罢官桃源县时，陈起还赠送了唐诗，刊刻了他的诗卷。诗友寄诗后，陈起很快刊刻出来并作为礼物回赠给诗友，有出版者向作者赠送样刊的含义在其中。

除诗稿外，陈起还收到过词稿。陈起有首名为《还刘雪坡词稿》的诗："谁与分天巧，裁成云锦裳。春花笼淡月，秋水照斜阳。得句皆奇伟，知音尽老苍。尚期京国路，相与较宫商。"颔联两句似是说词体风格多婉约，但颈联又说奇伟，可知刘雪坡之词风格多变，陈起谓其词有夺天工之巧，期望词人来到京城再一起切磋。

诗友寄稿，陈起阅读后将稿件的评审意见反馈给作者，出版后把样刊赠与作者并支付一定的稿酬，有时陈起也主动索诗，诗人的身份和诗作则要上一定的档次，如四灵之一的赵师秀，陈起曾屡屡向其索诗，"每留名士饮，屡索老夫吟"（赵师秀《赠陈宗之》），有现代编辑约稿、催稿的性质，一系列的出版活动在陈起和其诗友的酬唱诗中完整地记录了下来，为人们的研究提供了细枝末节的资料。

（二）酬唱诗与陈起的日常生活

陈起"南渡好诗都刻尽，中朝名士与交多"（蒋廷玉《赠陈宗之》），书商兼诗人的身份有助于他结识一干诗人，从他与诗人的交游中可以窥见陈起的日常生活。

在陈起的诗作中经常可见病和酒的主题。陈起爱饮酒，经常和诗友一起聚吟，如《朝宗馈食且复招饮》《与适安夜饮忆葵窗》《与苇航适安饮》《冷泉解后友人留饮》等。陈起借酒和文人结下了不解之缘，也因病而止酒，他对待酒的态度与陶渊明很像，不仅仰慕陶渊明，还仿作陶渊明的《止酒》诗。酒对他而言是生活的调剂，不过，酒也并非任何时候都能给陈起带来快乐，他年老时经常生病，这时酒就成了催命的危险物："一病杯中物致危，翰林何事酷耽之。酒经若果通仙道，不向青山立断碑。"（《止酒示圭》）虽然立志要止酒，诗友一旦送来好酒，陈起还是没有克制住饮酒之心，"久藏斗酒谋诸妇，婢子仓皇错授醯。解后芸居初止酒，小厨海错旋开泥"(《葵窗送酒》)。一直珍藏的美酒被婢子不小心错拿出来,虽然已决意不喝酒,但厨子还是开了酒封。这首小诗很有意思,陈起把饮酒的过错算在了婢子和厨子身上,可以想见,陈起必定自我安慰地品尝着美酒说,都是他们的错啊。文人性情凸显一二。

诗友的酬唱诗则更多地集中在陈起诗歌和书铺上。陈起刊刻唐诗和江湖诗集,但他学诗并不拘泥于唐代,从郑斯立《赠陈宗之》(其一)"诵其所为诗,刻苦雕肺肝。陶韦淡不俗,郊岛深以艰。君勇欲兼之,日夜吟辛酸"来看,陈起学诗的对象和江湖诗派其他成员不大相同,陈起不仅学习贾岛、姚合的艰深苦寒,还学习陶渊明和韦应物的淡而不俗,每日里"刻苦雕肺肝"。同时,陈起也继承了贾姚的苦吟,"吟辛酸"既可以指吟咏的内容,也可以指吟咏时所费的精神。关于陈起苦吟,周文璞《赠陈宗之》也说:"哦诗苦似悲秋客,收价清于卖卜钱。吴下异书浑未就,每逢佳处辄留连。"大概是学陶、韦的原因,陈起在苦吟上下过功夫,但其诗风多样,俞桂评价说:"书中尘不到,笔下句通神。江海知名日,池塘几梦春。精神长似旧,芸藁愈清新。"(《寄陈芸居》)书中无尘,笔下通神,是对陈起诗的很高评价,"愈清新"则表明陈起诗清新雅健。周端臣《挽芸居》也说,"诗思闲逾健,仪容老更清"。诗友们的评价并非无稽之谈,陈起诗有苦吟的一面,也有清新雅健的一面,这两种风格在他的诗作中均可找到证据。

陈起一生致力于诗歌和出版,靠诗来消遣愁绪,"中有武林陈学士,吟诗消遣一生愁"(叶绍翁《赠陈宗之》其一),也因此和诗友们保持着良好的关系,陈起去世后,诗友们纷纷作挽诗悼念。

周端臣《挽芸居二首》其一曰:"天地英灵在,江湖名姓香。良田书满屋,乐事酒盈觞。字画堪追晋,诗刊欲遍唐。音容今已矣,老我倍凄凉。"陈起去世后,他的诗名依然在江湖诗人间传播,当然这其中也有刊刻江湖诸集的原因。颔、颈两联叙述陈起生活,他生活富足,擅长字画,出版书籍独具眼光,是位很有才华的诗人和出版者。陈起和周端臣酬唱颇多,也互赠物品,他们之间的友情非寻常人可比。

朱继芳《挽芸居》则曰:"不得来书久,那知是古人。近吟丞相喜,往事谏官嗔。身死留名在,堂空著影新。平生闻笛感,为此一沾巾。"朱继芳和陈起有书信交流,好久不见书信来,原来陈起已经作古,三、四两句还提到了江湖诗祸，颔联中的丞相指的是和陈起有酬唱的郑清之，谏官所嗔往事应为江湖诗祸，从侧面佐证陈起在江湖诗祸中受到了打击。胡仲弓《哭芸居》一诗也对陈起的突然离世感到伤悲："锦囊方络绎，忽报殒吟身。泉壤悲千古，江湖少一人。病怀诗眷属，医欠药君臣。脂岭西风急，兴思暗怆神。"胡仲弓和陈起酬唱很多，有多首次韵诗，诗友突然离世，他意外之余十分悲伤。

陈起的离世之所以有众多诗友关注，除了彼此的深厚交情，更重要的是因为他刊刻了江湖诸集，周端臣、朱继芳、胡仲弓、郑斯植等都属于江湖派诗人，诗稿又被陈起收入江湖诗集，所以他们悼念陈起时往往会提到"江湖"一词，"江湖少一人""江湖名姓香"，诗友们把他列入江湖中人，并高度评价了其人其诗。

临安陈起酬唱交游圈和永嘉四灵酬唱交游圈多有不同，主要区别在于酬唱圈中心人物的身份不同。永嘉四灵无论是宦游还是漫游，仍是传统意义上的士人，士大夫的生活习惯和雅趣在他们身上得到了很好的呈现，如品茶、写书、作画、听琴等，四灵和诗友的唱酬交游也很少涉及商业利益，是纯粹的诗友间的交流。而以陈起为中心的酬唱交游圈则带有浓厚的商业气氛，陈起以诗人自居，他仰慕的是陶渊明式的生活，这点从他学陶诗可知，但他商人兼诗人的身份很大程度上脱离了传统士人的角色，他对出版诗稿有非常精准的判断，眼光敏锐地抓住"晚唐体"这一时代特色，从四灵诗选开始到江湖诗集，都表明他具有敏锐的商业头脑，诗友们称呼他为"陈秀才""陈解元"，他也参加过科举，文人的文学修养又为他的出版事业提供了得天独厚的条件。

## 二、临安西湖酬唱交游圈

临安作为南宋的政治经济中心吸引着大量诗人，他们来到临安多会游赏西湖，以西湖为中心，包含漫游、宦游、隐居的诗人形成了西湖酬唱交游群，其中葛天民、孙惟信为西湖酬唱群的中心诗人。

葛天民，徙居浙东台州，曾为僧，法名义铦，字朴翁，后返初服隐居西湖，与翁卷、赵师秀、薛师石、姜夔、陈造、叶绍翁、周文璞、苏泂、韩淲、释居简等有酬唱。因地缘关系，葛天民与永嘉诗人交往颇多，他曾游至永嘉拜访赵师秀，并作多首诗歌赠之（《访紫芝回与子舒集》），与永嘉薛师石也有诗歌唱和，甚至还有送别诗。

诸多诗友呼葛天民为"铦老""铦上师"，可知其为僧时已有盛名，且与江湖诗派成员交往甚密。陈造是江湖诗派早期成员，依据其诗《西林访铦师》可知，葛天民曾在庐山西林寺居住，陈造拜访之余亦次诗韵，作《又次铦朴翁韵四首》。

韩淲，字仲止，号涧泉，与赵蕃并称"上饶二泉"，虽然他也有仕宦经历，但在嘉泰元年（1201）后居家二十余年，联系到葛天民曾在庐山西林寺居住，韩淲称之为"铦师"，推测韩与葛天民的交往当在江南西路，彼时葛天民可能尚未返服。

葛天民返服情景依赖诗友们的记载而得以留存，释居简尝酬赠葛天民《梅花》诗，在《朴翁加冠巾苏召叟讶予不嘲之》一诗中评其改服事："见与闻同骇且猜，多应自断不侂裁。聪明断种岂僧事，矍铄据鞍须将才。好在夕阳愁夜近，怀哉鲵齿尚心孩。自非独善林泉懒，应是林泉少祸媒。""骇且猜"表明当时有不少人对其加冠巾持嘲讽态度，例如题中所说苏洞，在释居简看来，如果不能独善其身于林泉，加冠巾也不失为人生的一种选择。

葛天民与韩淲等人的酬唱交游多在江南西路，返服居西湖后与张镃、王炎、姜夔等人唱和颇多。王炎（1138—1218），字晦叔，号双溪，江南东路徽州婺源（今属江西）人。孝宗乾道五年（1169）进士，后历任地方官，宁宗庆元年入朝为官。王炎仕宦波折，出知饶州数月后被罢黜，闲居七年，他与葛天民的唱和交往当在这段时期。张镃寓居临安时，与居西湖的姜夔、葛天民交好，互相拜访、酬唱。

葛天民的房屋周围尽植竹与苇，叶绍翁诗记载了他西湖隐居的日常生活："得句添杯满，贪炉到夜深。篝灯聊点校，春水没衣砧。"（《葛天民隐居》）"燕本昔如此，清名千载垂。谁将囊米施，自拾束薪炊。柳影连山阁，湖波浸竹篱。朝昏无别事，只是欲吟诗。"（翁卷《赠葛天民》）西湖优美的风光也吸引着诗人驻足，闲暇之余，葛天民时常泛舟西湖，闲适的生活吸引着更多诗友到访。不过高翥的运气就没有那么好了，他拜访之时恰逢葛天民出游，"乱花飞絮趁长髯，来访西湖竹里庵。行尽白云三十里，诗人又在白云南"（《访铦朴翁不遇二首》其一）。高翥行三十里才来到葛天民居所，不幸的是诗人已经出游去了。

孙惟信（1179—1243），字季蕃，号花翁，"仕宋，光宗时弃官隐西湖。工为长短句，好艺花卉，自号花翁。家徒壁立，无旦夕之储，弹琴读书，晏如也"①。孙惟信定居西湖前曾有漫游经历，刘克庄《送孙季蕃》曰"家在吴中处处移，的于何地结茅茨。囊空不肯投笺乞，程远多应税马骑"（《送孙季蕃》）。孙惟信不在张宏生界定的诗派成员之列，但通过生平、诗歌、酬唱关系等方面考察，可以将其纳入。

依据刘克庄《孙花翁墓志铭》，孙惟信大致卒于1243年，按照绪言中对江湖诗派的界定，孙惟信主要活跃时期在嘉定二年（1209）之后。他早年入仕、中晚年放浪江湖的生平经历与陈造等人十分相似，并且经济状况相对窘迫，家徒四壁，种花、弹琴、读书，专心于技艺，与江湖诗派中姜夔的生活尤为相似。"词客姜夔尧章、孙季蕃花翁之徒，往往出入馆谷其门，千金之装，列驷之聘，谈笑得之，不以为异。迨其途穷境变，则亦以望于他人，而不知正复尧章、花翁尚存，今谁知之?"②孙惟信曾有漫游经历，居西湖时与翁卷、赵师秀、高翥、李龏、宋伯仁、叶茵、戴复古、周弼、林表民、赵庚夫、刘克庄、徐集孙、曾极等人皆有交游，上述诸人多为两浙东西路与福建路诗人，其中，赵师秀、高翥、戴复古、刘克庄皆属江湖诗派主要成员，并且孙季蕃参与过江湖诗人为主的诗社，刘克庄《跋二戴诗卷》曰："余年甫三十一，同时社友如赵紫芝、仲白、翁灵舒、孙季蕃、高九万皆与式之化为飞仙。"③刘克庄于开禧元年（1203）至嘉定二年（1209）长达6年的时间皆在临安，他与诸人的交游亦当开始于此时期，诗社地点也应在临安。孙惟信所交皆当世名流，如叶适、刘克庄、赵师秀等，同与江湖诗派成员交往甚密，唱和频繁，如此频繁的酬唱交游而孙惟信仅有9首诗作留存，不得不令人深感遗憾，不过从诗友中也可对其诗歌内容探知一二。

刘克庄与孙惟信酬唱也多，有十余首诗作，孙刘二人时常会面，一起参与聚会活动。"初，季蕃与赵紫芝、仲白、曾景建、翁应叟诸人善，而

---

① 田汝成：《西湖游览志》卷八，《景印文渊阁四库全书》本。
② 戴表元：《剡源集》卷十三《送张叔夏西游序》，《景印文渊阁四库全书》本。
③ 刘克庄著，辛更儒笺校：《刘克庄集笺校》卷一零九《跋二戴诗卷》，中华书局2011年版，第4525页。

余亦忝交游。"① 上述诸人中，赵师秀为浙东永嘉人，赵庚夫（仲白）、翁定（应叟）均为福建路人，曾极（景建）为江南西路人。据《刘克庄年谱》，孙惟信曾至福建路，与刘克庄、方信孺唱和往来。刘克庄与孙惟信同游净居诸庵（《同孙季蕃游净居诸庵》二首），月下听其吹笛（《月下听孙季蕃吹笛》），亲自送其出游，二人相处十分融洽。

其他诸位诗人与孙惟信的交游多为赠寄诗，如李龏《贻孙花翁》也有诗友亲自去寻见宋伯仁《寻孙花翁》。

在与孙惟信有交往的江湖诗派成员里，以上士人多为两浙人，刘克庄说："自号花翁，名重江浙。公卿间闻孙花翁，至争倒屣。所谈非山水风月，一不挂口，长身缊袍，意度疏旷，见者疑为侠客异人。"② 孙惟信在江浙享有盛名，公卿更是争相出迎，"每岁莺花要主盟，一生风月最关情"（刘克庄《哭孙季蕃二首》）。孙惟信死后由诗友安葬于西湖，戴复古诗《孙季蕃死诸朝士葬之于西湖之上》记载了此事。

葛天民、孙惟信同住西湖，虽然二人有共同的酬唱对象，如赵师秀、翁卷、高翥等，但目前并没有资料表明二人有唱和往来，究其原因，葛天民所交游之人多为江湖诗派早期成员，孙惟信与江湖诗派前后期诗人皆有交往，但毫无疑问，二人隐居西湖后也与外地诗友保持着诗书联系，他们联络起一批至临安的江湖诗派早期和中后期成员。

## 第三节　游谒与山林：戴复古、李龏的酬唱交游活动

戴复古、李龏二人以诗游于江湖间。戴复古一生奔波来往于江湖，早年曾任教职，中年以后以干谒为生，交游广泛；李龏曾短暂出仕，以诗名于江湖，多和僧道交游。二人以诗名于江湖，存诗中属于酬唱诗的数量也相当可观，戴复古有诗940余首，其中酬唱诗230多首，李龏有诗550余首，其中酬唱诗近80首，并且两人都是浙江人，都属于江湖游士阶层，虽然不从属于永嘉、杭州交游圈，在他们身边也没有形成小

---

① 刘克庄著，辛更儒笺校：《刘克庄集笺校》卷一百五十《孙花翁墓志铭》，中华书局2011年版，第5924页。
② 刘克庄著，辛更儒笺校：《刘克庄集笺校》卷一百五十《孙花翁墓志铭》，中华书局2011年版，第5923页。

的酬唱圈，但他们酬唱诗的数量和交游人数较之永嘉、临安两大酬唱圈毫不逊色。和个人思想、经历相关，两人的交游对象也有些区别：戴复古交游广泛，多缙绅士人、江湖诗友；李龏则多与僧道人士交游。二人交游对象涵盖了社会的各个阶层，他们不属于永嘉和临安唱酬圈，但和两地又有交集，同时，两人的漫游、交游有助于构建浙江地域内江湖派诗人的酬唱交游网。

## 一、戴复古的酬唱交游活动

戴复古，字式之，自号石屏。以诗游江湖间数十年，近八十岁方回乡安居。戴复古一生漫游多地，辗转不定的干谒生涯使他深解生活的艰辛，漫游途中经常借宿田家，更让他对普通民众的日常生活有了深切体会，在当时社会大部分人以干谒为耻时，他和他的诗歌依然获得了时人的赞誉。"石屏以诗鸣东南半天下，其格律风韵之高处，见诸当世名公之所品题者，不可以有加矣。"① "戴石屏诗备众体，采本朝前辈理致，而守唐人格律，其用工深矣。"②

戴复古其人其诗得到世人的一致赞誉，这为他在漫游、干谒途中提供了便利条件，缙绅大夫、江湖诗友等皆乐于和他酬唱交游，戴复古"所酬唱谂订，或道义之师，或文词之宗，或勋庸之杰，或表著郡邑之英，或山林井巷之秀，或耕钓酒侠之遗。凡以诗为师友者，何啻数十百人"③。

### （一）香价满江湖：诗友眼中的石屏其人其诗

和四灵、陈起的酬唱圈不同，戴复古以诗享誉江湖，和诗友间的交流重点也在诗歌上。戴复古诗集出版时有不少诗友为其写序，也有诗友为他写记，戴复古均作诗表示感谢。

戴复古《谢吴秘丞作石屏集后序》说："说破当年旧石屏，自惭无德又无能。乡来江海疏狂客，今作山林老病僧。高卧一楼成宇宙，冷看独影当宾朋。恶诗有误公题品，不是夔州杜少陵。"戴复古谦虚地称赞自己无德无能，只是山林一老病僧，他还表示自己无法比肩杜甫，是诸公对自己

---

① 戴复古：《石屏诗集》，包恢序，《四部丛刊续编》本，商务印书馆1934年版。
② 戴复古：《石屏诗集》，赵以夫序，《四部丛刊续编》本，商务印书馆1934年版。
③ 戴复古：《石屏诗集》，吴子良序，《四部丛刊续编》本，商务印书馆1934年版。

的评价太高而造成的误会。王深父的石屏记,现今不传,其只言片语在戴复古诗中被记录下来。《斗山子王深父作石屏记为老夫书其文甚佳采记中语作五诗致谢》,五首诗以统一的"细读石屏记"开篇,石屏记中的赞美戴复古自认不敢当,在诗中他反复重申自己只是江湖士、山林子,"浪迹江湖上,归身岩壑间"(其一),"分为无用物,白发委山林"(其二)。而在诗友眼中,戴复古其人其诗都是出类拔萃的。

严羽是南宋诗人和诗论大家,他在《送戴式之归天台歌》中高度赞美戴复古的品格:"手持玉杯酌我酒,付我新诗五百首。共结天边汗漫游,重论方外云霞友。海内诗名今数谁,群贤翕沓争相推。胸襟浩荡气萧爽,豁如洞庭笠泽月。"诗友眼中的戴复古胸襟浩荡,气势潇爽,性格豁达。诗人在漫游中结交诸多诗友及方外人士,足可见其性格之豪爽,除了性格备受诗友推重,戴诗也为诸贤所推举。

武衍在《悼戴式之》中对戴复古诗有更详细的认知:"四海诗人说石屏,一时知己尽公卿。家传衣钵生无愧,气挟江湖老更清。重感慨时多比兴,最瑰奇处是歌行。九原不作空遗稿,三些吟魂泪为倾。"一位以干谒为生的江湖游士能和诸公卿成为知己已经很不寻常了,武衍把原因归结于戴复古所取得的诗歌成就,其诗是家传,老而弥清,诗歌内容中感慨时事,多用比兴手法,歌行体最写得瑰奇多姿。武衍对戴复古诗歌内容和表现手法的评价相当精准,戴复古歌行体也确实很有气势,其歌行往往一气呵成,瑰丽奇异。

诗友们多用杜甫来称呼戴复古,在南宋诗人普遍学习晚唐体时,戴复古学杜显得很特别,如武衍所说"重感慨时多比兴"及作歌行体等,也恰是杜甫诗的特点。从武衍的评价来看,戴复古学杜是非常成功的,他在诗歌内容和风格上都受到杜甫的影响,以至诗友们多用少陵、少陵诗来评价戴复古其人其诗。

  诗翁香价满江湖,肯访西郊隐者居。瘦似杜陵常戴笠,狂如贾岛少骑驴。(邹登龙《戴式之来访惠石屏小集》)

  诗于唐米偶先后,较以杜韦无古今。(张榘《送戴式之自越游江西》)

  海邦太守常时有,海上诗翁间世奇。自赋归来石屏去,不烦绳削草堂知。高情岂为时情改,浩气难随血气移。句老律精何酷似,昔题

蜀相孔明祠。(包恢《和戴石屏见寄韵二首》其一)

投老安蓬户，平生似草堂。(高斯得《次韵戴石屏见寄》)

杜陵虽老心犹壮，盍与同寻蜀相祠。(高斯得《次韵戴石屏见简二首》其一)

戴复古长年漫游江湖，生平经历和晚年的杜甫相似，"独有诗人货难售，朔雪寒风常满袖。孤馆青灯不自聊，短帽鹑衣竞相就"，周弼这首《戴式之垂访村居》记述了戴复古一生奔波江湖的人生经历，朔雪寒风、孤馆青灯、短帽鹑衣，漫游江湖的戴复古一副窘迫相，周弼把江湖诗人干谒的苦辛用一连串的名词短语描述出来，读来令人倍感心酸，而令人更为心酸的是诗集难售。戴复古的漫游生涯和杜甫晚年何其相似，但这并非诸多诗友用杜甫来赞美他的主要原因，从诗友和戴复古的酬唱诗歌来看，原因在于诗歌内容与风格。

王伯大，字幼学，号留耕，福州长溪(今福建霞浦)人。宁宗嘉定七年(1214)进士，历任中央、地方等官职。存诗4首，其中3首是与戴复古的酬唱诗。《和戴石屏》(其一)曰："赤地我民苦，寸心天我知。元元争救死，凛凛强扶危。备具先三日，忧端彼一时。倏然返生意，人力岂能为。"作为和诗，全篇甚少诗人间的交流，而是以"赤地我民苦"开篇，描绘了一幅民不聊生的社会画卷，戴复古在漫游之路上也接触到不少民生疾苦，感时伤怀，哀叹民生多艰，王伯大和诗即是对戴复古诗作的最好注解。

戴复古另一首《织妇叹》则反映了织户的苦辛：历经春夏辛苦养的蚕还未做成绢和丝就已经被官府盯上了。织户忙了一春一夏，到头来还是布衣布裳，若有这些还尚可，只是今年恐怕连麻都没有了。

春蚕成丝复成绢，养得夏蚕重剥茧。绢未脱轴拟输官，丝未落车图赎典。一春一夏为蚕忙，织妇布衣仍布裳。有布得着犹自可，今年无麻愁杀我。

戴复古将目光投射到下层百姓身上，还把关注的重点放在重大的社会灾难上。他漫游江湖干谒，路过各地看到重大的社会苦难就记录在诗册中。如《嘉熙己亥大旱荒庚子夏麦熟》《庚子荐饥六首》。理宗嘉熙年间，江南一带先后发生了旱灾和饥荒，经历旱荒之后的老百姓好不容易迎来夏麦熟，谁料连日的阴雨又让他们遭遇了大饥荒。戴复古在诗歌中如实记录了百姓在饥荒折磨下的苦难生活，"正月彗星出，连年旱魃兴"（《庚子荐饥》其一），"连岁遭饥馑，民间气索然"（其二），"饿走抛家舍，纵横死路歧"（其三），"啼饥食草木，啸聚斫山林（其五）"，目之所及一片惨状。戴复古倾慕杜甫，也和杜甫一样怀着一颗忧国忧民之心，诗歌题材的相似也是诗友把他与杜甫相比的原因之一。

"句老律精何酷似，昔题蜀相孔明祠"（包恢《和戴石屏见寄韵二首》其一），"杜陵虽老心犹壮，盍与同寻蜀相祠"，杜甫晚年所作之诗更显沉郁顿挫，寓居西南时律诗更是取得了很大的成就，诗友们论戴复古诗提到《蜀相》，也从侧面说明戴复古律诗的成就颇高。戴昺，戴复古从孙，把刊印的《石屏后集》呈给戴复古时说："新刊后稿又千首，近日江湖谁有之。妙似豫章前集语，老于夔府后来诗。……要洗晚唐还大雅，愿扬宗旨破群痴。"（《石屏后集锓梓敬呈屏翁》）诗作首句的"又"字点明戴复古诗远多于千首，戴复古在南宋诗人中属于丰产者，他现存的诗作有940余首，实际数目可能远多于这个数字，戴复古是江湖派诗人中存诗第三多（第一为刘克庄，第二为陈造）的诗人，在戴昺看来，戴复古诗可以与黄庭坚、杜甫相媲美，这样的评价虽然有些过誉，但在南宋晚期，他在诗歌上所取得的成就还是要超过一般的江湖派诗人。戴昺诗的最后两句很值得关注，在南宋晚唐诗风复归的大背景下，戴复古有意识地洗却晚唐诗风，希望用大雅来打破诗坛晚唐体风靡的状况。不过戴复古并没有具体的论诗言论，我们也只能从他诗歌的内容和风格来判断，戴复古学诗不主一家，除上述所说的杜甫外，姚贾、杨万里、陆游也是他学习宗法的对象，转益多师的学习精神和创作态度，使得其诗在南宋诸多诗人中别立一家。

（二）戴复古的唱酬诗作

戴复古酬唱之作有230余首，将近诗歌总数的四分之一。他一生漫游多地，干谒多人，大部分诗作都是在干谒的漫漫长路中创作而成。在游走途中，戴复古与多地域诗人皆保持着唱和往来，形成一个流动的酬唱交游诗人群体。干谒对戴复古的酬唱活动也有深远的影响，他以一介布衣靠着诗才向达官贵人求取财物，传统文人的气节似被抛到了脑后，但作为诗坛健将，他的诗才得到认可，"一时知己尽公卿"，还和达官贵人成为朋友。

方回在《瀛奎律髓》中评戴复古《寻早梅》诗的观点代表着部分士大

夫群体的看法，很显然，从"相率成风""不务举子业"等言语来看，他对诗人的干谒行径多有不满，但戴复古对干谒却有自己的见解。戴复古曾在诗中记载州府命人送礼物一事："寄迹小园中，忽有乌衣至。手中执圆封，州府特遣馈。罗列满吾前，礼数颇周致。四邻来聚观，若有流涎意。呼童急开樽，四邻同一醉。"（《久寓泉南待一故人消息桂隐诸葛如晦谓客舍不可住借一园亭安下即事凡有十首》其九）州府特意派遣使者送来礼物，礼物之多，馈礼使者礼数之周到，招来四邻艳羡，盖州府知晓戴复古借居生活清贫才有此番馈赠。尚未干谒、官员主动馈赠且礼数周到的情况可遇不可求，绝大部分的干谒都不顺利。"一曲狂歌，有百余言，说尽一生。费十年灯火，读书读史，四方奔走，求利求名。蹭蹬归来，闭门独坐，赢得穷吟诗句清。夫诗者，皆吾侪平日，愁叹之声。"①（戴复古《沁园春》）一方面戴复古对干谒生涯怀着一定的期许，求利求名；另一方面干谒之苦只能默默承受，个中滋味饱含了诸多心酸和痛楚。

除却干谒官员，戴复古相交多名士，与上饶二泉、刘克庄、包恢等文坛、政坛名流皆有结交，与下层文人也有着深厚的情谊，谷口郑东子见寄，戴氏和韵四首作答："闭门觅句饭牛翁，囊有新诗不怕穷"（《次韵谷口郑东子见寄》其一），"不管家居四壁空，琢成佳句有神工。谪仙会有金銮召，莫道诗人命不通"（《次韵谷口郑东子见寄》其二），两人同是沦落人，不过戴复古看待前途要通达得多，他极力安慰友人，只要有诗才便不愁生计。诚然，只要诗歌得到权贵赏识，便有机会干谒成功。

戴复古一生行藏皆在江湖中，他每至一地便与当地士人交游唱和，在漫游江南西路时与曾原一有诗社活动，"曾原一，字子实。……绍定庚寅避乱钟陵，与戴石屏诸贤结江湖吟社"②。文段只提及戴复古，但从"诸贤"一词来看，江湖吟社还有其他人员参与，钟陵属江南西路隆兴府，隆兴府聚集着宋自逊、赵善扛、黄敏求、裘万顷四位江湖派诗人，而宋自逊与戴复古、曾原一有酬唱（见《赠戴石屏》《和曾子实题画笺韵》），极有可能也属江湖吟社成员。江湖吟社还经常组织集体活动，曾原一有题为《同戴石屏十人重游分韵得凿字即席赋》一诗，分韵赋诗，切磋诗歌。

---

① 唐圭璋编纂：《全宋词》第 4 册，中华书局 1999 年版，第 2962 页。
② 《江西通志》卷九十四《人物》，《景印文渊阁四库全书》本。

## 二、李龏的酬唱交游活动

李龏（1194—?），字和父，号雪林，与周弼同里，居两浙西路平江府。以诗游士大夫间，据其诗《八月三十日小园桂香清甚招同僚吟赏忆刘判官叶令君》，似曾短期出仕，今存诗 550 余首，其中 70 余首为酬唱诗，数量在江湖派诗人中属于中等。李龏与江湖诗派成员周弼、许棐有交游唱和。

### （一）诗友眼中的李龏其人其诗

李龏和周密交往密切，周密（1232—1298），字公谨，号草窗，南渡后居浙西湖州（今属浙江）。此后辗转于仕途，宋亡隐居杭州。在李龏现存诗中有几首用周密韵，《古兴四首用周草窗韵》用周密《古意四首》韵，《飞仙篇用周草窗韵》似用周密《小游仙七首》韵。另外李龏有《夜宴曲用草窗韵》，两人不时有文字交流，周密有诗《次雪林春日杂题》，而李龏有《春日杂题三首》，足见两人经常性地保持着诗文互动。李龏去世后，周密悲伤之余创作挽诗《挽雪林李和父二首》：

    灯雨蘋洲忆旧盟，游仙赋就五云深。梁园授简春风醉，吴苑敲诗夜雪吟。翁病一生无旧业，江湖八十有知音。只鸡斗酒梅边屋，九辩空招不可寻。（其一）

    生际斯文极盛时，乾淳诸老尽心知。四朝菏泽遗民传，千首吴兴处士诗。颇怪渊明生自忝，绝怜和靖老无儿。死生遇合真难偶，奇事人传贞曜碑。（其二）

第一首前四句回忆好友李龏的生平事迹，春风醉、夜雪吟，记载了李龏充满文人情趣的读书作诗生活，笔锋一转，从颇富诗意的生活转到了李龏的贫病生活。第二首叙述好友在诗歌上取得的成就，李龏以诗游于江湖间，得到诸老赞赏，被士人广为传诵。颈联以陶、林两位著名诗人事哀叹友人的生平事。文献对李龏生平事迹的记载很少，一句"以诗游江湖间"似概括了全部，其日常生活也只能从和他有酬唱交往的周密诗中窥得一二。

李龏擅长绘画，许棐有诗《题雪林画卷》："乱洒春霙著纸寒，玉成天地片时间。有人谙尽江湖冷，却爱寻常罨画山。"前两句描写画卷情况，后两句赞扬李龏画的意境和气质尽显江湖本色。"冷"是李龏画的基本色调，也是江湖派诗人对现实的真实感受。

周弼和李龏的关系更为密切，二人同庚同里，又同是江湖派成员。周弼在嘉定十七年（1224）解官后漫游东南各地，他和李龏的交往大约在其解官之后。周弼《同李雪林饮山村》："本来无饮兴，偶此到溪滩。屋角悬双瓠，船头系一竿。塔高风便响，桥峻雨随干。莫怕城门闭，行归亦不难。"周弼和李龏两位好友出游至一处溪滩，被闲适的山村景象吸引，游兴、酒兴大动，两位诗人决定尽兴地喝一杯。周弼另一首诗《赠雪林李和甫》则描绘偶尔见到好友的喜笑颜开和匆匆分别的无可奈何："忽地相逢便解颜，况兼终日看青山。精神摘柳哦诗际，标度寻梅集句间。春淡野桥孤艇远，暮寒溪寺一钟闲。匆匆又作经旬别，两处东风各闭关。"李龏有《梅花集句》组诗，以七言绝句的形式来吟咏梅花。颔联两句是对李龏作诗生涯的记述，颈联自然风光的描绘颇给人闲适之感，淡、远、寒、闲等形容词和动词的使用营造了淳朴的乡村风光，两位好友在路上忽然相遇又匆匆分别，欣喜之中又有伤感。

（二）李龏和僧人的酬唱交游活动

李龏家吴兴，两宋时期浙江佛教很是兴盛，在李龏的诗作中有许多酬唱对象为僧人的寄赠诗，涉及的僧人有心禅人、辉老、舟上人、文式上人、月溪、超上人、演若海、芳庭植讲师、中岩立上人、观物初禅师、箬溪焕上人、江西隆上人、虚舟立上人、僧秋蓬、云泉颐上人、净慈寺修上人、信座主、亨座主、琴僧杨坚、西山僧等。李龏为士人，却和诸多僧人唱酬交往，除了南宋时期浙江佛教兴盛，还和他编纂《唐僧弘秀集》有一定关系。

李龏编《唐僧弘秀集》是现存唯一一部宋人专选唐代僧诗的选本，这应是李龏和僧人交游酬唱的最主要原因。李龏在集前自序曰："唐一代为高道，为内供奉，名弘材秀者，三百年间，今得五十二人，诗五百首。或取于各僧本集，或出于诸家纂录，皆有拔山之力，搜海之功，风制不尘，一字弗赘，发音雄富，群立峥嵘，名曰《唐僧弘秀集》。不敢藏于巾笥，刊梓用传识者，第毫残松管，灯焰兰膏，截锦扬珠，神愁鬼毒，诗教湮微，取以为缁流砥柱，艺苑规衡，非假沽名鼓吹于江湖也。兼禅余风月，客外山川，千古之下，一目可见耳。"① 李龏没有记录编纂僧集的缘起，只对收录的人物和诗歌作一简单介绍，书成后由陈起出版，"临安府棚北大街和睦亲坊南陈解元宅书籍铺刊行"。两宋时期，文人僧人化和僧人文人化现象普遍，苏轼、黄庭坚等文士和僧道的交流逐渐增多，黄庭坚更被纳入禅宗名录。李龏之所以编纂这部诗集，应不是一时兴起，极可能因他本人对佛教有兴趣，仰慕唐代高僧遗风，从诸僧本集和各家纂录中编选，所选诗歌也称得上弘秀，如此美诗不敢私藏于巾箱，遂请陈起刊印出版，其目的也是希望当代人能够学习高僧们的弘秀之作，隐含着对诗坛现状的不满。所选之诗也兼禅余风月，具有艺术美和风雅美，也可为当时的诗人借鉴。李龏的良苦用心已经超出以诗游于江湖的游士范围，颇有更改一代诗坛新风的责任和义务。在搜集诸僧编纂《唐僧弘秀集》的过程中，因一些高僧诗作多由寺庙和僧人保存，他和诸位僧人的酬唱交流便显得合情合理。

搜集诗作编选诗歌也只是李龏和僧人交流的一部分，李龏对佛教的兴趣远超这些，他还身体力行地体验佛教的禅修方式——坐禅。李龏有两首《与箬溪焕上人夜坐》的同名诗。"菱棠柿叶满秋池，仿佛樵歌在翠微。隔寺晚钟声欲断，蒲葵树底一僧归。""一庵秋色里，共坐佛灯前。风引上香磬，月浮煎茗泉。袖寒沙气逼，窗迥树声悬。语罢鸦栖定，山僧入夜禅。"从两首诗描写的景色看，诗人拜访焕上人是在秋天，前一首七言绝句多景物描写，傍晚断断续续的晚钟声在山间回荡，"一僧归"的动态描写渲染出寺院的静谧和庄严，后一首五言律诗写夜坐情形，诗人和焕上人一起坐禅，因夜晚更为安静，僧人们也多选择在夜晚参禅。在静谧的深夜中，诗人的感官系统似乎更加敏锐，能体会到窗外自然的各种动静。唐代诗人王维《蓝田山石门精舍》诗云："朝梵林未曙，夜禅山更寂。"夜晚静寂的环境更容易让僧人入定，李龏对佛教基本的修行方式比较熟悉，他和焕上人一起夜坐未尝没有修禅的原因。

李龏在当时颇有诗名，《唐僧弘秀集》的编纂为他和僧人的交流提供了诸多便利条件，据顾逢诗作知李龏曾与日本僧人交游。顾逢，字君际，号梅山，浙西吴郡（今江苏苏州）人。学诗于周弼，长于五言，周弼称他

---

① 李龏：《唐僧弘秀集》序，《景印文渊阁四库全书》本。

为"顾五言",自署其居为"五言田家",周弼和李龏同庚同里,顾逢也可能因周弼而结识李龏。顾逢《寄谢李雪林》一诗记载了日本僧人拿着诗集劳烦李龏作序事:"日本僧高谊,劳君序拙吟。名虽传海外,价不及鸡林。白发消豪气,青灯见苦心。岂无钟子耳,但欠伯牙琴。"

释居简和释文珦都是南宋著名僧人,两人和李龏均有诗文唱和。释居简的《雪林李兄偕昌国长之官》写在李龏短暂的为官期,而文珦和前文提到的顾逢有诗文酬唱,并且两人都和日本僧人有交往。李龏去世后,释文珦有《哭李雪林》一诗:"昔者闻卢殷,颇为世所推。读书过万卷,尽以资于诗。复闻孟东野,气清而色夷。平生嗜章句,有甚于渴饥。二士举无子,所学竟不施。昌黎为买棺,又作铭墓辞。相去五百年,雪林酷似之。春谷古人徒,生死相维持。亦为立佳城,著文树穹碑。林兮信不忘,千载修名垂。"卢殷为唐代诗人,名声不显,与孟郊有诗歌酬唱,他和孟郊都属于有诗才而穷困潦倒之人,释文珦用两人来类比李龏的生平经历,而后用立佳城、树穹碑表明李龏死后也会得到像卢、孟一般的声誉。

从上述分析可知,李龏不仅与诗派成员如许棐、周弼等人有酬唱,还与本地域僧人有频繁交游,而许棐、周弼等人皆居于两浙路,可知李龏的酬唱交游活动以两浙地域为中心。

## 第四节 两浙东西路其他地域酬唱交游活动

江湖诗派138诗人中,有59位诗人是两浙地域诗人,接近江湖诗派总人数的二分之一。这59位诗人中,有官员诗人,因仕宦而漫仕江湖,也有江湖游士,以干谒为生,甚至还有隐士诗人。无论何种情况,诗人们为了前途与生计各自奔波,但本地域诗人间的唱酬交往并不见少。他们聚集地相对集中,彼此又有所交流,除了浙东永嘉和浙西临安两大唱酬群体,其余地域诗人或积极参与诗社,或因漫游而与多地诗友保持联络,虽然没有形成规模的唱酬活动,但总体上来说,两浙东西路酬唱之风比较兴盛。

### 一、浙东江湖派诗人酬唱交游活动

两浙东路有诗派成员32人,主要集中在瑞安府、庆元府、台州、处州、婺州等地。其中瑞安府 11 人，为赵师秀、徐玑、徐照、翁卷、卢祖皋、薛嵎、刘植、赵汝迕、赵汝回、盛烈、薛师石；庆元府 6 人，为张良臣、陈允平、高似孙、戴埴、史文卿、史卫卿；台州 3 人，为戴复古、葛天民、林表民；处州 4 人，为王琮、姚镛、郑克己、沈说；婺州 3 人，为王同祖、巩丰、杜旃。瑞安府永嘉酬唱圈已专节论述，这里只对浙东其他地域诗人的酬唱作考察。

（一）庆元府江湖派诗人唱酬活动

庆元府 6 位诗人中，史卫卿存诗 11 首，史文卿存诗 8 首，戴埴存诗 5 首，张良臣存诗 40 首，高似孙存诗 49 首，诗歌创作最多的陈允平也只有 100 多首诗歌存世，其酬唱诗仅 20 首。诗歌保存数量少对考察他们的交游情况是个很大的挑战，只能从他人的诗作中来搜集一点相关资料。

张良臣，字武子，一字汉卿，号雪窗，孝宗隆兴元年（1163）进士，有《雪窗小集》一卷流传于世。从年岁上来，张良臣属于江湖诗派早期成员，与释宝昙、楼钥、赵蕃、汪莘、项安世、张镃等有酬唱。

高似孙，字续古，号疏寮，孝宗淳熙十一年（1184）进士，任会稽县主簿，历任徽州通判、著作佐郎、处州守官等，有《疏寮小集》《剡录》《子略》《蟹略》《骚略》《纬略》等流存，与释居简、辛弃疾、吴惟信等有酬唱。和李龏编纂唐僧集情况相似，高似孙有《蟹略》一书，所以他的诸多酬唱诗与螃蟹有关。

高似孙曾作《蟹包》《誓蟹羹》《醢蟹》等诗，"年年作誓蟹为羹，倦不能支略放行"（《誓蟹羹》），"平生嗜此龟蒙蟹，便无钱也多多买"（《李迅甫送蟹》其二），对螃蟹十分钟爱。宁波多湖泊，水产资源丰富，江浙一带居民有秋季食蟹的风俗，螃蟹作为传统的美味佳肴有不同的做法，高似孙的蟹诗为我们提供了古人食蟹的方法，做包子、煮羹，千百年的饮食方式至今依然被现代人传承下去。高似孙对螃蟹的嗜爱友人皆知，《富次律送蟳》《赵嘉甫致松江蟹》《李迅甫送蟹》《赵嘉父送松江蟹》《同父送松江蟹》《赵广德送松江蟹》《赵崇晖送鱼蟹》《赵君海惠蟳》《江寺丞送蟹》《吴中致蟹》《汪强仲郎中送蟹》《答瘫庵致糟蟹》等诗记载好友送蟹的情形，秋日螃蟹成熟，诸多诗友纷纷赠送。

鳞甲错夏物，怀青莫如蟳。苏公今张华，何微不知音。入手巨螯

健,斫雪隽莫禁。宛然如玠辈,曾是秉玉心。蟹因龟蒙杰,酒与毕郎深。二者不可律,食之当酌斟。(《富次律送蟳》)

蟳俗称青蟹,故诗人有"怀青莫如蟳"之语,螃蟹腿大而矫健,美味无比,蟹肉白嫩,难怪乎高似孙对螃蟹钟爱有加。螃蟹性寒多食伤身,故和黄酒一起食用,在高似孙的诗作中也提到这一常识,一个小小的螃蟹就能让如此多的诗作产生,不能不让人感叹美食的巨大魅力,好友们送蟹的温暖情谊也被诗人记录在诗中。

陈允平,字衡仲,又字君衡,号西麓,放浪山水数十年,往来两浙东西路与江淮地域,后曾入仕为官,与周密等人有酬唱交往。

戴埴,字仲培,理宗嘉熙二年(1238)进士,尝任知州、转运使等官职,今存诗5首,因生平资料有限,难以考察其与诗友的交游情状。

史卫卿,字景灵,尝至西湖。史文卿,字景望,尝知南康军,与戴复古有诗歌唱和,戴复古有诗为《次韵史景望雪夜》,可知二人一直保持着诗文往来。史卫卿、史文卿二人与江湖派其他诗人唱和不密,与他们生平资料、诗作留存较少有一定关联。

(二)台州、处州、婺州等地

台州有3位江湖诗派成员:戴复古、葛天民、林表民。戴复古与葛天民在前文已论述过,不再赘述。林表民,寓居台州,与戴复古、浙西镇江府的张榘等有酬唱往来。林、戴二人有十余首唱和诗,加上戴复古长年漫游,所以他们之间的交流主要靠诗书往来。戴复古有《寄玉溪林逢吉六首》,其一曰:"经年不见玉溪翁,百里江山万里同。无计相从话心曲,时挥一纸寄西风。"两位友人经年不见,只能借助诗书来联络感情。在另一首组诗《岁暮书怀寄林玉溪》(三首)中,戴复古表达了同样的感慨:"玉溪何所见,时复问诗癯。"既然不能时常会面,只好时时诗书问询了。

处州有4位江湖诗派成员,即王琮、姚镛、郑克己、沈说。

王琮,字中玉,号雅林,尝在永嘉等地为官,与陈起有唱和往来。姚镛,(1191—?)字希声,一字敬庵,号雪蓬。宁宗嘉定十年(1217)进士及第后入仕途,尝为吉州、婺州等地官员。与两浙戴复古、荆湖南路乐雷发等人有唱酬。姚镛在理宗绍定六年(1213)知赣州,与漫游至当地的戴复古、邓林等有唱和活动,戴复古多首呈姚镛之作皆作于此时期。戴复古作《赣州呈雪蓬姚使君》诗,另有《赣州上清道院呈姚雪蓬》,并为姚所藏画题诗(《题姚雪蓬使君所藏苏野塘画》),离开赣州后,二人依然互通消息,在《怀雪蓬姚希声使君》中说:"想象骑牛开画卷,丁宁回雁寄来音。"姚镛尝骑牛谷间,《鹤林玉露》记载:"尝令画工肖其像,骑牛于涧谷之间。"① 戴复古用其事入诗。乐雷发有7首酬唱诗与姚镛相关,他屡次寄诗给姚镛,姚镛馈赠赵东岩诗集,乐雷发曾经欲拜访姚镛但因路远难行,至永州便返,无奈之下只好寄诗问候:"江湖风浪隔,肠断楚鸿声。"(《拟长沙访姚雪蓬至永返赋此为寄》)

郑克己,字仁叔,与永嘉徐介之有唱和往来。沈说,字惟肖,号庸斋,曾短暂为官后归隐江湖。

婺州:王同祖存诗100首,其唱酬诗不过五首。杜旃,字仲高,曾与高翥、戴复古等交游,见戴复古《杜仲高高九万相会》、高翥《喜杜仲高移居清湖》等诗。巩丰,南渡后居婺州,与陆游、杨万里、戴复古、韩淲、释居简有诗歌唱和,巩丰去世后,叶适作《哀巩仲至》以示悼念。巩丰在当时颇有诗名,诗歌创作颇丰,韩淲与其有近40首唱和诗,韩淲非常欣赏他的诗作,对巩丰论诗也颇为欣赏,在《仲至看杜诗分古语妙语老语甚精微》一诗中,韩淲以赞赏的口吻记录了此事。

绍兴府高翥也与江湖派成员酬唱颇多。高翥为典型的江湖游士,晚年寓居西湖,因漫游之故,多与福建路、两浙东西路诗人交游,如杜旃、葛天民、戴复古、刘克庄、周文璞、宋伯仁、裘万顷等。他曾至福建路,与刘克庄一起登乌石山而怀念诸位旧游(《同刘潜夫登乌石山望海有怀方孚若柯东海陈复斋旧游》),与周文璞夜宿(《同周晋仙夜宿》),与戴复古在吴门翁际可席上赋诗,亦尝赠诗集予裘万顷(裘万顷《寄高菊硐谢惠诗集》)。

除永嘉外,在浙东其他地域之内并未有形成规模的酬唱往来,但并不意味着他们疏离于江湖诗派。虽然没有地域内的酬唱,但因诗人漫游,他们与两浙地域甚至外地的诗派成员皆保持着一定的联系。

---

① 罗大经撰,王瑞来点校:《鹤林玉露》,中华书局1983年版,第334页。

## 二、浙西江湖派诗人的酬唱交游活动

两浙西路有江湖派成员 27 人，主要集中在临安府、平江府、镇江府、湖州等地。其中，临安地域有 5 人，为陈起、俞桂、张炜、何应龙、武衍；平江府 7 人，为周文璞、周弼、李龏、张端义、赵汝淳、叶茵、释永颐；镇江府 6 人，为张榘、朱南杰、施枢、张绍文、葛起文、葛起耕；湖州 4 人，为宋伯仁、周师成、吴惟信、吴仲方。除了临安唱酬交游圈，其余诗人以地域内交游为主，未形成大规模的唱酬活动。

平江府共有江湖诗派成员 7 人，即周文璞、周弼、李龏、张端义、赵汝淳、叶茵、释永颐。

周文璞、周弼，父子二人与李龏、张端义、释永颐、姜夔、葛天民、高翥、张侃、刘克庄、徐集孙、黄文雷等有唱和往来。周文璞、周弼父子尝为官，后弃官漫游江湖，主要交际对象为两浙东西路诗友，但同时又与福建、江西等地诗派成员交游。

叶茵，与孙季蕃、陈起、林洪、孙惟信等有酬唱交游，据《寄社友》推测，叶茵曾与人组建诗社。

释永颐，居唐栖寺，与李龏、姚镛、周文璞、周弼父子有交游。

平江府 7 位诗人在小地域内彼此交往颇多，特别是周文璞、周弼父子、李龏三人。

镇江府共有江湖诗派成员 6 人，即施枢、朱南杰、张榘、张绍文、葛起耕、葛起文。

施枢，生平经历不详，镇江丹徒人，寓居湖州，字知言，号芸隐、浮玉。施枢曾于嘉定五年（1232）参加乡试不第，后入幕府，从其为官经历看，皆为下层小官吏。在江湖诗人遍布的南宋，施枢在乡试未第的情况下依然执着于仕途，从幕府官僚做起，直至知县位，其艰辛不是一般士人所能忍受。观施枢其诗，早年似干谒曹豳，他有多首诗作上呈曹豳，如《借张宪韵述怀呈东畎先生》《中秋日虎丘呈庾使东畎先生》《西兴寄呈东畎先生》《蜡梅送东畎先生并寓探梅之意》《上司谏曹先生》，施枢对曹豳非常尊敬。曹豳（1170—1250），字西士，号东畎，浙东瑞安（今浙江瑞安）人。曹豳为官颇有政名，大约在其移浙东提点刑狱时与施枢相识相交，在嘉熙初年，两人亦有唱酬："声名满世重于山，果见延登左掖班。天子虚心求国是,先生著手济时艰。要看出处诸公上,只在精神一转间。前此极言虽引去,安危理乱正相关。"(《上司谏曹先生》)施枢对曹豳政治才干称赞不已。施枢在和达官结交的同时还有布衣士人投赠,有答诗酬投赠,如《酬山月江奥投赠》《酬瓜畴赵炉夫投赠》。从"正惭无雅韵,敢说到诗名"(《酬山月江奥投赠》)一句看,两位诗人似是因诗名而投赠。施枢最终步入仕途,但仕宦的来往奔波令他有了更为清醒的认识,在《入京》诗中,施枢如是说:"何期又泛玉京船,行止于人不偶然。寒力胜如前两夜,世情熟似近三年。只将兴味留诗里,苦乏工夫到酒边。万事看来忙不得,只须委顺乐吾天。"施枢此次入京大约与仕途有关,或为求官,或入京述职,在入京路上作了这首诗,世情淡漠、人情冷暖的感触,诗人最终转而委顺天命。

朱南杰,理宗嘉熙二年(1238)进士,历任地方官职朱南杰官位不高,其唱酬诗中涉及的官场同僚也多为中下层官员,如朱知镇(《朱知镇戎服警盗不惮雪夜酒库在镇外不得与戏呈》)、徐衍道知县等,同时朱南杰以诗名显,当时也有江湖游士求诗求跋,他的诗集中有《陈梅隐求诗》《林竹翁求跋》《刘直孺示拙逸诗编且命著语》,往往抓住求跋之人的特点题跋。如《林竹翁求跋》:"何物耐交情,林翁竹借名。霜严不改操,风劲镇长清。袖里森珠玉,胸中富甲兵。江湖莫相笑,已播逸民声。"竹翁以竹为名,朱南杰赞扬竹之操守实际也是褒扬林竹翁,袖里珠玉、胸中甲兵、江湖民声,林竹翁以江湖诗人的身份求取题跋,朱南杰在称赞之余把其身份特点点出,不禁让人想起友人对戴复古的评价——"声价满江湖",对江湖诗人来说,名满江湖则意味着有更多干谒的机会。朱南杰的题跋较好地达到了江湖诗人的要求,赞扬其人其诗以扩大诗名。

张矩,字方叔,号芸窗,南徐(今江苏镇江)人。理宗端平元年(1234)为建康府观察推官,淳祐五年(1245)知句容县。今存诗55首,有14首唱酬诗,唱和之人多为官场同僚或长官,如台府同官王元敬、邵尧章权尉等公,除却官场同僚,和江湖游士戴复古、刘直孺等也有唱酬。戴复古漫游至江西时,张矩有诗赠别《送戴式之自越游江西》:"四海江山多识面,百年人物半知心",概括了戴复古漫游生涯,希望友人多珍重。张矩和刘直孺唱和较多,刘直孺,生平经历不详,号拙逸,有《拙逸诗编》,镇江朱南杰曾为其诗集题诗,黄震《黄氏日钞》提及他为林宰侄,应为江苏籍士人。张椿曾拜访刘直孺,作《题刘直孺拙逸轩》:"有美山中君,独与世俗异。……先至晦巧而为拙,终焉多与巧相值。逸者自逸劳者劳,天之降材尔殊尔。君才足以应万殊,袖手山林恐非计。愿君毕力运天巧,却换轩名与张子。"全诗紧扣"拙"和"逸",道出刘直孺"与俗异"的主要特征,并对刘无奈隐居山林深表同情。此外,张椿亦有多首词赠予刘直孺,如《金缕曲·次韵拙逸刘直孺见寄言志》《贺新凉·次拙逸刘直孺维扬客中贺新凉韵》。在这两首词中,张椿盛赞刘直孺"丰神气貌",但终究进仕无门,只能"放浪江湖",刘直孺的经历也是大部分江湖诗人的经历。

张椿之子张绍文同为江湖派成员,字庶成,号樵寄翁,生平经历不详,曾自扬州探访其父归家,作《自维扬辞亲暂归里中登楼有作》。

湖州共有诗派成员4位,即宋伯仁、周师成、吴惟信、吴仲方。

宋伯仁,浙西湖州人,今存诗300余首,酬唱诗40多首,观其诗,与周密、林洪、李景雷、高翥、孙惟信等有交往。宋伯仁曾举宏词科,有过仕宦经历,他的唱酬诗对象中有部分官僚士人。与江湖派众多诗人一样,宋伯仁亦有漫游经历,他曾踏足杭州一带,拜访隐居杭州西湖的孙惟信,不过他寻人不得,只能抱憾而归。高翥以诗游于江湖,晚年寓居西湖,过着隐士般生活,宋伯仁诗《访高菊磵》透露出其生活点滴细节:"可惜吴中不见君,短篷空载一溪云。知君已到孤山下,日日梅花酒半醺。"高翥日日赏梅饮酒,寻常生活很是惬意。

周师成,字宗圣,号雉山,与浙东卢祖皋、赵师秀、张弋、福建路刘克庄等皆酬唱往来。

吴惟信,字仲孚,号菊潭,湖州人而居嘉定,以诗游于江湖。吴惟信今存诗200余首,有将近百首是和友人的唱酬之作,与他交往的人有僧人、隐士、江湖游士,亦有官僚人士,如达官名流如赵善湘、江湖派成员高似孙、释居简等人。

吴惟信有《寄诗友》诗,可看作他对诗友交往的总结:"丹井清泠夜向分,露庭吟苦更谁闻。松凉鹤立千峰月,草湿龙归一洞云。回首江湖尘漠漠,伤心天地气纷纷。何当共作诛茅计,免向秋风怨失群。"诗歌开篇隐含知音难寻的感伤,夜深露重,诗人在庭院中沉思苦吟,令人悲哀的是诗人发自内心的声音又有谁能够听闻?松、立鹤、青草、归龙等意象给人清远孤独之感,蓦然回首,江湖漫游路迢迢又艰辛,诗人渴望着与诸多诗友一起结庐安居。吴惟信以诗游于江湖,现实生活的艰辛和漫游远离诗友的孤独感,使这首诗充满了浓郁的相思之情。江湖诗人长年漫游,远离家乡亲朋,本身已是不幸,为了生计又不得不承受着内心的煎熬。

江浙之地佛教文化兴盛,吴诗中有多首赠答诗赠予僧人,其中有四首赠广淳破衣的诗作,采用五言律诗和七言绝句的形式。广淳破衣是江浙一带僧人,"蒲团坐得心成佛,却便随流似不曾"(《赠广淳破衣》其三),"悟彻心宗即是禅,老来风骨尚依然"(《赠广淳破衣》其四),坐禅、顿悟的佛教修行方式已经深入僧人的日常生活,"对客清谈皆有理,求他妙用独无凭(《赠广淳破衣》其三)。在吴惟信眼中,广淳破衣禅师过着隐士般的生活,"旧抄梵律已俱焚,一片闲情老白云"(《赠广淳破衣》其二),至于为什么焚烧梵文佛律,"一片闲情"已经很明确地告诉我们了,相比吴惟信酬唱诗中的另一位僧人宛上人,"宝书梵律自分科,黄卷青灯更琢磨"(《赠宛上人》),广淳破衣的生活更为惬意舒适,其形象已经脱离传统的僧人,而与隐士极为相似。

吴惟信和隐士、道士也有交往,但最多的还是与士人的往来。与他交好的多为江湖游士,他们生活贫困,嗜作诗,这也是南宋时期江湖游士的典型特征。

久向长安住,多于陋巷中。固穷全事节,传道与童蒙。自喜精诗律,家曾立战功。所言皆合理,心共古人同。(《赠毛时可》)

本是烟萝客,如何却混尘。中年百事懒,上国一家贫。屋老铺黄叶,楼空映水苹。诗成多自和,赏识恐无人。(《赠范仲约》)

贫为耽诗得,诗高贫未除。身从乡井隐,名待御屏书。寡合人为傲,回观世自疏。寥寥诸葛志,宁久在茅庐。(《赠俞进可》其二)

南宋游士阶层大量出现,江湖士人占据着绝大多数的数量,身居陋室,生活贫困,诗高名微,耽于作诗。吴惟信酬赠诗中描绘出江湖士人的共同形象,他们没有彻底脱离传统文人的阶级范围,也已经和传统的士人大不相同。吴惟信交往颇广,足迹遍布南宋大部分疆域。他曾到西湖拜谒林和靖之墓,并与寓居西湖的高似孙等有诗词往来,还曾登上台州题咏巾峰,在严陵和乌龙道来往奔波,其亦到过南宋边界镇江多景楼,抒发国破神州不复之感。从吴惟信生平经历来看，他属于江湖游士，不仕科举，但登楼之举显然昭示着他对国家命运的关注，对战事的关心，体现出江湖游士关怀国计民生的一面。

吴仲方为吴惟信之弟，《江湖后集》卷十七录诗 7 首。

浙东、浙西诗人交游最密切之地当为永嘉、临安二地，所不同的是，永嘉酬唱圈以本地诗人为主，而临安酬唱圈多外地诗人，这不仅是陈起编纂江湖诗集的原因，更重要的是临安作为南宋的政治、经济、文化吸引着大批的士人来此干谒、漫游、隐居，从而形成较为密切的酬唱群体。两浙东西路其他地域，如浙东庆元府有 6 位诗人，浙西平江府、镇江府各有 6 位诗人，但除却平江府，两浙江东西路内小地域间的酬唱交友圈并不明显，虽然人数众多，唱酬却较少，主要原因在于一部分诗人是游走型的，如戴复古，另一部分诗人融入了永嘉、临安酬唱诗人群。

# 第三章 福建路江湖诗派诗人酬唱圈

福建路毗邻两浙东路、江南东路、江南西路，是江湖派诗人较为集中的三地之一，诗派成员中有 23 位是福建人，虽然在人数上比浙江地域少，但也占江湖派诗人总数的七分之一，并且江湖派领袖刘克庄是兴化军莆田人，又在乡里居多年，在文坛、诗坛皆有盛名，故而福建路的酬唱活动更为繁盛。

## 第一节 莆田联谊：刘克庄的地域影响

莆田地处福建沿海，南宋时与仙游县、兴化县同归兴化军所辖，风景优美，是江湖派领袖刘克庄的家乡。刘克庄早年以门荫步入仕途，此后在官场沉浮几十年，中年因江湖诗祸被牵连，一生中有将近一半时间在家乡莆田度过，所以和他有交往酬唱的士人中除了官员群体，也多本地诗友。刘克庄得享高寿，诗文词在南宋都首屈一指，也有部分江湖士人投赠诗歌，希望能够得到他的指点。所以刘克庄的诗友圈以他的家乡莆田为中心，辐射整个福建地域，同时随着刘克庄身份的变动，他的诗友圈也相应地发生着变化。

### 一、刘克庄的诗友圈

刘克庄作为南宋中后期的诗文大家，历来学者对其研究较多，也较为深入，其中对其酬唱活动的研究也有许多精彩之处。侯体健在《刘克庄的文学世界——晚宋文学生态的一种考察》中考察其文学与社会身份的关系，论及游幕生活与诗词创作时说，刘克庄的文学活动主要为"一是监南岳祠，回到莆田，与方信孺等之间的交游活动；二是入桂、在桂及出桂时期，一路所书及与在桂同僚的交游活动；三是入都改官，途中所作及与陈起等的交游活动"①，并对刘克庄游幕时期的三次酬唱交游活动做了详尽论述。

（一）酬唱诗友眼中的刘克庄

诸位诗友对刘克庄的评价主要在其诗文，诗友们评价时多有誉满江湖之语，如张弋《寄刘潜夫》："八斗文章用有余，数车声誉满江湖。今年好献南郊赋，幕府文书有暇无。"依后两句，此诗当写于刘克庄幕府时期，刘克庄早年诗稿《南岳稿》由叶适作序，他对刘克庄寄予厚望，希望刘克庄力矫永嘉四灵学晚唐的狭小、偏斜。刘克庄在《瓜圃集序》中说："近岁诗人，惟赵章泉五言有陶阮意，赵蹈中能为韦体。如永嘉诗人，极力驰骤，才望见贾岛、姚合之藩而已。余诗亦然。十年前，始自厌之，欲息唐律，专造古体。"② 刘克庄早年学习四灵晚唐体，持续十余年，后来才决心改掉晚唐诗味。邹登龙是江湖派诗人，与魏了翁、刘克庄等有唱和往来，他在《寄呈后村刘编修》说刘克庄在时人竞学晚唐诗时别是一家："众作纷纷等噪蝉，先生中律更钩玄。如开元可二三子，自晚唐来数百年。人竞宝藏南岳稿，商留金易后村编。倘令舐鼎随鸡犬，凡骨从今或可仙。""众作纷纷等噪蝉"意指当时文人多学四灵和晚唐，叶适曾批评永嘉四灵，称赞刘克庄诗不步众人后尘而有自己特色，可以比肩开元和晚唐的大诗人。颈联说刘克庄诗歌受欢迎的程度，人们争相把《南岳稿》当作宝物般珍藏，买来《后村集》及其续集，"宝藏""以金易"也恰恰说明卖诗、买诗是当时非常普遍的现象。虽然刘克庄冲破贾岛、姚合的藩篱，但诗友称赞刘克庄时往往用晚唐诗人来比拟。邹登龙说"自晚唐来数百家"，涧泉先生韩淲在《刘克庄潜夫诗编》中也说："等闲温李相游戏，有底应刘独怒嗔。雅调纵教胜俗调，古人疑不似今人。"用晚唐诗人温庭筠、李商隐来称赞刘克庄，表明其诗歌的晚唐色调。刘克庄诗自成一家，是四灵后影响最大的诗人，他提携后生，故当时多有学诗之人宗法刘克庄。好友胡仲

---

① 侯体健：《刘克庄的文学世界——晚宋文学生态的一种考察》，复旦大学出版社2013年版，第95页。

② 刘克庄著，辛更儒笺校：《刘克庄集笺校》卷九十四《瓜圃集序》，中华书局2011年版，第3975页。

弓在《王用和归从莆水寄呈后村》中曰"江湖从学者，尽欲倚刘墙"，足见时人对他的学习。

林希逸（1193—?），字肃翁，号鬳斋，又号竹溪，福州福清人，江湖派诗人。理宗端平二年（1235）进士，官至中书舍人。与刘克庄友善，两人有多首酬唱诗，刘克庄去世后林希逸作行状，并作《挽后村五首》以悼念。其一："九十非为寿，天胡夺此翁。两朝名法从，一世大宗工。集本家家有，囊封字字忠。老龙虽异宠，堪叹梦俄空。"其二："词源泉万斛，笔欲挽天河。诗比欧韩密，文追汉晋多。一生名皎皎，四入发皤皤。班不登书殿，伤哉可奈何。"林希逸对刘克庄的文学成就称赞不已，刘克庄一生历四朝，是南宋后期诗词文坛的健匠。

刘克庄得享高寿，人至老年病痛多，遂在其诗文中自书老病诗，自和多首次韵诗。人之将老的感叹任何人都有，刘克庄也不免俗，年老体迈不但影响了诗人的生活，还影响着他的诗歌创作。林希逸《老去》诗："老去人间念不生，旧来诗兴亦凋零……后村已病赓吟少，纵有牙弦孰与听。"刘克庄因年老多病唱和日渐稀少，不得不感叹时间之飞逝和疾病之无情。

刘克庄仕宦坎坷，因江湖诗祸里居多年，晚年仕途比较畅达，虽屡被弹劾但也受到皇帝的重视，所以诗友们对他被招、被斥也有记录。武衍是江湖派诗人，和多位江湖成员有酬唱，他的《刘后村被招》诗记录刘克庄被朝廷召还事："衔上官虽显，吟边兴不衰。细评南岳稿，远过后山诗。才大人多忌，名高上素知。瓣香吾敢后，幸见召环时。"前四句叙说刘克庄位居高官不废吟咏，其《南岳稿》的成就超过了陈师道，才大招人嫉妒，刘克庄恰恰是才大名高者，不过却很幸运地得到朝廷的召还，武衍由衷地为刘克庄感到高兴。释善珍则对刘克庄升迁表达了衷心的祝贺。《贺刘后村除兵侍兼直院》："人物依然元祐中，莺边系马亦金狨。相君惟忆刘夫子，学士须还儋秃翁。翰苑鹤天双鬓雪，玄都燕麦几春风。老来始得文章力，前有欧公后益公。"刘克庄于景定间入朝任兵部侍郎兼直院学士一职，在历经多次弹劾之后，这次升迁在诗友眼中看来意义重大，除了多赞誉之词，诗友认为刘克庄能够升迁多由其文章之力。《行状》曰："自西山诸老既殁，公独岿然为大宗工。四方大纪述必归之后村氏。"① 《墓志铭》亦曰："公早负盛名，晚掌书命。每一制下，人人传写，号真舍人。穆陵尤重公文，凡大诏令，必曰非刘某不可。达官显人，欲铭先世勋德，必托公文以传。江湖士友为四六及五七言，往往祖后村氏。"② 江湖士友对其文称赞有加，对其后文人影响较大，尤其是诏令等公案之文。

刘克庄中年经历江湖诗祸，在家乡里居达十年之久，多年后还深受诗祸的影响，屡被弹劾。胡仲弓和刘克庄酬唱颇多，与同遭诗祸的曾极、陈起等皆有酬唱，对诗祸有较多的了解。淳祐十一年（1251）十月，刘克庄上疏列史嵩之之罪，极力进谏史不可复用，于闰十月被罢出，胡仲弓、陈起有诗相送。

胡仲弓《送后村去国二首》其一："人言责备过春秋，笑出修门肯怨尤。去国早知如许急，劝君何事莫来休。是非不信无公论，胜才负常关第一筹。史笔未青先结局，天刑人祸免推求。"其二："累疏笺天乞挂冠，此时便合整归鞍。玉音不许难轻去，局面那知竟未安。但得中朝常有道，何妨右史左迁官。此行不被梅花累，把作寻常物外看。"

前首诗极述刘克庄不幸遭际，劝慰好友不要将此事放在心上，天刑人祸不可避免。后首直言上疏竟给友人带来如此结局，希望朝廷能有公道在，同时勉慰刘克庄能以平常心看待。虽然诗人说无关梅花诗案，但刘克庄确实被梅花诗案连累了不止十年，以致战战兢兢，多年后才回赠胡仲弓的这两首送别诗，有诗题为《辛亥去国，陈宗之、胡希圣送行，避谤不敢见。希圣赠二诗，亦不敢答。乙卯追和其韵》从辛亥到乙卯，中间又过了四年，刘克庄才敢追和胡仲弓这两首诗。好友送别不敢见，友人赠诗不敢和，可见当时的谤言是多么厉害，刘克庄四年后的这首和诗也失去了谏词的直俊激切："空疏谒帝无高论，老退明农已熟筹。惭愧二君更迂阔，远看逐客欲何求。"四年前因谏被罢带来的伤痛已经被时间所抚平，虽然自称逐客，经历过多次仕途沉浮，刘克庄对待世事也淡然了许多。

---

① 刘克庄著，辛更儒笺校：《刘克庄集笺校》卷一九四《后村先生刘公行状》，中华书局2011年版，第7562页。

② 刘克庄著，辛更儒笺校：《刘克庄集笺校》卷一九五《墓志铭》，中华书局2011年版，第7574页。

## (二) 刘克庄莆田酬唱交游活动

本部分重点论及莆田地域酬唱活动，入桂、入都的酬唱活动不在考察之列。

刘克庄里居家乡时，与之交往密切的有方信孺、翁定、孙惟信、方遇、王迈、赵汝谈、林希逸等人。

方信孺（1177—1223），字孚若，号好庵，自号柴帽山人，兴化军莆田人，以父荫进入仕途，与李曾伯、高翥等有唱和。方信孺和刘克庄交好，刘克庄为其作行状及挽诗，方氏侄孙方元吉也因此受到刘克庄礼遇，为其诗作序跋，刘克庄和方氏有12首唱和之作，如《和方孚若瀑上种梅五首》，瀑布为莆田著名的风景名胜西㴶瀑布，福建本地士人常去游览，胡仲弓、林梅臞也有关于瀑布的唱和。"昔共诛茅听瀑处，溪云谷月亦悲辛"（刘克庄《挽方孚若》其一）。西㴶瀑布承载着诗人和友人的美好记忆，而今好友去世后，刘克庄伤心万分，周围的景物也带上了悲伤的色彩，表达出对好友突然离世难以接受的情感和深深的缅怀之意。

翁定，字应叟，号瓜圃，建宁府建安人。刘克庄有3首赠别诗，依《答翁定》诗，翁定曾有赠诗予刘克庄，翁刘二人曾共游、共宿瀑布，"偶送诗人共宿山，拥炉吹烛听潺湲"（《别翁定宿瀑上》），可知刘克庄和他关系比较亲密，翁定去世数年后，其子元儒请刘克庄为《瓜圃集》作序："亡友翁应叟，尤工律诗。集中古体，不一二见，无乃与余同病乎？……盖应叟晚为洛学，客游所至，必交其善士，尤为西山真公所知，其诗有自来矣。"[①] 翁定律诗尤工，从刘克庄对其诗评价来看，送人去国、伤时闻警、感知怀友之作翁定均有涉及，遗憾的是今仅存诗6首，难窥全貌。翁定晚年漫游江湖，对二程理学尤为上心，所交游之人必精通此学，为真德秀所推重。

孙惟信，光宗时弃官隐居西湖，和江湖派中多位诗人，如翁卷、赵师秀、戴复古、林表民、李龏、宋伯仁等皆有唱和往来。嘉定十二年（1219）后，孙惟信作为方信孺的门客居于莆田，与刘克庄、方信孺等人多有酬唱往来之作。其中刘克庄和孙惟信之间的唱和往来最多，约有13

---

① 刘克庄著，辛更儒笺校：《刘克庄集笺校》卷九十四《瓜圃集序》，中华书局2011年版，第3976页。

首之多，这些诗涉及内容很广泛，共同出游、嬉戏、听孙惟信吹笛等。孙去世后，刘克庄不但作墓志铭，还写多首挽诗悼念，甚至在检查故书看到孙惟信寄来的词时都感慨万千。

方遇，字时父，刘克庄表弟，福州三山人，和刘克庄、王迈等有酬唱。刘克庄少年时就与方遇相知，"忆骑竹马已情亲，何况而今雪鬓新"（《寄方时父》），"时父，余表弟也，初见于临川，余年十七，时父十四。后见于福唐，于临安，于莆，每见颜发益苍老"①（《跋表弟方遇诗》）。嘉泰三年（1203），17岁的刘克庄随任临川令的父亲在外，于此时第一次见到方遇，此后多次在福唐、临安、莆田相见，刘克庄有多首送别、留别诗，推测方遇曾有漫游经历。刘克庄为方遇诗题跋曰："南昌徐君德夫，为方遇时父作诗评，其论甚高。盖今之为诗者尚语，而德夫尚志，尚巧，而德夫尚拙。以德夫之论考时父之诗，往往意胜于语，拙多于巧，时父可谓善为诗，而德夫可谓善评诗矣。"②徐德夫即徐鹿卿（1189—1251），号泉谷樵友，江南西路隆兴府人。宁宗嘉定十六年（1223）进士，有《泉谷文集》。徐鹿卿在福建、浙东、浙西等多地做过官，颇有政名，观刘克庄评语，可知其诗歌与时人不同，刘克庄认同徐鹿卿对方遇诗的评价，遗憾的是方遇诗今不存，无从考知其诗歌风格以及他赠予刘克庄诗歌的内容。

王迈（1184—1248），字实之，一作贯之，号臞轩，兴化军仙游人。宁宗嘉定十年（1217）进士，屡次忤旨外放，死后刘克庄为其作墓志铭。王迈今存诗近500首，和刘克庄、林希逸等福建路诗人多酬唱。王迈多次得罪权贵，刘克庄仕途不顺，但这些并不影响两人的交往，相反同是天涯沦落人的相似遭遇使得两人关系更为密切。刘克庄有十余首诗和王迈相关，有送别、祝贺、也有次韵、和韵。

赵汝谈（？—1237），字履常，号南塘，宋太祖八世孙，居杭州。淳熙十一年（1184）登进士第，曾在多地任职，官至刑部尚书，《宋史》有传。刘、赵两人相识较早，刘克庄作品集《后村先生大全集》中保留了多首二人的唱和诗作。

---

① 刘克庄著，辛更儒笺校：《刘克庄集笺校》卷一百《跋表弟方遇诗》，中华书局2011年版，第4193页。
② 刘克庄著，辛更儒笺校：《刘克庄集笺校》卷一百《跋表弟方遇诗》，中华书局2011年版，第4192-4193页。

林希逸，与刘克庄俱入黄宗羲所编《宋元学案》之《艾轩学案》，该学案以林光朝艾轩为首，自下刘克庄祖刘夙、父刘弥正、弟克逊也均入此学案。林光朝字谦之，莆田人，他一直"专心圣贤践履之学"①，年近五十始进士及第，去世后谥"文节"，学者称其"艾轩先生"。林光朝对本地文化与士风起着积极的影响，刘克庄祖父三代都深受其影响，林希逸也不例外。林希逸今存诗800多首，和多人有唱和往来，与刘克庄唱和最多。

文坛显赫的地位和晚年仕宦的通达，使刘克庄也成为部分江湖游士干谒投赠的对象。这些江湖游士遍布多地，以福建路士人居多，他们年岁上晚于刘克庄，投赠目的多是希望在诗文上得到刘克庄的指点，或为其题跋诗卷。据《大全集》，叶潘、陈莆田、张文学、黄景文、黄祖润、方俊甫、章南举、吴教授、王玠、徐雷震、赵优奏、陈生、蒲寿宬等人皆投赠过刘克庄，这些人名不见经传，生平经历不详，甚至只用某生来称呼，投赠人的诗歌大部分也已失传，仅从刘克庄答赠诗和题跋诗卷中才能得知一点相关资料。

蒲寿宬，泉州人，号心泉处士，据其诗知曾入幕，行迹遍东南。与刘克庄同时，年辈相近，曾作《投后村先生刘尚书》，很遗憾刘克庄没有回赠诗。蒲寿宬曾知梅州，也有士人投赠蒲寿宬（潮州书生《投蒲寿宬》）。南宋时期江湖游士遍布，为了寻求晋身之道，获得名宦的赏识，他们在投赠路上走得相当辛苦。和戴复古等江湖派诗人求取钱财不同，这些名小位卑的诗人投赠多是希望名流为其诗卷题跋。

在刘克庄答赠的江湖士人中，他为其中三位题跋过诗卷。《跋黄户曹梅诗》，梅花诗和梅花唱和在两宋时期十分盛行，黄祖润不但参与投赠行为，还积极参与以刘克庄为首的《梅花百咏》唱和活动，刘克庄跋其诗大抵因此。

方俊甫和章南举的诗稿刘克庄也有题跋。方元英，字俊甫，莆田人，是刘克庄同乡，在《跋方俊甫小稿》中刘克庄说：

　　自诗境父子仙去，里中无与言诗者。及文甫俊甫出，始接为诗。文甫诗予前十年既评之矣，俊甫示予小稿二十首，皆尖新组丽，若百

---

① 黄宗羲著，全祖望补修：《宋元学案》卷四十七《艾轩学案》，中华书局1982年版，第1471页。

锻而后出。治世称能传家学者为书种，惟诗亦然之。文甫于诗境公为叔祖，俊甫于武成为父，予视俊甫为通家子。①

从这段文字中可以看出，刘克庄认为，莆田本地与刘克庄有诗文联谊的方信孺父子去世后，文甫方元吉和俊甫方元英丰富了莆田的诗坛创作。刘克庄早年曾为方信孺和方元吉诗稿作过题跋，《大全集》卷九十七有《诗境集序》，卷一零八有《跋方元吉诗》，现今方元英拿小稿二十首请刘克庄点评，亦有希望得到指点的意味。方元英为方武成之子，方信孺之孙，刘克庄对方武成亦有多首赠诗，因这层关系，刘克庄大力称赞方元英之作，并为其诗作跋。

章南举，建安人，生平经历不详。刘克庄有诗《次韵建安章南举投赠》："薄有田园兴，闲挑草木情。殷勤美年少，存问老书生。晚觉论心少，谁堪歃血盟。吾衰得吟友，不惮揽衣迎。"答复投赠诗时，刘克庄丝毫不以年高为尊，谦虚地自称老书生，"揽衣迎"三字可见刘克庄对章南举的提携。在《大全集》《跋章南举小稿》中，刘克庄记载了和章交往的细节：

> 仆曩官建上，多识其士友。去之数十年，犹记忆如新相知，今屈指故交，存者十无一二。予昔所赋咏，老不复记，惟溪上故人，往往犹能举似。晚得谢生昕照邻，爱其诗有唐风。照邻又以书称其友章君南举才名，赠余五言，又小稿三十七篇，盖余齿发盛壮时望而畏者，今耄矣，精华竭矣，何以拜君之惠而还君之贽乎？②

刘克庄跋三人诗卷答复投赠之作，并非没有缘由。他仔细阅读了这些后生晚辈的诗作，觉得尚有新意，然仅此还不够，中间还有其他友人的推介。方文甫受到刘克庄赞誉，其弟俊甫也因此层关系受到刘克庄的重视，章南举因谢昕推举才进入刘克庄的视线。

士人身份的变化影响着交游人物的身份，由此带来诗人心境的改变，进而影响诗歌的内容和风格。刘克庄一生经历四种身份的变换：早年的江

---

① 刘克庄著，辛更儒笺校：《刘克庄集笺校》卷一一一《跋方俊甫小稿》，中华书局 2011 年版，第 4623 页。
② 刘克庄著，辛更儒笺校：《刘克庄集笺校》卷一一一《跋章南举小稿》，中华书局 2011 年版，第 4630 页。

湖游士、中年的州府官员和本地乡绅、晚年的朝廷要员。身份的变化带来创作和唱和对象的改变，更可看到他的交游活动带有较强的地域性特征。

地域性是南宋诗坛的一个新特点，以地域为中心，辐射多地域诗人的交游模式早在北宋江西诗派即已出现。刘克庄一生参与了三个交游酬唱的小群体，即莆田地域、入桂时期、临安时期。虽然刘克庄曾与其他地域诗人有酬唱活动，但这仅局限在有限的时间内，一旦离开了某地，密切的酬唱活动便结束了，比如旅桂时期的交游，在刘克庄离开桂地之后便不再频繁。刘克庄中年遭遇诗祸，影响达十余年之久，里居时期所交往士人以福建地域为主，尤其是林希逸和刘希仁，三人进行了多次唱和活动，甚至一些生活琐事都被写进诗中与友人分享。这二人中，刘希仁是刘克庄从祖弟，亲缘关系让两人唱和较多，而林希逸是刘克庄好友。从地缘上看，林希逸所在的福清和莆田较近，仕宦经历的不顺和相似的耿介性格使两人关系很是亲密。

亲缘、地缘以及学缘是影响酬唱交游活动的重要因素。这一影响在江西诗派那里也可得到印证。诗派成员散居在江西境内多地，彼此同声相应、同气相求，具体到一地，诗人间的唱和交往也很密切，当然这也是基于地域的原因。从学缘来说，黄庭坚、陈师道、陈与义是江西诗派三宗，三人被推崇不只是因为他们诗歌造诣高，很重要的一点在于三人对江西诗派成员的典范意义，其人格理想和作诗法则都成为诗派后辈学习的典范，并且江西诗派许多诗人皆受过黄庭坚的指点。江西诗派也存在亲缘方面的凝合，比如黄庭坚与三洪、徐俯等有亲戚关系。刘克庄福建地域酬唱交游圈同样也受这几点的影响，据统计，刘克庄序跋对象的地域也多集中在福建路[①]，这些士人以后生晚辈的身份求其题跋，积极参与莆田地域唱和活动。

## 二、刘克庄与宗教人士的交游

刘克庄诗中赠给僧人、道士、相士、日者的诗作达60余首之多，主要诗作见表3-1。

---

① 参见侯体健：《刘克庄的文学世界——晚宋文学生态的一种考察》，复旦大学出版社2013年版，第135—140页。

表 3-1　刘克庄诗歌中所涉僧人、道士、相士、日者篇目

| 僧、道 | 相士、日者 |
| --- | --- |
| 《示观老》《聪老》《送拄杖还僧》《赠风水僧》《宿囊山怀洪岳二上人》《示宝上人》《寄泉僧真济》《送僧道莹》《题晤上人诗卷》《送金仙上人罢讲》《赠贵上人》《赠音上人》《赠天台通上人》《送金仙玢上人主讲隆寿院》《酬净慈纲上人三首》《哀二僧》《怀晦严一首》《泉牧贴请囊山福上人主持承天既至有沮之者与兴尽而返戏赠小诗》《用旧韵赠莹上人》《哭囊山觉、初长老》《赠钱道人》《送邹景仁》《赠玉隆刘道士》《再赠钱道人二首》《黄天谷赠诗次韵二首》《赠洪道人圆定》《六言二首赠月蓬道人》《再赠月蓬道人六言二首》《送月蓬道人南游寄呈阳岩侍讲直院侍郎留言三首》《赠菊庵李道人》《丙寅赠月蓬道人》《赠雪山李道人二首》《三赠月蓬道人》《赠无庵于道人》 | 《赠徐相师》《赠马相士二首》《赠郭相士后夫》《赠杨相士》《赠梅岩王相士二绝》《赠日者朱俊甫二首》《赠术者施元龙》《赠天台陈相士》《赠日者程士熙》《六言五首赠李相士景春》《赠术者施元龙》《赠崇安刘相士》《赠碧眼相士六言二首》《赠日者袁天勋》《赠日者陈达夫六言二首》 |

和刘克庄交往的释道人物，据诗文记载，佛教徒如少林僧德诚、僧祖日、晦严禅师，还有一些只知名号，如贵上人、音上人，莹上人等。刘克庄与他们互相赠诗唱和，还经常为他们写序跋，作行状、墓志铭，如《怀晦严》《恭上人求偈戏赠二首》《赠贵上人》《赠天台通上人》等。在《诚少林日九座墓志铭》中，刘克庄还详细记载了和他交往的少林僧德诚、祖日的生平以及他们圆寂入葬的情形。此外，包括部分赠别诗，写作对象有僧人、道士，相士等，对一些人的赠答诗不止一首，如对月蓬道人就有12首之多。刘克庄79岁时结识月蓬道人，80岁写下《丙寅赠月蓬道人》，参考刘克庄之前的诗作《送月蓬道人南游寄呈阳岩侍读直院侍郎六言三首》，可知月蓬道人在此年南游，丙寅年又见到刘克庄，故有诗赠之。

但刘克庄又并非只对佛教感兴趣，他也和道教人士有所往来。他曾和当时有名的丹家邹子益、曾极、黄天谷等友善，另外还和无庵于道人、菊庵李道人、钱道人、玉隆刘道士、王道士，以及一些相士、日者等难有生平记载的江湖游士有所接触，甚至还写诗赠予他们。

同时，刘克庄还喜好游览道观、寺院，并写了很多与游览行踪有关的诗作，如果说刘克庄仅仅是抱着游赏的心理而到道观、寺院去的话，那么他在游赏的途中会不会和道人、僧人有所接触？显而易见，刘克庄不仅喜欢到此类地方游玩，还和他们保持着交往，甚至还有可能与他们交流文学问题。

在《王隐君六学九书序》中，刘克庄提及宋代著名的道士白玉蟾"近世丹家如邹子益、曾景建、黄天谷，皆余所善。惟白玉蟾不及识，然知其为闽清葛氏子。邹不曾七十，黄、曾仅六十，蟾尤夭，死时皆无他异，反不及常人。余益不信世之有仙，而丹之果可以不死也"①。这段文字记述了他和邹、曾、黄的交往，并记述了他们逝世时的年纪，尤其对白玉蟾夭死做了评价，以示对他炼丹修道的怀疑。其实，刘克庄对道教的怀疑也仅在炼丹修道一类，他曾写过一首名为《观溪西弟子降仙》的诗，以"老儒心下事，未必紫姑知"作结，表明刘克庄是以儒者的身份来参与这次道教活动的。

作为道教混元仙派在南宋的传承人物，黄天谷和白玉蟾在当时都比较有名，且两人都会作诗，有诗集行于世，那么便有二人因诗歌而与刘克庄切磋诗艺的可能。《后村诗话》说："黄天谷名春伯，白玉蟾姓葛名长庚，皆自言得道。后死，乃无他异。二人颇涉文墨，所至墙壁淋漓挥扫，能耸动人。谷有诗云：'半篙春水一蓑烟，抱月怀中枕斗眠。说与诗人休问我，英雄回首即神仙。'尝访蟾，值其出，题壁云：'怪访怪，怪不在。茅君山，来相待。'"②黄天谷不仅和刘克庄交善，《大全集》卷三有《黄天谷赠诗次韵（二首）》，还得到了真德秀的关注。真德秀在《跋陈北山序黄春伯本末》中写道："清逸黄君，少为神仙之学，且有志当世之事。"③其他如月蓬道人、李道人、汪道士等虽生平不详，也可以推测他们和刘克庄交往并非因炼丹修道结交，极有可能是因文墨而结交。

刘克庄和诸多释道人物交往，与他的人生经历、社会风尚有很大关系。刘克庄少年时跟随林成季接受了理学教育，及至年长，他又得到儒学巨子叶适和理学名臣真德秀的提携，深厚的理学和家学渊源对他日后思想产生了不可磨灭的影响。不过理学和家学影响并不使他排斥其他宗教。纵观刘克庄的一生，他游览过许多寺院，除了受他母亲信奉佛教的影响，最主要的是，他认为佛教在忠孝人伦的社会功能上起着和儒教一样的作用。

---

① 刘克庄著，辛更儒笺校：《刘克庄集笺校》卷九十五《王隐君六学九书序》，中华书局2011年版，第4009页。

② 刘克庄著，辛更儒笺校：《刘克庄集笺校》卷一七四《诗话》，中华书局2011年版，第6756页。

③ 真德秀：《西山文集》卷二十九《跋陈北山序黄春伯本末》，《景印文渊阁四库全书》本。

他认为："儒释有异同之迹，伦纪无绝灭之理。世所传释氏事，多失之过而流于诞。其忠厚而蹈乎常者，余信之；乖悖而不近乎情者，余疑焉。"①"儒诋释为夷教，义理一也，岂有华夷之辩哉？吾闻身毒、罽宾诸国，皆有城郭君民，其法度教令，虽不可得而详，窃意其奖忠孝而禁悖逆，大指无以异于中华。不然，则其类灭而国墟矣。"②

较之佛教，宋代帝王更喜好道教。北宋开国之初，帝王出于政治的需要，用君权神授来彰显皇位的神圣性和合法性。北宋政和年间，徽宗曾下令建立专门的学校来培训道士，同时还实施一系列的抑佛行动，帝王好道的风气在南宋时期亦有所延续。

不过刘克庄对道教、道士的关注并不在炼丹修道上。《听蛙方君作八老诗，效颦各赋一首。内三题，余四十年前已作，遂不重说。偈言别赋二题，足成十志·老道》一诗说："练不成丹死不休，岂知岁月竟悠悠。老于蒙叟仍黄馘，丑似弥明亦结喉。尚隔蓬莱三万里，浪云椿树八千秋。暮年却羡邻儿黠，阿母蟠桃也去偷。"刘克庄着意突出老道费心费力炼丹修道以至年老一无所成，表达他对修道之术的怀疑。

刘克庄虽对丹道修炼持怀疑态度，却和某些道士保持着文友关系，经常写诗赠给他们。在刘克庄的文集中，也有一部分赠予江湖游士的相士、日者等人的诗作。宋代卜者人数增多，占卜书籍增多，占卜方式增多，占卜被社会各阶层广泛地运用于社会生活各领域③，日者和相士多具有一定的文化基础，精通天象、占卜和相术，"盖江湖游士，多以星命相卜，挟中朝尺书，奔走闽台郡县糊口耳"④，靠星命相卜奔走于权贵、郡县间，同时也以此手段谋生。占卜术在上古时期就已经被纳入了古人的社会精神生活，遇到重大的事件往往会请人占卜来定吉凶。在现实生活中，日者和相士的用处很大，占卜、治病等皆属于日者相士的业务范围。江湖派诗人或沉沦下僚漫游江湖，他们更渴望飞黄腾达，和日者、相士的交流便是其

---

① 刘克庄著，辛更儒笺校：《刘克庄集笺校》卷九十一《孝友堂记》，中华书局2011年版，第3877页。

② 刘克庄著，辛更儒笺校：《刘克庄集笺校》卷九十四《送高上人序》，中华书局2011年版，第3971页。

③ 参见杨晓红：《宋代占卜与宋代社会》，《四川师范大学学报（社会科学版）》2002年第3期，第94—95页。

④ 方回选评，李庆甲集评校点：《瀛奎律髓汇评》，上海古籍出版社1986年版，第840页。

内心渴望的表现。不但寻常百姓会寻求相士的帮助来占卜吉凶，一些大学者、大政治家也和相士关系密切，像真德秀、魏了翁等理学名家都曾写过赠给相士的诗。

接受了道教思想的刘克庄在《王与义诗序》中把学诗的过程比作学仙："窃意仙者必极天下之轻清，而后易于解脱，未有重浊而能仙也。君之作，庶乎轻清矣。然余闻之丹家，冲漠自守，专固不息，一旦婴儿成，囟门开，足以不死矣。此养内丹者之事，癯于山泽之仙也。若夫大丹则异于是，传方诀必有师，安炉灶必有地，致金汞必有赀。又必修三千功行以俟之，乃其成也，笙鹤幢节，不期而至。王乔骖乘，韩众执辔，翱翔太清而朝于帝所，此天仙也，异乎前之癯于山泽者矣。余以其说推之于诗，凡大家数擅名今古，大丹之成者也。小家数各鸣所长，内丹之成者也。"①

刘克庄详细地把学诗之人分为大家和小家，与之相对应，在学仙上也就有大丹和内丹之别。刘克庄认为，内丹可以自己养成，大丹就必须有老师教导、有场地修炼，比之学诗的过程，靠努力自学也可以有所成，但最终也就是小家数而已，若想在诗歌领域擅名专场，就必须有老师教导、同道切磋，持之以恒，才有可能成为大家数。这样区分，不仅便于初学者学习，也能让学诗者明确知道其所处的阶段，从而制定适合自己的学诗道路。

佛教和道教都对刘克庄的诗学理论产生了积极影响。在刘克庄之前的很多诗人如苏轼、黄庭坚、陈师道等都论过禅学和诗学的关系，但刘克庄却认为禅和诗有着本质的区别，这一区别点立足在文字上，学习者不应像学禅那样学诗，因为诗歌要靠文字来表情达意，而禅的至言妙义本就不在于文字，所以杜甫有"语不惊人死不休"之论，故而刘克庄劝诫后辈，不要过分地追求虚幻阔远而舍真实、厌切近，这样的后果只能是禅进诗退。

刘克庄虽然把禅学和诗学区分开来，但在《茶山诚斋诗选序》中，他却用禅学谱系来比喻吕本中、曾几在江西诗派中的传灯地位。"余既以吕紫微附宗派之后，或曰：'派诗止此乎？'余曰：'非也。曾茶山赣人，杨

---

① 刘克庄著，辛更儒笺校：《刘克庄集笺校》卷九十六《王与义诗序》，中华书局2011年版，第4043—4044页。

诚斋吉人，皆中兴大家数。比之禅学，山谷初祖也，吕曾南北二宗也。'"[1] 曾几是南宋江西诗派重要作家，杨万里早年诗学江西，二人均为江南西路人，刘克庄认为他们是继吕本中之后江西诗派的传灯人物，除了受《江西宗派图》的影响，或多或少也与禅学的流行有关。同时，佛道二教的一些观点对后村诗学很有启发，他融儒、释、道三教于一体，丰富完善了诗学理论。

晚年的刘克庄体弱多病，在他看来，道人的丹药以及相士都能为其提供帮助。这与古人的迷信思想有关，但刘克庄不仅与这类人士交往，还酬赠诗作，为后人提供了道士和僧人生活状态之剪影。刘克庄有《赠碧眼相士六言二首》，抓住了相士"碧眼"的特点，"耳白无盖世名，眼碧有奇中语"，细致地描绘了相士的外貌特征。碧眼相士也见诸其他诗人的笔下，如文天祥也有《赠碧眼相士》《湘潭道中赠送丁碧眼相士》等诗作，即使不是一般相士，诗人也往往用"碧眼"一词，"赤身穷至骨，碧眼妙通神"（刘克庄《赠崇安刘相士》），碧眼几乎成了相士的代名词，丰富了古代诗歌所塑造的人物形象。

### 三、刘克庄唱和诗的主题

《大全集》中有 1200 多首唱和诗，这也是居乡的刘克庄最下功夫的地方。这些唱和诗基本无涉政治，涉及生活多种多样，和诗韵、祝寿、和得孙、和梅花、和荔枝，咏物抒情，有感而发，充满着浓郁的生活气息和诗友之谊。

刘克庄与林希逸、刘希仁、赵汝谈、王迈等有多首唱和诗，现就其唱和模式、唱和内容、唱和心境作具体考察。

在唱和模式上，刘克庄和诗友间唱酬诗以唱和为主。刘克庄首作，诗友次韵和诗，刘克庄再和，反复如此，有时甚至达到十和之多。也有诗友首作，刘克庄次韵唱和，数量多者也有几个回合。当然形式简单的赠答诗也存在，但数量不多。

在唱和内容上，刘克庄和诗友唱和内容涉及日常生活的方方面面，问

---

[1] 刘克庄著，辛更儒笺校：《刘克庄集笺校》卷九十七《茶山诚斋诗选序》，中华书局 2011 年版，第 4103 页。

询、生日、老病、怀人、论诗、和字、得孙、和题，等等，内容非常丰富，展现了诗人日常生活的点滴细节。

随着衰老的来临，身体状况也每况愈下，刘克庄有多篇描写记颜、目眇、耳疾、疥癣等内容的诗作，他有感于老病，写了十首六言诗呈给好友林希逸（《老病六言十首呈竹溪》），林看后作和诗，刘又作《竹溪再和余亦再作》呈林，每组诗有十首，除去首尾两首其余八首从发、耳、目、口、鼻、腰、手、足分别叙写自己衰老年迈之状。

在唱和心境上，年老多病的刘克庄，在诗中流露出对病痛的无可奈何而又达观的心境："七窍岂堪频凿，百骸渐觉不仁。若非右臂作字，迺公已是废人。"（《老病六言十首呈竹溪》其八）混沌无七窍，日凿一窍，七日后七窍出而混沌死。刘克庄变用七窍的典故说年老后躯体渐麻木，不如先前灵活，若不是右臂还能写字，只怕已是废人一个。刘克庄晚年多疾病，若不是对疾病有切身体会，就写不出来如此深邃的感受。然而诗人创作十首诗时也颇为达观："假合幻躯难靠，夭寿定数孰逃。屈子大招奚益，渊明自挽最高。"（《老病六言十首呈竹溪》其十）刘克庄在此诗中感叹寿数天定，在他看来，屈原的《大招》和陶渊明的自作挽诗都是对寿数天命的认可，任何人都难以逃脱天命的限制。刘克庄享高寿而有此心态，无可奈何之中隐含着对寿数的达观心境。林希逸和诗亡佚，从刘克庄《竹溪再和余亦再作》来看，刘克庄和林希逸之间的唱和至少有两个回合，林希逸有《臂痛六言》三首："六十六翁衰久，四百四病更多。臂用火攻未可，心存水观如何。"（其一）诗作于林希逸六十六岁之时，"四百四病"出自佛经，意指各种疾病，林希逸以此来表达周身苦病，臂痛用火攻不奏效，难怪乎林希逸选择佛教的水观入定来缓解痛苦。虽然很难判定到底谁作在先，但必定是对病痛有切身体会使得二人反复唱和。

景定五年（1264），七十八岁的刘克庄患眼疾，他在诗中反复叙说，有感而发，见《目疾一首》《左目痛六言九首》《目痛一月未愈和前九首》等诗，左眼的疾病对他的生活影响颇大，最终也因眼疾离职。不过刘克庄痛苦之余还不忘解嘲，以左丘明事自我安慰，好友林希逸在《怀后村作》诗中专门提到他的眼病："……老我厄穷如子美，故人忧病似丘明。常时交讯无虚日，每日迂谈尽五更。手简近来儿代作，得公手简若为情。"虽然刘克庄备受眼疾折磨，但二人并没有对自己的生活和健康过度悲观，经常互通音信,互相宽慰。

得孙时,唱和人的心境则变得喜悦而闲适。刘克庄喜得第七孙,好友林希逸寄来贺诗:

> 恰喜长房儿纳妇,兰阶又报送麒麟。一夔四海名千载,三凤诸孙见七人。新缀锦绷饶献笑,剩留宝砚要分珍。太翁从此应投镘,却许貂金映鬓银。(林希逸《贺后村得第七孙》)
> 衡门忽有满堂宾,皆诧瞿聃抱送麟。懒作柳边退朝客,宁为花下弄孙人。小年置膝尤钟爱,晚岁含饴当食珍。吾万卷书将付汝,胜如制诰水银银。(刘克庄《竹溪以余得第七孙惠诗次韵一首》)
> 含饴方乐燕嘉宾,画果犀钱胜璧麟。老凤递看雏凤好,犹龙行见共龙人。孙夸奇骨硗如玉,翁喜庞眉从以珍。产有万金谁敌此,他山何羡器车银。(林希逸《再和后村得孙韵》)

添丁对家族来说具有重大意义,新生命的到来寓意希望,意味着家族能够长久地繁续下去,传统的家族观念更令古人对添丁一事十分重视。从诗题来看,刘克庄已经有了六个孙子,但第七个孙子的到来依然能让他喜悦不已。林希逸得知好友得孙的消息给予了真诚的祝愿,很显然刘克庄也因家中这件喜事而高兴万分,"懒作柳边退朝客,宁为花下弄孙人。小年置膝尤钟爱,晚岁含饴当食珍"。此时刘克庄在朝廷任职,孙子的诞生使他有告老之念,含饴弄孙、子孙满堂对每位老者来说都具有特别的吸引力,躯体逐渐老去,新生的一代正充满了活力与希望,收到和诗,林希逸对好友孙辈不吝赞誉之词。

得孙的喜悦林希逸在其诗集中也有分享(《泳得男再蒙后村先生和除字见寄戏和一首》)。在《大全集》卷四十,刘克庄有《和除字韵问大渊来期》的唱和组诗,参与者有林希逸、林泳父子。他和二林反复唱和竟达十次之多,到九和时收到林泳得男的喜讯,作诗二首以示祝贺。林泳,字太渊,理宗宝祐元年(1253)进士,度宗咸淳四年(1268)知安溪县,刘克庄作《送大渊宰安溪七言三首》,并作送别文《送林太渊赴安溪》,对后生晚辈给予殷切期待。林泳生子,作为交好长辈刘克庄喜不自胜作《十和贺太渊得雄二首》:

> 郁郁葱葱初抱送,惊惊怕怕永销除。子瞻要待啼时看,介甫曾夸

画不如。先敞高门容驷马，旋闻别馆戏羊车。中庸诗礼牢扃鐍，他日亲传汲与鱼。(其一)

诞育文章家可贺，轩渠烦恼障皆除。霜蹄堕地能行矣，玉树临风必皎如。群纪伴翁入图画，俨佟为我御巾车。客中往往烦厨传，倘许携将酒与鱼。(其二)

相比林希逸祝贺刘克庄的那两首诗，刘克庄前首诗重点在对新生儿的祝福和夸赞，其一前两句把诸人怀抱新生儿的心理活动写活了，小婴儿周身粉嫩，大人抱的时候不得不小心翼翼，所以有"惊惊怕怕"之语。后四句希望新生儿饱读诗书，知书达理。后一首刘克庄侧重新生儿对家族的影响，期待他长成后玉树临风，对长辈孝顺有道。林希逸收到刘克庄和诗惊喜万分，遂作和诗，从林希逸《泳得男再蒙后村先生和除字见寄戏和一首》诗看，关于林泳得子一事至少也有两和。林刘二人对新生婴儿充满了喜爱之心和祝福之意，两人诗中都洋溢着含饴弄孙的喜悦之情。

晚年的刘克庄离开了烦冗的官场人事和复杂的政治斗争，经历过一生的惊涛骇浪，性情归于平淡，其唱和诗也就带上闲适的底色。刘克庄有题为《昔陈北山、赵南塘二老各有观物十咏，笔力高妙。暮年偶效颦为之，韵险不复和也》《诘旦思之，世岂有不押之韵？辄和北山十首》《又和南塘十首》吟咏十物的诗作。北山，为陈孔硕号，福州侯官人，尝从张栻、吕祖谦游学，后师事朱熹，淳熙二年（1175）进士，历任地方、中央等官职。从诗题看，刘克庄作此组诗距离陈孔硕与赵汝谈二人所作已过去很久，可能二人已经去世，刘克庄还是拿来追和，颇有自娱自乐的游戏意味。组诗以五憎和五爱分为两类，前类写"蚊、蝇、蚋、蜚、蛙"五种令人厌恶的动物，后者写"蚕、蜂、萤、蝉、龟"五种令人心生好感之物，除却第一组不和原诗韵，后二组分和陈孔硕和赵汝谈诗韵，颇有趣味。这十种动物早已入诗，其中蛙、参、萤、蝉、龟等被吟咏得较多，剩余五种历代诗人关注较少。不过并不妨碍刘克庄的兴趣，暮年偶效颦，一口气作了三十首，颇有和陈、赵竞赛的意味，而在竞赛之外，刘克庄暮年生活之闲适也见一斑。

同样的诗作还有听蛙轩十老系列。青蛙很早就进入文人的视野，蛙声和蝉鸣都能引起诗人的遐思，南宋时期有白渡方审权为亭台取名"听蛙"，王迈、刘克庄和均有赋诗，刘克庄作《题听蛙方君诗卷二首》，并作《听蛙诗序》评点方氏诗作:"里中后生小子,莫知翁为何人,惟亡友王卿实之尤敬重。自实之仙去,翁唱和几息。"① 方氏与王迈有唱和,受此影响,刘克庄也曾加入王、方唱和活动,刘克庄以《听蛙方君作八老诗,效颦各赋一首。内三题,余四十年前已作,遂不重说。倡言别赋二题,足成十老》为题诗七首,这系列诗亦为效颦之作,分咏老儒、老僧、老道、老农、老医、老巫、老吏。如《老儒》一诗,"向来岁月雪萤边,老去生涯井臼前。举孝廉科非复古,给灵寿杖定何年。空蟠万卷终无用,专巧三场恐未然。犹记儿时闻绪论,白头不敢负师传",把一个年老仍蹭蹬科举的儒生塑造得生动逼真。

　　生日唱和时,刘克庄的心境更为平和,得享高龄已属幸运,故生日之作有乐天知命之感慨。刘希仁作为刘氏家族内部成员,和刘克庄唱和颇多,从现存《大全集》诗题看,两人唱和内容比较丰富,最有特色的是《七十四吟》唱和。刘克庄七十四岁生日时创作十首,从第一首对年老体衰的描绘,"早衰安敢望年高,镜里双眉有白毫。消夜赌棋张画烛,怯寒添絮入绨袍。百骸受病惟诗健,万事输人独饮豪。梨栗满山皆硕果,何须海上访蟠桃",到其九:"游戏人间又一年,非儒非佛复非仙",年高发白、畏冷受病,身体的衰老病不代表精神的衰老,诗健饮豪、游戏人间,诗人本性展露无遗。刘克庄看到刘希仁和诗后,又作十首《居厚弟和七十四吟再赋》,若说前十首刘克庄感慨生日,那么这十首倾向对人生世道的思考,有借和诗自我剖白的意味。"用世文章莫太高,空言讵有补丝毫。呼来谁遣批黄敕,谪去何须著锦袍。齿鲞自应陪九老,诗低不足列三豪。仆家梦得无标致,爱说玄都观里桃。"(其一)用刘禹锡玄都观赏桃花事对自己诗文和仕宦之路加以总结,宋诗充满哲理性的特征在刘克庄生日唱和诗中得到淋漓尽致的展现。

　　其实生日唱和并不仅限于抒发人生感悟,贺寿也往往成为生日唱和的重要内容。好友林希逸八十寿辰,刘克庄作诗《竹溪生日二首》祝贺,"试把过江人物数,溪翁之外更谁哉"(其二),盛赞好友乃南渡后一代风流人物。刘克庄八十寿辰,林希逸作贺诗《贺后村生日庆八十》二首,刘

------

① 刘克庄著,辛更儒笺校:《刘克庄集笺校》卷九十七《听蛙诗序》,中华书局2011年版,第4096页。

克庄次韵,林复作《再和前韵谢后村惠生日词》。对老者而言,生日意味着距离死亡更近一步,但二人诗依然充满无限的活力,体现出两位儒者乐天知命的平淡之心。刘克庄的堂弟刘希仁生日,刘克庄不仅惠诗祝贺(《居厚弟生日》),亦有多首生日词惠赠。刘克庄也有不少自作的生日诗和生日词,无论是记录自身生辰,还是为好友庆生,刘克庄的诗词在抒情达意的同时也兼具交际功能,诗词作为交流的载体,在诗友间唱和往来中体现出其实用价值。

刘克庄的地域影响还表现在《梅花百咏》唱和,叶寘《爱日斋丛抄》对唱和盛况有所记录:"一时骚人名士相踵和韵……十十而百,李氏之后,莆田唱酬为盛。"① 此时,刘克庄已在乡里居多年,江湖诗祸也过去十余年,但他心中自有一股不平之气,心境有几分无奈与几分激愤。

### 四、刘克庄《梅花百咏》唱和活动

淳祐十年(1250)十二月,刘克庄创作《梅花百咏》组诗,引起士人的广泛关注,多年后刘克庄说:"余二十年前有百梅绝句,和者甚众。或缙绅先生,或江湖社友,体制各异。"② 一次梅花唱和何以引起士人如此大的参与热情,唱和活动背后蕴含着怎样的时代文化意义,对士人关系又起着什么样的积极作用,刘克庄因《落梅》诗而罹祸为何还不遗余力地创作百咏?下面就这些问题作一探讨。

(一) 参与唱和的人物与诗作

《梅花百咏》的起因,源于刘克庄内侄林同、林合兄弟的梅花绝句。淳祐十年,刘克庄因守制而闲居故里,闲暇之余,对林同、林合关注教导有加。刘克庄素喜二林,时常有诗作往还唱和加以勉励,二林"合赋梅十绝句"呈请后村,刘克庄"喜其后生有志"③,作《梅花十绝,答石塘二林》至十叠一百首,是为《梅花百咏》。刘克庄《梅花百咏》一出,引起

---

① 叶寘:《爱日斋丛抄》,中华书局 2010 年版,第 57—58 页。
② 刘克庄著,辛更儒笺校:《刘克庄集笺校》卷九八《徐贡士百梅诗序》,中华书局 2011 年版,第 4137 页。
③ 刘克庄著,辛更儒笺校:《刘克庄集笺校》卷十七《梅花十绝,答石塘二林》,中华书局 2011 年版,第 986 页。

诸多文人唱和,"和余百梅绝句者二十余家"①,诸人唱和情况屡见《大全集》记载。

二林继刘克庄《梅花百咏》后续作百篇,惜其不传,不仅如此,二林《梅花十绝》亦亡佚,而刘克庄的百咏不但广为流传,还吸引诸人积极参与,唱和活动之盛,持续时间之长,乃至二十年后仍有和者,不得不令人感叹梅花唱和的巨大魅力。兹以刘克庄对的分类来考察诸人参与情况:

1. 缙绅先生

赵时焕,《刘克庄年谱》考订《赵礼部和余梅花十绝送林录参,微而婉,哀而不怨。杂之万如诗中,殆不可辨,老拙不敢当也,别课一诗以谢》作于宝祐元年(1253),在此诗下编年引《瀛奎律髓》:"礼部当是赵时焕,寓居泉州。林参录当是林观。后四句有所讽。"②赵时焕,字文晦,号耻斋,宋宗室,入泉州晋江籍,有《耻斋杂稿》,《全宋诗》录3首。嘉定十三年(1220)进士,"再调长溪尉,奸恶悉奔他境,号称神明。……轮对,首论崇公道,次极君子小人之状。改礼部郎中,知抚州。初,州军悍甚,自时焕到官迄代去,无敢诖者。除广东转运判官。罢复税,禁贪污,闻者悚然。卒于官"③。从刘称呼赵为礼部来看,赵当在礼部任职当在宝祐元年前后。赵作《和梅十绝》现已亡佚,不过从诗题来看,刘克庄认为其诗"微而婉,哀而不怨。杂之万如诗中,殆不可辨,老拙不敢当也",自认己诗不若赵诗好。

林观,刘克庄有《林知录和余梅百咏》,林知录和梅诗已亡佚,在刘克庄诗中可知一二:"一己为多况百哉,得君诗句久惊猜。乍疑姑射山头比,谁唤勾芒雪里回。委壤可怜渠有命,倾城岂是子无媒。直须著意描香影,和靖宗人合咏梅。""惊猜"一词道出刘克庄对林知录和作相当惊讶,当是和诗超出了刘克庄的意料,颔、颈二联以姑射山神女与春神勾芒衬托梅花高洁、凌寒之风骨,尾联盛赞林知录和诗描摹出梅花的风姿,不愧是林和靖同宗之人的佳作。

黄祖润和其族父黄珩亦参与了百咏唱和,卷二十七有《送黄户曹祖

---

① 刘克庄著,辛更儒笺校:《刘克庄集笺校》卷一零八《跋黄户曹梅诗》,中华书局2011年版,第4494页。
② 程章灿:《刘克庄年谱》,贵州人民出版社1993年版,第271页。
③ 黄仲昭:《八闽通志》(修订本)下卷六十七,福建人民出版社2006年版,第820页。

润》诗,《大全集》中亦有刘克庄为二人梅诗的点评:"黄户曹祖润既和余百绝,其族父珩亦继作……君所作首首不相犯,句句皆自锻,若粹众长,倩他手而成者。尤善于借彼明此,缩多为少。"①

赵时愿,字志仁,时为监簿,为刘克庄好友赵庚夫之子。早在端平二年(1235)和刘克庄即有交往,赵曾在刘克庄生日时致书信问候,刘克庄作启回复。刘克庄为其和诗赋诗云:"诗至中山不可加,直将幽澹扫秾华。宁依处士坟前竹,不爱都人担上花。老子骚魂常住世,郎君吟笔又名家。遥知丈室无天女,纸帐香篝瘦影斜。"(《诸人颇有和余百梅诗者,各赋一首》其一)

王庚,字景长,温岭人,曾官兴化郡(今莆田)文学,时为教授,刘克庄对其和诗曰:"盘屈高才入短章,卷中字字挟冰霜。直探宝藏珠盈掬,倒泻金茎露浣肠"(《诸人颇有和余百梅诗者,各赋一首》其五),盛赞王氏高才。

方楷,字敬则,号一轩,莆田人,与刘克庄唱和颇多,《大全集》中有多首送方楷的诗作,参与唱和时官居监镇。

陈珽,和刘克庄相友善,在《大全集》中有刘克庄诗《答陈珽主簿》,在刘克庄答之前,陈珽应有赠寄类诗。卷一〇有《送陈户曹之官襄阳》诗,唱和时为判官,盖其曾在福建地域任职,从而参与了这次梅花唱和。

徐汝乙,与刘克庄交好,《大全集》有《总管徐侯和余梅百咏,辄课七言一章以答来贶》,另卷三十九有《和徐总管雨山堂一首》诗。

魏定清,刘克庄有《魏司理定清梅百咏》:"建阳魏君和余百梅诗,铸伟词新新,押险韵易易,盖意高而料多者。"② 自二林创作梅百咏,和者愈多,难度愈大,魏定清所作百首在遣词、用韵方面得到刘克庄的肯定。

2. 江湖社友

何谦,字光叔,号我轩,莆田人,与刘克庄多有交往。刘克庄曾作《跋何谦诗》《跋何谦近诗》,并为其作墓志铭,"字字追还水部公,篇篇压倒后村翁。可怜和靖拘香影,更笑花光着色空"(《诸人颇有和余百梅诗

---

① 刘克庄著,辛更儒笺校:《刘克庄集笺校》卷一零八《跋黄珩和梅绝句》,中华书局2011年版,第4500页。

② 刘克庄著,辛更儒笺校:《刘克庄集笺校》卷一零九《跋魏司理定清梅百咏》,中华书局2011年版,第4542页。

者，各赋一首》）其二，对何谦和作大加赞赏。

方至，字善夫，见《跋蒋广诗卷》："友人方善夫示余以宜兴蒋君子充诗卷……善夫名至，子充名广。"① 为刘克庄同乡和门人，方子容之后，见刘克庄《题方至诗卷》原注："君上世南圭使君有万卷楼。"方子容，字南圭，莆田人，仁宗皇祐五年（1053）进士，知惠州，与贬谪到此的苏轼有交往唱和。

方元吉，莆田人，刘克庄好友方信孺侄孙。刘克庄有《跋方元吉诗》，对其人其诗赞赏有加。

徐用虎，莆田人。刘克庄《跋徐贡士百梅诗注》曰："乡友徐贡士用虎和余百梅诗，又篇篇下注脚。"②

林天麟，三山人，见《诸人颇有和余百梅诗者，各赋一首》，刘克庄对其和诗曰："不敢袖归防电取，殷勤反璧锦奚囊。"

吴垚，《大全集》有《答吴垚和梅百咏》，亦有《吴垚投匦书后启》："先朝稍于科举尺度之外拔士……玉山吴垚屡诣阙上封事，陈谏诗，屡报闻而已……虽拈出，诸公无顾省者。岂非先朝上书者少，易于拔尤取颖，近岁上书者多，难于扣户拜官欤？"③ 吴垚应为布衣士人，他为得朝廷选拔屡投匦书，刘克庄对其不幸遭际深表同情。他参与梅花唱和，未尝没有希望得到后村引荐的目的。

袁相子，刘克庄对他的和诗有答诗相赠，即《又答袁卿相子一首》，此诗在《诸人颇有和余百梅诗者，各赋一首》后："百篇端可补诗亡，形秽何堪在玉傍？方苎萝山尤觉艳，入旃檀国不知香。一枝我欲簪蓬葆，七字君宜和柏梁。卧雪家风要人继，莫因摇落便凄凉。"此诗前三联赞袁氏和诗高妙，柏梁为唱和常用诗体，"君宜和"三字肯定其才气。末联"卧雪家风"用东汉袁安卧雪之典，希望袁相子莫因境况零落而失先人遗风，饱含对袁氏的勉励之情。

江咨龙，刘克庄《跋江咨龙注梅百咏》："昔为梅百咏，和者十余人。

---

① 刘克庄著，辛更儒笺校：《刘克庄集笺校》卷一百九《跋蒋广诗卷》，中华书局 2011 年版，第 4538 页。
② 刘克庄著，辛更儒笺校：《刘克庄集笺校》卷一百一一《跋徐贡士百梅诗注》，中华书局 2011 年版，第 4625 页。
③ 刘克庄著，辛更儒笺校：《刘克庄集笺校》卷一百七《跋吴垚投匦书后》，中华书局 2011 年版，第 4447-4448 页。

如袁相子、赵克勤、方蒙仲、王景长,皆已物故,存者各离群索居。忽得漳浦江君咨龙所注梅百咏。余读书有限,闻见不广。今日所作,明日览之,已如隔世。君相去千里,未尝款接绪言,乃能逐句逐字,笺其所本。凡余意所欲言而辞不能发者,往往中其微隐,若笔研素交者,不独记问精博之不可及也。"① 刘克庄审阅了江咨龙注后,大为感动,其欲言而不能言者在江注中都得到了恰当的诠释。

陈则,字迈高,"余往赋百绝,先犯此戒,和者二十余家,仙溪陈先辈最后和,而押韵用事新新无穷。君妙年,有场屋之债,宜且参取王沂公两句,未可作此冷淡生活"②。陈则是最后和梅百咏之人,以押韵用事之新颖得到刘克庄的肯定,但又认为陈则不应因场屋之困而作冷淡之语。

刘克庄按照唱和者的社会身份将众人分为两类:缙绅先生、江湖社友。缙绅先生如方楷监镇、陈珽判官、魏定清司理、曹祖润户曹、方蒙仲制干等,皆为朝廷下层官员,官微位卑;而江湖社友为布衣士人,社会地位更低。刘克庄评点和诗时,注意唱和者社会身份的差别,对缙绅先生多评其诗作,对江湖社友则增添勉励劝诫之语,或鼓励他们要继承先祖遗风,或勉励诸人莫有场屋之叹,体现了参与者社会身份在唱和活动中的影响。

(二)《梅花百咏》唱和的地域联谊意义

《梅花百咏》唱和以刘克庄首倡诸人继和形成众星拱月的唱和模式,令参与唱和人员和刘克庄有了亲密互动的机会。起初发生于家族内部的一次指导与被指导的学诗体验,却前后吸引了二十余位士人的唱和,"族际的一次咏梅唱和,能具有如此大的辐射效应,诚然与时代尚梅思潮有关,但也应归功于本已存在的家族——地域士人网络"③。

江湖诗祸后,刘克庄长期赋闲故里,脱离了官场芜杂的事务和烦琐的人情往来,有较多时间去指导后辈的学业。刘克庄兄弟四人,二弟克逊和

---

① 刘克庄著,辛更儒笺校:《刘克庄集笺校》卷一一〇《跋江咨龙注梅百咏》,中华书局2011年版,第4576页。

② 刘克庄著,辛更儒笺校:《刘克庄集笺校》卷一〇九《跋陈迈高梅诗》,中华书局2011年版,第4514页。

③ 侯体健:《刘克庄的文学世界—晚宋文学生态的一种考察》,复旦大学出版社2013年版,第73页。

四弟克永亦有诗才，此外还有从弟刘希仁、刘希道等，刘克庄都和他们有过文字交流，晚辈中有内侄林同、林合、侄质甫等，刘克庄也指导过他们的学业。参与《梅花百咏》唱和的人既有平辈好友、在职官员，也有后生晚辈；从地域上看，有莆田地域内的乡友、亲友、也有外地士人；从唱和目的来看，和者身份不同，所怀目的也不同。何谦、方蒙仲、林仲嘉、王庚（字景长）、方楷、陈珽、袁相子等参与唱和多是出于联谊的需要和逞才竞胜的好奇心。方至、方元吉、赵时愿是后生晚辈，他们参与唱多是希望在诗歌上得到诗坛大家刘克庄的指点和教导。徐用虎、方元吉、方至、方楷、方蒙仲、何谦等皆为莆田本地人或寄居莆田，江咨龙为漳浦人，魏定清为建阳人，陈则为仙游人，林天麟为三山人，均为福建地域士人，四人的参与足见梅花唱和的影响已超出家族和本地范围，可以认为他们有向刘克庄示好的心理，或希望诗文能得到刘克庄的点评，或欲加入以刘克庄为中心的诗文圈。但无论何种心理，他们的参与无疑为《梅花百咏》唱和活动在地域上增添了更为广泛的影响。赵时焕寓居泉州，但他和刘克庄都有为官经历，考虑到刘氏家族在莆田的声名和刘克庄的诗名，赵时焕有和诗也在情理之中。

南宋疆域的缩小，使得士人在本地域内的联系增多，在诗坛形成几个小型的诗友圈，以刘克庄为中心的莆田诗友圈即为其中之一。在刘克庄诗友圈里，参与人物众多，有缙绅官僚、家族成员、本地士人、江湖社友等；以莆田为中心，辐射泉州、建阳、漳浦、仙游、福清等福建其他地域，诗人们以文字交往，彼此唱和，同声相应，组成了复杂的人际关系网络。

诸人和作"体制各异"，或作十绝，或为百首，或下注解。一次《梅花百咏》唱和，不仅锻炼了参与者的作诗技巧，提高了诗歌创作的能力，还扩大了唱和活动的地域影响，使诸人与刘克庄建立起诗文交流关系，加深了彼此的友谊。参与诸人中，几乎都能见到刘克庄对和诗的品评。在诗意、遣词造句、用韵等方面，刘克庄对和诗赞誉有加，尤其对两位注诗者给予高度评价，认为诠注切中己心所想，发欲发而不能发之语，这本身已经超乎了和诗多"游戏之作"的本意，而具有总结诗作得失的良苦用心，刘诗背后的深层含义经两位诠注者的努力也为更多士人所领悟。从这一角度来说，刘克庄引为"知音人"是联谊的需要，也是心理安慰。诸人的积极参与，拉近并加深了地域内参与者彼此间的关系，是唱和诗社会元素的浓缩。

（三）《梅花百咏》与"梅花诗案"

刘克庄并非梅花唱和的发起者，但在唱和活动中起着主导作用。因《落梅》诗罹祸的刘克庄在多年后仍不遗余力地吟咏梅花，除却勉励二林，是否还有其自身原因？

刘克庄《落梅》诗共有两首，方回言作于嘉定十三年（1220），"时正奉祠家居"[①]，生活颇为闲适。其一曰："一片能教一断肠，可堪平砌更堆墙。飘如迁客来过岭，坠似骚人去赴湘。乱点莓苔多莫数，偶黏衣袖久犹香。东风谬掌花权柄，却忌孤高不主张。"写凋零之梅，自有伤感之情，伤感之中蕴不平之气，迁客过岭、骚人赴湘，用韩愈被贬岭南、屈原被逐湘水的典故写落梅之骨气。此诗和另一首《黄巢战场》得罪权贵，引发江湖诗祸。"偶黏衣袖久犹香"，不禁令人想起南宋诗人陆游的《卜算子·咏梅》："驿外断桥边，寂寞开无主。已是黄昏独自愁，正著风和雨。无意苦争春，一任群芳妒。零落成泥碾作尘，唯有香如故。"陆游笔下的梅花开得更为寂寞，它长在人迹罕至的断桥边，花开时无人欣赏，却饱受群花的嫉妒，在黄昏中迎向狂风骤雨，最终化为泥土，和《落梅》有异曲同工之妙。尾联两句正是刘克庄被牵涉进"梅花诗案"的句子。百花多在春天开放，故有东风一句，这两句说，让东风执掌百花的生杀予夺大权，真是差矣错矣，它嫉妒梅之孤高对其任意摧残，被一些别有用心之人牵强附会联系当时社会情状，构陷江湖诗祸。

其实诗祸根本就是无稽之谈，宝庆初年，史弥远擅权废立济王，引起正义朝臣的反对，史及其党羽欲网罗罪名，恰逢《江湖集》刊刻，遂引集中刘克庄、陈起、曾极等人诗句牵强附会，横肆中伤，毫无忌惮地对与案人士大力打击。刘克庄幸得郑清之开脱而未受到严重贬斥，但诗祸对其仕途影响之深远，此后十余年仍屡被弹劾，郁郁不得志。

胡仲弓与刘克庄相友善，又同为江湖诗派成员，他间接参与了此次唱和活动，作为知己好友，胡仲弓读出了刘克庄《梅花百咏》诗后的复杂情愫。在《读后村梅花百咏》诗中，他说："曾被梅花累十春，孤山踪迹断

---

[①] 方回选评，李庆甲集评校点：《瀛奎律髓汇评》，上海古籍出版社1986年版，第843页。

知闻。百篇依旧相嘲弄,却恐梅花又怕君。"刘克庄因"梅花诗祸"之累里居多年,似林和靖般过着隐居生活,孤山是林逋隐居之地,亦是刘克庄当时境遇的真实写照。"百篇依旧相嘲弄","嘲弄"二字指出刘克庄对无辜罹祸的无可奈何和深深不满,即使多年后仍难以释怀。诗祸因梅花起,按常理,刘克庄应对梅花深怀芥蒂,其实他在其他诗中也反复表达为梅花所累的政治状态,如《病后访梅九绝》其一曰:"梦得因桃数左迁,长源为柳忤当权。幸然不识桃并柳,却被梅花累十年。"用刘禹锡和李泌因诗无辜罹祸来比拟自身,即便侥幸不识桃柳,只因识梅便被连累十年,对当权者玩弄权势满怀愤激。刘克庄为梅所累,但若真要舍弃却又难以放下,"予少时有落梅诗,为李定、舒亶辈笺注,几陷罪罟。后见梅花辄怕,见画梅花亦怕,然不能不为补之作跋,小儿观傩,又爱又怕,予于梅花亦然"①。诗祸后,诗人已如惊弓之鸟,这段文字道出诗人对梅花又爱又怕的两难心理。"江湖文人因政治黑暗而心生畏避,他们中人格高者日益疏离现实以隐居全身,意志不坚与人格低劣者则慑于权相的威逼利诱,匍匐于当权者脚下。……受诗祸打击被闲废十年后,虽然他在诗歌创作上依旧,人格却愈益软化。"② 畏祸趋利之心人人皆有,刘克庄晚年和贾似道结交似是其人生污点,但他在诗作中反复叙述为梅所累,何尝不是一种变相的申诉。在一次对内侄的诗歌教导活动后,刘克庄创作《梅花百咏》何尝不是对"梅花诗案"的无声反抗。

刘克庄的《梅花百咏》以十绝为一叠,共十叠,组诗也有部分亡佚,现存63首。从内容上看,此组诗写了梅之姿态"幽妍丑杀施朱女,高洁贤于傅粉郎",幽静赛施朱之女,高洁胜敷粉儿郎,用何晏敷粉之典衬托梅花绰约风姿。写梅之香气:"看来天地萃精英,占断人间一味清。唤作花王应不忝,未应但作水仙兄。"梅花香气淡雅,即使唤作花王也当之无愧,但梅花却不在意名号,自有孤高之精神:"天子封松作某官,相君复报竹平安。梅花一点无沾惹,三友中间独岁寒。"松、竹得到天子相君的青睐,独有梅花不为所动,在"岁寒三友"中保持孤高的品性。此外,刘

---

① 刘克庄著,辛更儒笺校:《刘克庄集笺校》卷九十九《跋杨补之墨梅》,中华书局2011年版,第4171页。

② 刘婷婷:《江湖诗祸与宋季诗人心态、创作趋向研究》,《杭州师范大学学报(社会科学版)》2010年第4期,第89页。

克庄还以梅自况,"翁与梅花即主宾,月中缟袂对乌巾"。缟袂意白衣,指代梅花,乌巾指隐居不仕之人,刘克庄作百咏时适逢里居,有借梅自我勉励之意。

除却刘克庄,诸人所作和诗中只有方蒙仲和作保存下来85首,对刘克庄《梅花百咏》中亡佚的诗作至少在用韵上是一个参考。方诗和刘诗一样,以一叠十首为一个单元,反复吟咏唱和,但方诗的排列并非以叠为单位,大概是因诗有部分亡佚的现象所致,八十余首诗用韵很多,"四支""十一尤""六麻""七虞""七阳""八庚""十灰""九屑""十一真""一东""二箫""十四寒",等等,涉及几十个韵。因是和诗,必定和刘克庄《梅花百咏》的韵脚相合,由此推断,刘克庄所缺诗大抵不过这些韵脚,组诗十首为一叠,共有十叠,但每一叠韵脚不同,十叠诗并没有采用相同的体制,所以刘克庄创作《百咏》之初乃是兴致所致,十叠组诗用韵并无固定规律可言,但随着创作的深入,刘克庄在诗作中赋予了《梅花百咏》新的内涵。和诗不但要和韵还要和意,方蒙仲《梅花百咏》在诗意上和刘克庄一脉相承,他也从几个方面描写了梅花。从梅花的姿态,他说:"刻玉雕琼费尽工,待看嘉宝绿阴中","雪里空深无庇叶,风前妙质忽飞尘"。写梅花的香气:"香臭难逃万古评,白黄安得一般清",但更多的是对梅花"清姿态"和"冷精神"的描绘,"此花清绝畏人知,间许吟人咽入脾。咽去居然佳句少,谁云臭腐可神奇","生涯冷淡乐者少,声色希夷见若无。洛下只知海棠会,岭南竞作荔枝图"。与洛阳的海棠会和岭南的荔枝图相比,梅花受人关注较少,故生涯冷淡,其实这也正是梅花清绝和孤高的气质所在,是梅花迥异于百花之处。作为刘克庄的好友,方蒙仲对刘克庄给予友情支持,"梅花不涉春风事,看取先生几度来",对刘克庄不幸罹祸极其不满。淳祐十年正是刘克庄被弹劾居乡时期,方蒙仲看到《梅花百咏》自然联想到刘克庄的被贬遭际,表达了友人的关怀。

吟咏百首难道不怕招惹来新的祸端吗?答案是否定的。在参与《梅花百咏》的诸人中,"复有人为之诠注","晚得清漳江君咨龙、东陇徐君用虎,既尽属和,且为之义疏。诗篇篇警策有新意,若自为倡首者,非赓韵之作也。所谓义疏,又援引该洽,片辞只字,必穿穴所本,往往发药余所未闻知。昔人服善甚至,以竞病推敲判工拙,有工一字师之语。若二君者,岂惟予之一字师哉?"① 江咨龙和徐用虎都作了和诗,又都对刘克庄诗进行诠注。和诗警策有新意,根本不像和韵而作,又援引恰当,对只言片语亦欲寻根问底,道出刘克庄心曲,"余意所欲言而辞不能发者,往往中其微",超出了刘克庄的意料,既有"知音人"之言语,足见刘克庄对二人诠注相当满意。可能江、徐二人依据诠注建议刘克庄改动原诗中的某些字词,而这些改动又被刘所认可,故有一字师之赞誉。结合胡仲弓诗和刘克庄对二人作注的评价,可以认为刘克庄作《梅花百咏》实是下了极深的功夫,所欲言而辞不能发,大抵也是诗祸的缘故。胡仲弓说累十年,其实累的不止十年,刘克庄因"梅花诗案"被对立政党弹劾攻击不下十余次。他欲言而不敢言,借《梅花百咏》诗抒发内心欲言之词,并非所有读者都能体会出个中深意。

(四)《梅花百咏》唱和的文化意义

以梅花为吟咏对象的诗歌早在南北朝就已出现,从宋代开始,梅花越来越多地进入文人的视野。据南京师范大学程杰教授统计,宋代梅花题材的诗作有 4700 多首,占全宋诗的比例也达到了 1.85%,对梅花的吟咏也从梅的品种、枝叶、香气、姿态等逐渐升华到对梅花品格的赞美。② 梅花吟咏在北宋多以十绝为一组,反复吟咏唱和,南宋文人将吟咏形式铺衍至百咏,在数量和艺术上都有更高的要求,刘克庄《梅花百咏》唱和活动越后和越难,二十余人的积极参与和两宋时期梅文化盛行有极大关联,可以说,《梅花百咏》唱和是两宋梅文化极致发展的体现。

宋人对梅花的热爱,深受林逋的影响,自林逋后,咏梅诗朝着两个方向发展,一是梅花作为观赏花卉的特征美,一是梅花凌寒而开的品格。二者并无严格区分,而是彼此融合,只是侧重略有不同。

宋代是封建社会文化发展的繁盛时期,商品经济亦有长足进展,文人生活较之前代更为优渥,也有充裕的时间和财力去发展个人爱好。观赏、吟咏,逐渐成为文人生活的一部分,在陶冶情操、丰富业余生活方面起着重要的作用。"宋人之普遍爱梅和咏梅,除开那些附庸风雅者不论,都与

---

① 刘克庄著,辛更儒笺校:《刘克庄集笺校》卷九十八《徐贡士百梅诗序》,中华书局 2011 年版,第 4138 页。

② 程杰:《宋代咏梅文学的盛况及其原因与意义(上)》,《阴山学刊》2002 年第 1 期,第 29—32 页。

他们深怀着嗜'雅'的心理倾向有关;而即使是那些附庸风雅者,在其'借梅以自重'的举动中,也仍反映了这一代人以'雅'作自我标榜的风气。所以说到底,梅花之所以在宋代受到宠爱,一方面固然与它本身的特殊美感(无论色、香、味,梅花都有其独特的品性)得到这一代文人的特别青睐有关,另一方面则更与宋人的善于'雅玩'和嗜求'清雅'或'风雅'的人生趣味有关。"[1] 宋代文人不仅咏梅,还养梅、画梅,甚至用梅来取号或命名住所,彰显着文人的雅趣爱好,如江湖派诗人许棐自号梅屋,有《梅屋诗稿》传世,释斯植有诗《寄梅叟法师》,刘克庄有诗《二月十八日过梅庵追怀主人二首》,均反映出时人对梅花的偏爱。

文人的风雅生活多种多样,赏梅、咏梅是其中一种。林同、林合作梅花绝句或因望得刘克庄指点,刘克庄赞扬二林初生牛犊不畏虎的胆气后,欢喜之余创作《梅花百咏》,引起诸多士人积极参与,遗憾的是很多和诗未流传下来,但其盛况却吸引了本地域及外地士人的关注。

此外,《梅花百咏》诗后还寄托着刘克庄的诗歌理想。诗成之后,有好事者"有示余以前辈李伯玉百咏者,客诵而余听之,如汉宫洞箫、梨园羯鼓,居然协律。视余所作,樵歌牧笛尔,惜其太脂粉,望简斋便自邈然。余妍词巧思不及李远甚"[2]。李缜(字伯玉)是南宋创作《梅百咏》的第一人,刘克庄自谦己诗不如李诗,若李诗是汉宫洞箫、梨园羯鼓,那么己诗就是樵歌牧笛,乡野气太浓。汉宫对樵歌,一雅一俗,诗歌的高雅和韵律高下立判。除去刘克庄的自谦成分,再仔细品读这段话的深层内涵:至少刘克庄认为,诗歌之高雅优于通俗,不仅在诗之立意,还在诗之音律。

那么,什么样的诗歌才称得上高雅?刘克庄在他的诗文中给出了答案。

盛年出手追风雅,莫与香奁作后尘。(《题方海丰诗卷》)

"离骚"之作,先儒称其吐词为经,义兼风雅。(《澧州重建州学记》)

本朝诗,惟宛陵开山祖师。宛陵出,然后桑濮之哇淫稍息,风雅

---

[1] 杨海明:《唐宋词与人生》,河北人民出版社2002年版,第271页。
[2] 刘克庄著,辛更儒笺校:《刘克庄集笺校》卷十七,中华书局2011年版,第986页。

之气脉复续。(后村诗话)

"风雅"一词频现后村诗论中,可知刘克庄对风雅之诗颇为推崇,纵观当时诗坛,不难理解刘克庄的这一观点。13世纪诗坛以江湖派诗人为主,江湖派诗格调卑弱,语意浅俗,刘克庄对此深怀不满,他早年亦学四灵,"十年前始自厌之,欲息唐律,专造古体"①,叶适评其《南岳诗稿》曰:"今四灵丧其三矣,冢钜沦没,纷唱迭吟,无复第叙。而潜夫思益新,句愈工,涉历老练,布置阔远,建大将旗鼓,非子孰当!……潜夫以谢公所薄者自鉴,而进于古人不已,参雅、颂,轶风、骚可也,何必四灵哉!"②叶适对刘克庄寄予厚望,希望他能挑起诗坛重任建大将旗鼓,刘克庄诗文和诗论正是对叶适这段话的最好注解,他作诗"进于古人","参雅、颂,轶风骚",论诗也以风雅为重。所以说,刘克庄创作《梅花百咏》亦是对诗歌风雅精神的承继。

## 第二节 胡仲弓、仲参兄弟酬唱交游圈

胡仲弓和其弟仲参是福建泉州清源人,兄弟二人生平经历不甚详,仅知胡仲弓二赴科举方进士及第,初官县令,未几即以言事被黜,后任绍兴府掾、粮料院等官,不久弃官,以诗游于江湖间。胡仲弓和多地诗友保持着良好的联络关系,现存诗680余首,其中酬唱诗180多首。其弟胡仲参今存诗82首,酬唱诗10余首,交往多福建地域诗人。

### 一、胡氏兄弟诗友圈

胡氏兄弟同入江湖诗派,但他们共同诗友很少,这主要和胡仲参存诗数量少有很大关系。兄弟二人早年都参加过科举,仲弓曾步入仕途,仲参早岁曾在临安就学,应试不第,随着科举、仕途的不顺,兄弟二人遂以诗游于江湖间,游踪颇广。

胡氏兄弟和竹院方丈孚上人有过交往。孚上人是福建泉州一佛寺的方

---

① 刘克庄著,辛更儒笺校:《刘克庄集笺校》卷九四《瓜圃集序》,中华书局2011年版,第3975页。
② 叶适著,刘公纯、王孝鱼、李哲夫点校:《叶适集》,中华书局2010年版,第611页。

丈，关于他的资料很少，仅知他与释善珍有交往。释善珍（1194—1277），字藏叟，泉州南安人，俗姓吕。"年十三落发，十六游方，至杭，受具足戒。谒妙峰善公于灵隐，入室悟旨。历住里之光孝、承天，安吉之思溪圆觉、福之雪峰等寺。后诏移四明之育王、临安之径山。端宗景炎二年五月圆寂，年八十四。"① 善珍有诗《寄孚老》《送孚老再游浙》，从"早年曾悟出师表，晚岁始参齐物篇"（《寄孚老》）句看，孚上人早年曾有入世之心，随着年岁渐长而有出世心。第二首孚老再游浙江，善珍送别，从福建到浙江，可见孚上人游历颇远。孚上人还是一位诗词好手，胡仲参《柬竹院孚老》曰："别来旬日许，又过一分春。因感尘中事，空惭物外人。吟清便境静，语苦见情真。近况知何似，篇诗得细询。"境清语苦是孚上人诗歌的特点，孚上人把个人近况都写进诗中，颇有以诗记录生活的意味。胡仲弓次韵其弟诗，作《次希道弟韵寄竹院孚上人》，有"旧日曾同社，吾今愧许询"句，表明他们曾在同一个诗社，且胡孚上人也参与其中。

僧人吟诗参与文人活动的举动在南宋十分普遍，江湖诗派中也有4位诗僧，他们的诗作被收入江湖诗集中，恰恰说明僧人和文人交流唱酬是一种普遍现象。胡仲参另一首诗《留别社友》曰："漫浪归来六换秋，又携书剑入皇州。得些湖海元龙气，作个山川司马游。奔走客城因念脚，勾牵时事卜眉头。中朝满目皆知己，还有篇诗遣寄不。"此诗写在入京之前，距离上次相聚也已经六年了，诗人又将再次漫游江湖，所以胡氏询问社友是否还有诗篇寄赠，因常年漫游，江湖派诗人与社友的关系主要靠诗篇寄赠联络。胡仲弓另有两诗《散策郊行有怀社友》《与社友定花朝之约》，记载与社友的交游活动，虽然因资料匮乏很难得知诗社的具体情况，不能明确胡氏兄弟诗社的具体成员，但可以肯定的是，诗社活动丰富了他们的日常生活，在诗文交流、出游玩赏中，社友间的关系被拉近、加深了。

林梅臞，生平经历不详，可能为福建地域文人的字号。胡氏兄弟和其共计有10首酬唱诗。依胡氏兄弟诗，梅臞有《西淙瀑布图》诗，用"先"韵，胡仲弓用其韵有诗《和梅臞瀑布韵》，仲参有诗《和林梅臞西淙瀑布图韵》，梅臞诗今不存，极有可能是他在游览西淙瀑布后为瀑布壮观景象所震撼而创作了西淙瀑布图并赋诗一首。胡仲弓的这首《和梅臞瀑布韵》，

---

① 傅璇琮等编：《全宋诗》第60册，北京大学出版社1998年版，第37774页。

"银河清夜决,一派落岩前。雷激惊龙蛰,霜飞冷鹤眠。醉乡思人圣,吟骨欲登仙。世路风波恶,山中别有天",用银河决下来比喻瀑布,用雷激来形容瀑布响亮的声音,颇有气势,后四句用醉乡、欲登仙、风波恶等表达观瀑布后的心理感受。胡仲参诗前四句也是从瀑布的行神、声音气势等入手,"瀑驶惊风雨,危悬峭壁前"(《和林梅臞西淙瀑布图韵》),写瀑布有惊风雨之势,展现出西淙瀑布的壮美。

西淙瀑布是莆田西南的一处自然景观,除以上唱和诗外,胡仲弓有《观西淙千丈瀑布》之诗,嘉定十二年(1219)后,刘克庄与方信孺、孙惟信等人游览,并大量唱和西淙瀑布,胡氏兄弟与林梅臞关于西淙瀑布的唱和或从属于刘克庄西淙瀑布唱和活动的一部分。

胡仲参与本地域诗人保持酬唱交流,在临安时期,则与赵靖轩等人有唱和往来。"靖轩"当为临安某士人字,胡仲参曾阅其诗卷(《还赵靖轩吟卷》),并参与西湖之会(《西湖会上和赵靖轩韵》)。

另外胡氏兄弟二人之间也有诗文唱和,胡仲参有《和伯氏春雨中韵》《和伯氏包山观桃花韵》等诗,闲暇之余二人还一同读诗,《夜坐与伯氏苇航对床阅江湖诗,偶成一首》曰:"对床因话弟兄情,话到山林世念轻。几上江湖诗一卷,窗前灯火夜三更。"在漫游途中,兄弟二人同榻而卧,夜读江湖诗集,诗集当为陈起出版的江湖诗派诸集的一种。

## 二、胡仲弓酬唱交游活动

胡仲弓早年及第步入仕途,中年后以诗游于江湖,足迹遍布广泛,与福建地域诗友刘克庄、林洪、释圆悟,外地诗友陈起、武衍、叶适、戴复古、李希膺、朱继芳等皆有酬唱。他结交的人有佛门弟子、江湖诗人,还有一代大儒叶适等,结交人物的身份多种多样,主要在于胡仲弓早年积极热身科举,中晚年漫游江湖,辗转多地。

除却西淙瀑布唱和,胡仲弓与刘克庄的酬唱诗还有多首,他尝和刘克庄《杂兴》十首(《和刘后村杂兴》),过莆田亦寄诗给刘克庄。他与林洪多年不通音信,一见面便说诗,"相去各天涯,江湖会面迟。数年不通问,一见便言诗"(《寄林可山》其一)。与外地诗友戴复古、朱继芳、武衍等人多通过诗书的管道联谊,如胡仲弓《寄适安朝宗》《题武适安宁卷》《寄戴石屏》等诗。江湖诗友经年不见,也只能借助诗书维系感情。

胡仲弓与浙西地域叶茵有唱和，林洪、陈起、孙季蕃等为二人共同诗友。叶茵尝组织诗社（参见《寄社友》），胡仲弓《寄顺适》诗曰："标格因诗总不群，眼前余子漫纷纷。江头社里新知己，文字行间旧识君"，或参与叶茵诗社活动。

释圆悟，江湖诗派成员，号枯崖，福州福清人，理宗淳祐间住泉州光福寺，有《枯崖集》，已亡佚，"闽县有圆悟者，号枯崖，亦能诗，善画竹石"[1]，今存诗29首，与莆田方俊甫等人有唱酬。胡仲弓和圆悟有13首唱酬诗，内容包含和韵次韵、送别、拜访、约话等，从这些唱酬诗中可见胡仲弓和圆悟的交游情况，亦可对彼此生平经历作一补充。胡仲弓诗《怀枯崖悟师》提到雪峰，另一首《送枯崖归囊山》提到的囊山，二者都是福建本地的名胜，前者在闽侯，释善珍曾任雪峰寺主持，后者在莆田，圆悟曾在莆田囊山寺院停留，而善珍和胡仲弓有酬唱往来，刘克庄和圆悟亦有诗文往来。由此可见圆悟和福建地域诗人的交游轨迹。

赵汝谠，字蹈中，号懒庵，赵汝谈之弟。赵汝谈与江湖诗派成员刘克庄、戴复古、利登、黄文雷、曾极等有酬唱。赵氏兄弟居余杭，盖赵汝谠为胡仲弓漫游浙西时结识，胡仲弓《寄懒庵》"扁舟漫浪归未得，京尘海里安行藏"句也是佐证。

颐斋，生平经历不详，当为福建地域士人，胡仲弓有14首唱酬诗寄赠颐斋。胡仲弓和颐斋之间有梅花唱酬，如《和颐斋梅花韵》《颐斋再作催梅诗次韵》等，可以想见，颐斋作梅花诗后邀请胡仲弓唱和，前首梅花诗是五言律诗，后首为七言律诗，彼此的唱和至少有两个回合。梅花是两宋士人最爱吟咏的花卉，胡仲弓和颐斋的梅花韵也是如此，唱和本是诗友间交流的游戏之作，而颐斋的催促则为唱和增添了竞赛趣味，闲适的性情之吟咏和竞赛式的唱和加深了两人的友情。胡仲弓和颐斋的唱和交往多在闲暇之余，两位诗人心态较为闲适，他们把唱和的游戏联谊之功能发展到了极致。

《颐斋诗筒急递次韵奉酬》和《再和颐斋见寄》是一组唱酬诗，用"悠、愁、楼、求"韵，颐斋以诗筒装诗急速传递给胡仲弓，胡唱和后颐斋又作一首，胡有再和诗。诗筒，是盛诗稿以便传递的竹筒，有时也可作

---

[1] 《福建通志》卷六十一，《景印文渊阁四库全书》本。

为储诗之器具。诗筒传递唱和赠答诗在唐代就有，元白唱和多以诗筒传递，白居易《秋寄微之十二韵》曰："忙多对酒槛，兴少阁诗筒。"自注曰："比杭州两浙唱和诗赠答，于诗筒中递来往。"① 以诗筒传递唱和诗词在唐代是惯例风俗，胡仲弓与颐斋所用，足见二人对唱和礼仪的了解，以及对元白间融洽关系的钦慕，"急递"一词暗示颐斋迫切希望胡仲弓次韵的心情，和胡仲弓间的唱和未尝没有追慕元白唱和的盛况在其中。

以诗筒传递唱和之作，在其他江湖派诗人那里也有使用。友人索要诗卷，戴复古急用诗筒传递（《李友山索诗卷，汀州急递到昭武》）："清时无事更年丰，两地风光诗咏中。可是山前无警报，旗铃千里递诗筒。"诗筒往还数次，诗友之间也就进行了数次的诗歌交流，"莫靳诗筒数还往，人生何处不儿嬉"（陈造《次韵寄王帅属》）。陈造与诗友多次传递唱和诗筒，当然也有难通音讯之时，"一从归作漳滨卧，不寄诗筒恰五年"（陈造《口号十首呈程殿撰》）。刘克庄与林希逸属同一地域，唱和时也时常借助诗筒，刘克庄《次韵竹溪题达卿后坡》说："鬳翁晨遣诗筒至，昨夜寒灯屡结花"，而萧立之与诗友"日日诗筒星火急"，因唱和诗筒传递频繁迅疾以致"吟窗秃尽笔锋尖"。

胡仲弓还有一些分韵之作，《石轩席上分韵得石字》《泛舟分韵得横字》《寒碧席上薪隐分韵得初字》《洪楼分得车字韵》《分得台字走笔》《夜饮颐斋，以灯前细雨檐花落为韵，分得前字，又得花字，赋二首》《梅坡席上次韵牡丹》等，记录了胡仲弓参与诗友集会的情形。分韵的作诗方式多见于宴会、集会，往往参与的人数较多，限定在一定时间内完成，有时诗歌完成后参与之人还相互品评。这种作诗方式对参与的每一个人都是考验，不仅要熟悉诗韵，还要在规定时间内完成，也就有了竞赛的意味在其中，诗友就在这样的交流切磋中升华了情感。

石轩、寒碧、颐斋、梅坡是当地士人的字号，他们和胡仲弓在宴席之上分韵唱酬，虽然很难考证出他们的生平经历，但胡仲弓的诗作却保存了一点相关的信息。《洪楼分韵得车字》："江湖诗境阔，终不似楼居。老怕吟毡冷，生来酒兴疏。爱闲随有鹤，因病出无驴。莫笑柴扉窄，犹堪长者车。"洪楼当是和胡仲弓较好的某位士人家中亭台楼阁的名称，此诗写出

---

① 白居易撰，谢思炜校注：《白居易诗集校注》，中华书局 2006 年版，第 1883 页。

了江湖诗人的生活经验，既有胡仲弓的人生体验，也有诗友的人生经历。

## 第三节 福建路江湖诗派其他诗人交游情况

福建路共 24 位江湖诗派成员，有 10 位福州人，为敖陶孙、林希逸、刘翼、林同、林尚仁、陈鉴之、曾由基、释圆悟、林昉、陈必复。10 人中敖陶孙、林希逸、陈必复、陈鉴之、林昉曾中过进士，刘翼、林同二人不乐仕途，林希逸和刘克庄和诗、次韵较多，刘翼存诗 20 首，和敖仲仪、林希逸等有唱和往来。林同是刘克庄内侄，在诗文上受到刘克庄的指点和教导，亦有诗文往来。林昉、曾由基，两人存诗不多，曾由基曾任杭州小官，与陈鉴之有诗文交往。

林尚仁和陈必复，二人之间有诗文唱酬。陈必复存诗 66 首，唱酬类诗歌极少，林尚仁存诗稍少有 54 首，酬唱诗 22 首，大部分是和陈必复的唱酬之作。陈必复，字无咎，号药房。理宗淳祐十年（1250）进士，淳祐十一年为林尚仁《端隐吟稿》作序。林尚仁家贫攻诗，54 首诗中有 7 首提到陈必复：《饮药房陈户山居分韵得阁字》《和陈药房纳凉》《此山林金药房陈户偕张牧隐暮春晦日载酒相过席上以手挥素弦为韵得弦字》《连雨留宿陈药房吟所》《陈药房闻人禺溪黄平岭春日相过分得琴字》《陈药房舟中分得诗字》《辛亥元日游闻人省庵园和陈药房韵》。这些诗作记录了林、陈两位诗人交往事迹，一起饮酒，席上分韵，留宿好友住所，一起泛舟游湖，等等，正如林尚仁诗中所说："山居主人百好无，终日哦诗闭书阁。我本山中人，心事亦颇合。"（《饮药房陈户山居分韵得阁字》）陈必复进士及第前在封禺山过着和林尚仁一样的隐居生活，吟诗看书即是江湖派诗人日常之事。

陈鉴之，字刚父，理宗淳祐七年（1247）进士，与本地曾由基、敖陶孙、林希逸，临安陈起、江南西路黄文雷有唱酬。陈鉴之在嘉定年间曾漫游京口、临安等地，大致在此期间结识陈起。而曾由基与林希逸二人尝与陈鉴之论诗（《与陈刚父论诗》），林希逸与他评论本朝王安石、黄庭坚，又论敖陶孙等人（《三十年前尝与陈刚父论诗，云本朝诗人极少，荆公绝工致尚非当行，山谷诗有道气，敖臞庵诸人只是侠气，余甚以为知言，追怀此友，因以记之》），陈对诗人的评价颇为林希逸所认同，及至陈鉴之去世,林希逸作挽诗二首以悼念。另,黄文雷有《次陈刚父见简韵》,二人皆与陈起有交游,故推测也当结识与临安时期。

敖陶孙(1154—1227),字器之,号臞庵、臞翁,宁宗庆元五年(1199)进士。"少贫,以学自奋。尝游于潮,潮人争执弟子礼。淳熙庚子,乡荐第一,律赋传海内为式。下第,客吴中,吴士从者云集。钜家名族,率虚讲席兢迎致。"① 敖陶孙享有诗名,与范成大、陈起、林希逸、刘克庄、陈鉴之、韩淲等人有唱和往来。卒后刘克庄作《臞庵敖先生墓志铭》。敖陶孙酬唱诗多达70余首,将近其全部诗作的一半。一生辗转多地,又曾忤韩侂胄,年轻时性格耿直,但观其酬唱诗多上、呈、代寿、奉寄之作,酬唱对象也多属官僚阶层,展现给世人的是一位官僚人士的交游生活。刘克庄有诗《敖器之宅子落成》,在为其撰写的墓志铭中如是记道:"晚稍有俸钱,即故山筑宅一区,买田百亩。"② 韩淲有三首寄赠诗,当是二人分别后所唱和。

5位建宁府人,即朱继芳、张至龙、黄简、徐集孙、朱复之。除朱继芳和徐集孙诗歌数量稍多外,其他三人诗歌数量都很少。

朱继芳,字季实,号静佳,理宗绍定五年(1232)进士,历知龙寻、桃源县,调宜州教授未赴,与张至龙、陈起、潘牥、胡仲弓、释文珦、释斯植等有交往,朱继芳和陈起的交往在第三章陈起酬唱圈里有详细论述。"诗有盛唐风,人称一代雄"(释文珦《朱静佳挽词》),在诗友眼中朱继芳学习盛唐诗,这点和江湖派大部分成员不同。"十载江湖叹不遭,识君岁月漫蹉跎"(胡仲弓《寄朱静佳明府》),朱继芳虽然有过仕宦经历,然在胡仲弓眼中其遭遇也如身入江湖坎坷不平。

朱复之,字几仲,号湛卢,宁宗开禧元年(1205)进士,与赵师秀、丘葵、钱时、袁甫有唱和。他一生仕宦多地,曾出使元朝,经历可谓丰富,遗憾的是《盱翁诗集》已亡佚。据钱时《别朱几仲》"古貌臞然一病翁,胸中戈甲气如虹。子房元凯能骑马,破贼红旗未足功"知,朱复之性情豪放,有收复失地之决心,此诗大概是写于朱复之使北时期,所以诗中

---

① 刘克庄著,辛更儒笺校:《刘克庄集笺校》卷一四八《臞庵敖先生墓志铭》,中华书局2011年版,第5846页。
② 刘克庄著,辛更儒笺校:《刘克庄集笺校》卷一四八《臞庵敖先生墓志铭》,中华书局2011年版,第5847页。

充满了昂扬之气，对友人破贼给予厚望。

徐集孙，字义夫，诗集《竹所吟稿》由林洪作序（《谢林可山序诗》），和周弼、孙惟信、陈起、杜北山、林洪等有交往唱和。徐集孙虽为建宁府人，但他理宗时曾在临安为官，所结识诸人当在其任职期间。他拜访周弼后有诗《访周伯弜后寄》，孙惟信去诗后亦作挽诗。徐集孙在家乡曾组建诗社，见其诗《有寄怀里中诸社友》《寄里中社友》，诗社成员已不可考。

5 位泉州人，即盛世忠、胡仲弓、胡仲参、林洪、陈翊。胡氏兄弟和刘克庄交好，特别是胡仲弓曾有漫游经历，和永嘉酬唱圈、陈起酬唱圈的核心人物都有保持着良好的联络关系。

林洪，字龙发，号可山。现存诗作仅 13 首，其诗并无酬唱，但他和江湖派诗人胡仲弓、宋伯仁、叶茵、徐集孙等都有唱和交游（见胡仲弓《寄林可山》、宋伯仁《访林可山》、叶茵《林可山至》、徐集孙《谢林可山序诗》等诗）。林洪生活贫困，好友到来还需要赊酒来招待，却爱吟诗论诗，"好客每倾赊到酒，因吟犹读老来书"（徐介轩《寄林可山》），"可山无日不吟诗，我欲论诗未有期"（宋伯仁《访林可山》）。

林洪有《孤山隐居》一诗，在杭州时隐居孤山。至于他是否林逋后人，时人各有不同看法。《梅磵诗话》记载曰："泉南林洪字龙发，号可山，肄业杭泮，粗有诗名。理宗朝，上书言事，自称为和靖七世孙，冒杭贯取乡荐。刊中兴以来诸公诗，号《大雅复古集》，亦以己作附于后。时有无名子作诗嘲之曰：'和靖当年不娶妻，只留一鹤一童儿。可山认作孤山种，正是瓜皮搭李皮。'盖俗云以强认亲族者为瓜皮搭李树云。"[①] 林逋在宋人眼中是隐逸士人的代表，彰显着文人高洁的品格，关于林洪是否是林逋七世孙，当时有不少诗人持怀疑态度，当然也有诗人对林洪之说表示肯定。

前文所说无名氏的《嘲林洪》直白简洁地提出了证据，林逋未曾娶妻怎么会有七世孙呢？署名姜夔的诗《嘲林可山称和靖七世孙》也持这种观点，"和靖当年不娶妻，因何七世有孙儿。若非鹤种并龙种，定是瓜皮搭李皮"。姜夔之诗和无名氏之诗很相似，直接反诘说林和靖本未娶妻，怎么会有孙儿？林洪认祖一事定是"瓜皮搭李皮"，姜夔对林洪行径进行了无情的嘲讽。

---

① 丁福保：《历代诗话续编》，中华书局 2006 年版，第 568 页。

而与林洪酬唱交往的部分诗人则持肯定意见，陈郁《题林可山为倪龙辅所作梅村图后》："当年一句月黄昏，香到梅边七世孙。应爱君诗似和靖，为君依样画西村。"虽未明确表态，但前两句诗亦表达了他的立场，宋伯仁《读林可山西湖衣钵》也表达了不同的立场："梅花花下月黄昏，独自行歌掩竹门。只道梅花全属我，不知和靖有仍孙。"叶茵、胡仲弓、徐集孙三人共有12首和林洪的酬唱诗，不过三人均未提到林洪为林逋七世孙。

林洪自称林逋后代未免滑稽可笑，但也从侧面折射出士人生活窘迫到需要借前代名人来为自己扬名，以期得到更多的关注从而解决衣食之忧。

3位兴化军人，为刘克庄、刘克逊、赵庚夫。赵庚夫（1173—1219），字仲白，号山中，宋宗室，寓居兴化军，与兴化军陈宓、刘克庄有唱酬，赵去世后刘克庄作挽诗二首悼之。"生被才名谴，摧残到死休。家留遗稿在，棺问故人求"（《挽赵仲白二首》其一），对友人才高命蹇不幸遭际深表同情，诗中充溢着刘克庄无尽的悲哀。

1位邵武市人，即严粲，为严羽族弟，和戴复古、张辑、黄炳等交好。严粲有诗《送戴式之》，当是戴复古干谒漫游时严粲的送别之作。戴复古现存多首诗寄赠严粲，《访严坦叔》诗"携刺投诗社，移船傍酒家"似参与了诗社活动，而在另一首《祝二严》中则对二严诗歌进行评判："仆本山野人，渔樵共居处。小年学父诗，用心亦良苦。搜索空虚腹，缀缉艰辛语。糊口走四方，白头无伴侣。前年得严粲，今年得严羽。我自得二严，牛铎谐钟吕。粲也苦吟身，束之以簪组。遍参百家体，终乃师杜甫。羽也天姿高，不肯事科举。风雅与骚些，历历在肺腑。持论伤太高，与世或龃龉。长歌激古风，自立一门户。二严我所敬，二严亦我与。我老归故山，残年能几许。平生五百篇，无人为之主。零落天地间，未必是尘土。再拜祝二严，为我收拾取。"戴复古从自身经历写起，详述其"落魄江湖"的生涯，自从认识二严后，他找到了知音。严粲和戴复古一样也是苦吟身，遍参百家终于找到了宗法的对象杜甫，而严羽天资其高，不事科举，终生心力在诗论上，最后，戴复古拜托二严能够收拾、整理他的诗作，当是以二严为知音才有此托付。严羽以诗论名于诗坛，严粲亦深受族兄影响，在诗歌上宗法杜甫，在时人多宗姚贾、许浑一类的晚唐诗人时，严粲、戴复古宗法杜甫，希望友人整理自己的诗作，大约隐含变革一代诗风的决心。

1位漳州龙岩人，即程垣。程垣，字务实，号逸士，有诗集七卷，已佚。现存诗14首，除一首七言律诗外，其余均为古体。刘克庄跋其诗集，"余得君诗七卷读之，窃知君喜姚合，所编《极元集》，而自方贾岛。余谓姚、贾缚律，俱窘边幅。君所作稍抑扬开阖，穷变态，现光怪，绝不似姚贾，未知与任华卢仝何如耳。华与李杜游，仝客于昌黎文公之门，故有奇崛气骨。意君诗实本任卢，而阳讳之。否则殆兵家所谓暗合孙吴者，异日见君，当究其论"①。程垣喜姚合《极玄集》，自比贾岛，而刘克庄却认为程垣诗不似姚、贾严守诗律，而是稍有抑扬，开合穷变，态现老怪，与任华、卢仝诗相似，大抵是因为任华和卢仝诗奇绝气骨非姚贾所比。遗憾的是程垣存诗很少，很难分辨出其诗是本任、卢还是姚、贾。除刘克庄外，江湖派诗人方岳和其有唱和往来，方岳有《次韵程务实见寄》一诗，可知程垣曾有诗寄赠方岳，方次韵唱酬，从"昔为斗与牛，今为参与商"一句判断，程方二人曾很亲密，作诗时已分隔两地。

综上，福建路的酬唱交流以地域内的小群体交游为主，如福州地域10位诗人中，敖陶孙、陈鉴之、林尚仁、曾由基、林希逸等各有所交游，建宁府5人中，张至龙与朱继芳，泉州胡仲弓与林洪、兴化军刘克庄兄弟、刘克庄与赵庚夫相互唱和。在小地域外，就整个福建地域诗人来说，兴化军刘克庄与福州敖陶孙、林同、林希逸、建宁府朱继芳、泉州胡仲弓、漳州程垣等人互相酬赠。另外，福建路江湖派诗人也与外地域诗人有酬唱往来，比如刘克庄、胡仲弓与浙西陈起、孙惟信、赵师秀等人的酬唱交游，并因此联系起两大地域诗人。

---

① 刘克庄著，辛更儒笺校：《刘克庄集笺校》卷一〇一《跋程垣诗卷》，中华书局2011年版，第4246页。

# 第四章 江南东西路、淮南东路江湖诗派诗人酬唱交游活动

江南西路也是江湖诗派成员聚集之地之一，有33位诗人居住在此，诗人在本地域内以居住地为中心形成小范围的酬唱群体。江南东路有6位诗人，淮南东路有2人，江南东路的姜夔、方岳，淮南东路的陈造等人为诗派的主要成员，且酬唱诗歌数量很多，因漫游、宦游故与其他地域诗人有较多酬唱联系。特别是姜夔，作为当世名流，与诗派多位诗人交游密切。另外，荆湖南路的乐雷发也因宦游之故与多地域诗人有酬唱往来。

## 第一节 江南西路酬唱交游活动

江南西路历来是文化兴盛发达之地，两宋时期影响最大的江西诗派成员主要是江南西路人，甚至在江湖诗派崛起之后还有诗人学习江西诗风。江湖派成员有33人是江西籍，近江湖诗派总人数的四分之一，虽然诗人有漫游、宦游经历，但他们在江南西路地域内的交游呈现出鲜明的地域特征。

### 一、江南西路的酬唱交游活动

江南西路的诗派成员主要聚集在隆兴府南昌、建昌军南城、南丰二地、吉州、临江军、抚州等地，地域相对集中。而这几地此前又是江西诗派成员聚集地，酬唱之风兴盛。虽然在诗坛上，江湖诗派成员大多要以唐风力矫江西诗派的弊端，但依现存资料看，除地域小群体的酬唱外，并没有在整个江西形成大群体的酬唱活动。除了受诗人漫游、漫仕的影响，还与此时江西地域内缺少有影响力的领袖诗人有一定关系。

## （一）隆兴府南昌

江湖诗派成员中有四位隆兴府人：宋自逊、裘万顷、赵善扛、黄敏求。四人中，裘万顷于淳熙十四年（1187）中进士，其余三人生平经历不详。

宋自逊，字谦父，号壶山，居南昌，与戴复古、曾原一、张弋等有唱酬。从诗友唱和看，宋自逊曾有漫游经历。《赠戴石屏》曰："又是六年别，浑无一字书。性宽难得老，交久只如初。白发添诗集，黄金散酒垆。行程遍江海，何处是吾庐。"宋自逊和戴复古相识已久，两人也已六年未通书信，虽联系不多，但诗友间的情意依然如初，诗人在回顾漫游生涯时，发出"何处是吾庐"的感叹，既包含诗友戴复古漫游生涯的同情，亦是对自身遭遇的真实描述。宋自逊同戴复古一样为了生计行走江湖，这样的人生体验给他带来莫大的心理震动，他和戴复古的交往也就多了份惺惺相惜的情谊。宋自逊和刘克庄亦有交往，刘为其诗卷题诗："佳山祠畔结茅茨，犹记吹埙更和篪。苏氏旧称小坡赋，秦家晚重少章诗。交游一老今华发，畴昔诸昆最白眉。子不可来吾欲去，壁间尘榻拂何时。"（刘克庄《题宋谦父诗卷》）宋自逊大部分时间过着隐居生活，自娱自乐，纵情诗乐，刘克庄以苏轼子苏过和秦观诗赋称赞宋自逊诗卷，足见对其人其诗的推重。刘克庄还有题为《题宋谦父四时佳致楼》的诗，诗下注脚曰："吟者多矣，率为环翠卒章下注脚，惟张公元德兼取'别诗佳兴与人同'之句，以互相发明。"[①] 宋自逊四时佳致楼曾得到多人题咏，隐然是小群体交游圈。

赵善扛（1141—?），字文鼎，号解林居士，太宗七世孙。孝宗乾道六年（1170）知泰宁县，历知蕲州、处州等，孝宗淳熙间卒，仅存诗4首，与韩元吉、赵蕃有唱和往来。赵善扛以宗室成员步入仕途，所任不过中下层小官，因居南昌而与江西上饶士人韩元吉有唱和，韩比赵善扛年长二十余岁，后出入中外，入朝为官出使金朝，晚岁退居信州，有6首次韵诗，为《次韵赵文鼎同游鹅石五首》与《次韵赵文鼎雨中》一首，次韵五首均为写景，推测鹅石当为本地一风景胜地。赵蕃南渡后侨居信州玉山，和赵善扛的交游见之于其诗，但作诗时赵善扛已离世，《谒赵文鼎墓》："君卧

---

[①] 刘克庄著，辛更儒笺校：《刘克庄集笺校》卷十六，中华书局2011年版，第924页。

青山久，余今白发新。秋风对摇落，旧事入悲辛。此世宁长世，吾身岂久身。萧萧闻鹤夜，耿耿待鸡晨。"二赵生卒年相近，赵蕃卒于1229年，此时赵善扛离世已久，这首谒诗表达了诗人对好友离世的伤悲，同样的情感在另一首《五月下旬梦赵文鼎书寄斯远》中亦有体现："我不见君死，直疑君固生。赋诗无所寄，始复为失声。……怅望莫子语，徘徊空思盈。"有知音难寻之意。韩元吉、赵蕃均为信州人，与南昌距离较远，而三人的交游恰恰说明江西地域酬唱之风的兴盛。

裘万顷（？—1219），字元量，号竹斋。孝宗淳熙十四年（1187）进士，历任乐平簿、大理寺司直，江西抚干等职，后退隐，嘉定十二年入江西幕不及一月而卒。裘万顷是南昌地域三人中存诗数量最多者，有260余首，唱酬诗达其诗歌总数的一半以上，足见其交游之广泛，其交游对象有布衣士人、朝廷官员，知己好友，佛教人士等。据陈弘绪《寒夜录》记载："吾邑裘元量先生，名万顷，宋隆平中王容榜进士。与胡桐原、万澹庵、徐竹堂往复唱咏，号为'四杰'，元量尚有诗集行世，三君已湮没不传，吾邑亦不知有四杰之称矣。"[①] 裘万顷积极参与唱和互动，尽情发挥诗歌的交际功能，与弟元德、元龄的唱和诗极有特色，体现着兄弟亲密无间的亲情。如雪中次韵，裘万顷再三用韵戏二弟诗达十六首之多，《雪中戏元德元龄二弟二首》《再韵寄元龄弟二首》《雪中再示德龄二弟三首》《再用韵三首》三组，因是戏作故较为随意，前七首诗还是雪中景，后九首则由雪而写及其他，若非亲密之人诗人自然不会如此随意。裘万顷得中进士而弟弟科举失意时，他便担当起劝慰的角色，"不到青云志未休，近来何事却悲秋。短檠双目元无恙，快读读书莫浪愁"（《元龄弟寄悲秋四诗因次》其一），劝慰其弟既然壮志未酬为何消沉悲秋，不要再浪费大好时间。

黄敏求，字叔敏，《江湖后集》卷十三有传，诗学晚唐与杨万里，存诗21首，未见其与江湖诗派成员酬唱之作。

（二）南城、南丰二地的诗派成员唱酬活动

7位建昌军人，其中4位南城县人，为余观复、吴汝弌、利登、黄文雷；3位南丰人，为黄大受、赵崇嶓、赵崇鉘；南丰、南城二县同属建昌

---

① 陈弘绪：《寒夜录》下卷，《学海类编》本。

军所辖，故一起论述。七人中，二赵为兄弟，太宗九世孙，其兄赵崇嶓与利登、黄文雷三人曾中进士，赵崇鈵因兄荫补官，四人均有仕宦经历，剩余三人不详。七人存诗均不多，除利登外，很难寻觅其唱酬关系。

利登，字履道，号碧涧，南城人。理宗淳祐元年（1241）进士，官宁都尉，今存诗75首，与黄文雷、赵汝谈有唱酬。利登和黄文雷同为南城人，因地域原因，两人交游较多，"相会不几日，相别又经时。居然感我怀，何以写所思。举目皆我友，我心知者谁。知心而久离，此情悲不悲"（利登《寄黄希声》其一）。利登视黄文雷为知己，短暂的相会后便是离别，诗人举目四望，虽然到处都有友人，但真正知心的也仅有一人。利登如此深挚的知己之情在其他江湖诗派诗人中亦有体现，深沉的孤独之感时常充斥着江湖诗派诗人内心，无力改变的社会现实和不断恶化的生存空间都可以引发诗人的孤独感，唯有好友间的相交才能缓解一二，但面临的分别又打断了这份相知，实乃人生之悲。

黄文雷，字希声，号看云，南城人。理宗淳祐十年（1250）进士，曾做临安酒官，有《看云小集》。今存诗60首，与利登、赵汝谈、戴复古、陈起等有交。黄文雷曾在临安做官，和陈起有交游往来，陈起有《雪中送黄希声西归》："明时困英特，此别又三年。"

吴汝式，字伯成，盱江人。与邓有功、戴复古、包恢、余观复等有交。有《云卧诗集》，今存诗10首。戴复古有《送吴伯成归建昌二首》其二曰："吾友严华谷，实为君里人。多年入诗社，锦囊贮清新。昨者袁蒙斋，招为入幙宾。千里有遇合，隔墙不见亲。君归访其家，说我老病身。别有千万意，付之六六鳞。"戴复古南城友人不仅有吴、严，还有包敏道、赵伯成（戴复古《南丰县南台包敏道赵伯成同游》）等人，盖其漫游干谒途中所识。吴汝式与同县余观复也有唱和往来，余观复，字中行，盱江人，有《寄伯成》二首。

赵崇嶓、赵崇鈵二人为兄弟，是宋太宗九世孙。赵崇嶓（1198—1255），字汉宗，号白云，居南丰，宁宗嘉定十六年（1223）进士。诗集《白云小稿》已佚，今存诗82首。赵崇鈵，字元治，因兄崇嶓荫补官，存诗48首，依现存诗，兄弟二人唱酬很少。崇嶓和释文珦有往来，文珦有诗《赵白云宗丞以诗送惠柳下谒浙西宪使包宏斋命余同赋》，赵崇嶓尝拜谒包恢，包命其二人同赋："宏斋伊洛宗，白云风雅主。二公在斯世，光艳烛寰宇。白云归帝乡，宏斋庇寒士。出处虽小殊，怜才酷相似。吟诗贫到骨，白云古知音。吹送宏斋前，雄词重南金。乘流春浩荡，变化那可测。君不见北溟有鱼会风云，一举自然生羽翼。"文珦此诗赞扬赵、包二人，重点突出两人怜才之高德，道出诗人的感激和期待之意。

包恢（1182—1286），字宏父，号宏斋，建昌军南城人。宁宗嘉定十三年（1220）进士，度宗时官至刑部尚书。咸淳二年（1266）进签书枢密院事。今存诗90余首，与戴复古、吴汝式相交。包恢父辈三人均从陆九渊游学，本人亦精通易学，文珦称其"伊洛宗"很是恰当，他和本地域吴汝式、赵崇嶓相交，从赵推荐文珦看，其对寒士有援引之意，江湖诗派成员萧立之也曾受其推荐（萧立之《谢包宏斋著述科目之荐》）。

从上述资料看，南城、南丰诗人以本地交流为主，虽无较多的唱和活动，尚未形成小范围群体交游，但诗人彼此间保持联系，特别是戴复古与二地诗人的唱和，增加了多地域间诗人的交游活动。

（三）临江、吉州、抚州等地的诗派成员唱酬活动

赵与时、邓允端、章采、章粲、萧元之、邹登龙六位临江军人中，赵与时、章采曾中进士，其余生平仕历不详。六人存诗很少，只有邹登龙存诗稍多，有39首，其他人不过十余首，遑论唱酬诗。章采、章粲为兄弟，章采于度宗咸淳间知分宜县，章粲尝主絜矩书院，有《絜矩书院示学子》一诗，从天地四时讲到礼仪人伦，更述及道德文章，对书院莘莘学子施以教化。

邹登龙，字震父，隐居不仕，自号梅屋。与周献甫、刘克庄、戴复古等多唱和，"吟稿一卷，刘后村、戴石屏、真西山咸称之"[①]。今存诗39首，唱酬诗7首。周献甫，号吟轩，日常以吟诗为乐，与邹登龙交好，邹登龙移家时曾作《邹震父迁居界步》一诗，记载了邹登龙新家的自然环境。戴复古漫游途中曾来拜访邹（邹登龙《戴式之来访惠石屏小集》），临江有慧力寺，戴复古有《刘兴伯黄希宋苏希亮慧力寺避暑》诗，可知他尽力融入本地士人的交游中。

刘过、刘子澄、萧澥、李泳、高吉、罗椅、释绍嵩七位吉州人中，绍嵩为僧人，刘过长年漫游江湖，二人下面有详细论述。罗椅、刘子澄曾登

---

① 《两宋名贤小集》卷二七一《梅屋吟》，《景印文渊阁四库全书》本。

进士第，李泳也有仕宦经历。高吉、萧澥或未入仕。除绍嵩、刘过外，其余五人存诗皆不多，诗歌中酬唱类作品更少，不过在与其交好的诗人那里可探知五人的酬唱情况。

罗椅（1204—？），字子远，号涧谷。理宗宝祐四年（1256）进士，后历任信阳州学教授、信丰知县等职。度宗时弃官而归，与危稹、萧立之有酬唱。罗椅唱寄诗于危稹并附赠古剑，萧立之有诗《寄罗涧谷》二首，其一曰："同是人间七十余，相思无地问何如。仓皇空忆归时别，契阔都无落□书。□去避兵长蓐食，迩来古地且巢居。题诗甲子应同集，便雁相逢赖启予。"其二曰："诗去诗来只月余，渴心顿解沃心如。居然咫尺有万里，如此乱离无一书。"萧立之写此诗时已过七十，萧居赣州，罗居吉州，"诗去诗来"表明二人时常以诗交流，从罗椅年岁看，萧立之生于1203年，七十余年后已入元，所以萧诗说"避兵""乱离"当是宋元易代的战争。萧诗中仓皇、蓐食等词道出朝代更迭对二人，甚至对整个时代文人的影响。

刘子澄，宁宗嘉定十三年（1220）进士，任澧阳、枣阳等县官。端平元年（1234）被贬广南东路封州，淳祐六年（1246）始还，隐居庐山。刘子澄今存诗20余首，与李曾伯关系密切。李曾伯字长孺，号可斋，寓居嘉兴，后辗转中央地方官职，与刘子澄有6首唱酬诗，《和刘清叔襄阳隆中行》《和刘清叔襄阳草庐韵》《和刘清叔檀溪韵》等诗道出刘子澄宦游经历。

李泳（？—1189？），字子永，号兰泽，扬州人而居庐陵。与范成大、赵蕃、韩元吉、兄李洪有唱酬，大部分诗歌已亡佚。李洪是李泳兄长，洪有诗《次韵子永雨中排闷》《子永弟寄都下大雪律诗》《同子永和贝元复春日韵》（四首）等。范成大与李泳有10首酬唱诗作，多为次韵诗，据《次韵李子永见访二首》《李子永赴溧水过吴访别戏书送之》，李泳尝拜访过范成大，二人可能还不止一次见面。

赵蕃（1143—1229），字昌父，号章泉，享有诗名，与韩淲并称"上饶二泉"。赵李二人唱和近十首，李泳去世后，赵蕃作挽诗以悼念。"灵山山下初逢处，溧水水边重见时。草草犹传出山句，勤勤更枉送行诗。传闻恍惚疑升报，问讯凄凉自越医。累计别离能几日，谁知生死遂分岐。"（赵蕃《挽李子永二首》其一）此灵山当为上饶灵山，李泳曾拜访过赵蕃，李泳于淳熙十四年（1187）知溧水县，重见说明赵蕃于与此年前后曾造访溧水，谁知别离无几日竟然逝去，赵蕃对李泳死讯难以接受："封侯寂寞空飞将，佳句流传自谪仙。半世作民才六考，他年垂世有千篇。箧中酬唱都无恙，天外音书不复传。"（赵蕃《挽李子永二首》其二）这首诗提到"佳句流传""千篇"，李泳诗千首而今存7首，他与赵蕃的"箧中酬唱"也随之亡佚，不得不说是一大憾事。

萧澥、高吉二人诗歌较少，也难从他人诗作中寻找酬唱关系，故不予考察。

危稹、李涛、曾极3位抚州人中，危稹参加科举并及第，李涛生平经历不甚详，二人现存诗均不多。

危稹，原名科，字逢吉，号巽斋，又号骊塘，抚州临川人。孝宗淳熙十四年（1187）进士，《宋史》有传，与杨万里、陈起、陈著、罗椅等有唱酬。罗椅有《寄危骊塘赠以古鉴二首》，对危稹送古鉴表示感谢；陈著有《俞苏墅示以杂兴四首乃用危骊塘所次唐子西韵因次韵》十首。危稹和陈起亦有交往，盖因其诗入陈起编《南宋六十家小集》故，"巽斋幸自少人知，饭饱官闲睡转宜。刚被旁人去饶舌，刺桐花下客求诗"（《赠书肆陈解元》），前二句写自己声名不显因为饭饱官闲之余有自娱时间，而诗集被刊刻以后，还有客人亲来求诗，真是出乎意料。和其他江湖游士相同，危稹亦有干谒之诗求取钱财，在《上隆兴赵帅》一诗中，他极力叙述自身窘境，希望能够有所资产来买宅买山：

买宅须买千万邻，季雅喜得王僧珍。买山百万复谁与，襄阳节度真主人。我生兀兀钻蠹简，不肯低头植资产。缀名虎榜二十年，依旧酸寒广文饭。绿鬓半作星星华，岂堪风雨犹无家。大鹏小鷃各自适，只有鸿雁长汀沙。弟昆团栾虽足乐，老屋萧条不堪著。玉堂便是无骨相，也合专侬一丘壑。近来卜筑穷冥搜，十里而近依松楸。骊龙塘上邓家丘，半山老人所钓游。半山天下文章伯，邓家声名亦辉赫。断碑犹在古墙阴，好句曾经写山色。买邻得此天所予，独欠山资无觅处。平生骂钱作阿堵，仓卒呼渠宁肯顾。君侯地位高入云，笔所到处皆成春。万间广厦庇许远，岂无一室栖贫身。王邓故处为邻曲，更得赵侯钱买屋。便哦诗句谢山神，饮水也胜樽酒绿。

这是一首索要买山钱的诗歌，以七言古诗的体制完成，写得通俗易懂，诗人以"买宅需买千万邻"开篇，直说买山百万钱谁与，移家之事万事俱备只欠买山钱，希望赵帅能慷慨资助。事实上，危稹的生活比流落江湖以干谒为生的江湖游士要好得多，进士出身、朝廷官员的身份在社会地位上已非江湖游士可比，即便如此，如此直白地乞言钱财，世风之恶可见一斑，当然这也从另一方面说明，南宋士人经济条件的窘迫，即便是有俸禄在身的士人也很难支付这笔费用，更遑论社会地位更为低下的江湖游士。

曾极，字景建，号云巢，是南丰曾氏家族后裔，曾滂子。终身未仕，宁宗嘉定间忤史弥远，贬道州，卒于贬所。与多位江湖派诗人相唱和，如刘克庄、赵汝谈、赵师秀、戴复古等。曾极因江湖诗祸而受到当权者的无情打击，被流放道州，其不幸遭际得到好友的温情安慰："晚节伤弓未足怜，江湖因此累诸贤。名标宇宙千年在，事属朝廷万口传。"（李自中《送曾景建道州听读》）同样的情愫在戴复古诗中也有体现："闻说乌台欲勘诗，此身幸不堕危机。少陵酒后轻严武，太白花前忤贵妃。迁客芬芳穷也达，故人评论是耶非。饱参一勺濂溪水，带取光风霁月归。"（《曾景建得罪道州听读》）戴复古一连用苏轼、李白、杜甫三位大诗人的典故来勉励曾极，希望他有朝一日能风光归来。戴复古与曾极交好，两人一同登览金陵（戴复古《同曾景建金陵登览》），孰料曾极未及归便客死贬所，让人无限感伤。曾极死后乐雷发悼念："苍野骚魂惟我吊，乌台诗案倩谁刊。伤心空有金陵集，留与江湖洒泪看。"（乐雷发《濂溪书院吊曾景建》）曾极有《金陵百咏》组诗，身死而诗集在友人间传播，不能不令人伤感。乌台诗案对苏轼来说乃是人生一大关口，没想到百年后的南宋仍然发生了诗祸，士人在当下颇有几分无奈，对曾极遭遇寄予无限同情。刘克庄亦作"伤心海内交游尽，箧有遗书不忍看"（《怀景建二首》），以示悼念。

曾极以布衣士人漫游江湖，所交往有两类人，"一类是学者型名人如道学家、史学家；另一类就是诗人"①。所交诗人多为江湖诗派成员，如刘克庄、戴复古、乐雷发、赵师秀、孙惟信等，刘克庄《大全集》曰：

---

① 张剑、吕肖奂、周扬波：《宋代家族与文学研究》，中国社会科学出版社2009年版，第334页。

"初,季蕃与赵紫芝、仲白、曾景建、翁应叟诸人善,而余亦忝交游。"[1]上述诸人皆有宦游、漫游经历,曾极当于漫游途中结识。

李涛,字养源,临川人。李涛有漫游经历,尝造访盱江(《题盱江王章甫梅境》)、杭州西湖(《三月十六日西湖闻杜鹃》)等地,还曾拜访时寓居西湖孤山的林洪(《访林龙发》)。李涛亦参予诗社活动,其诗《诗社中有赴补者》即是佐证,另《诗友作涉江采芙蓉触拨鄙思亦成一首》,此处诗友或为诗社成员,可惜资料有限,无法考察其诗社的具体情状。李涛著作仅《南宋六十家小集》中存《蒙泉诗稿》,僧翛然曾求诗稿(见《僧本均乞蒙泉稿》),知李涛在当地有一定诗名。

其余十多位诗人分布在江西各地,赣州萧立之、袁州赵汝鐩,二人存诗稍多,唱和诗数量亦不少。

萧立之(1203—?),原名立等,字斯立,号冰崖,赣州宁都人。理宗淳祐十年(1250)进士。唱和诗多达160余首,与曾原郕、黄立轩有唱酬。

黄立轩,生平经历不详,有《西湖百咏》组诗与梅花诗。萧立之曾品评《西湖百咏》曰:"东南诗境有湖山,爱子敲成百咏看。历历眼中都过尽,一檠风雨客窗寒。"(《题黄立轩西湖百咏三首》其一)黄立轩百咏现已亡佚,两宋时期有不少士人作大型风土组诗如《西湖百咏》《永嘉百咏》等,萧立之是否唱和《西湖百咏》无从考证,但有和黄立轩梅诗韵,诗中似有寄托,极力赞扬梅花之风骨,诗人宋亡后归隐,萧和诗也多家国之悲叹。

在南丰、新干、宁都、临川间有黄文雷组建的黄文雷诗社,主要人物有黄文雷、利登、赵崇嶓、赵崇峄、曾原一等。"同时乡里以诗名者,碧涧利履道登、白云赵汉宗崇嶓,俱为社友,然品格俱不及公。赣之宁都,有苍山曾子实原一,抚之临川,有东林赵成叔崇峄,亦同时诗盟者也。"[2]

其时,隆兴府南昌县有诗人宋自逊、裘万顷、赵善扛;吉州有刘过、刘子澄、萧澥、李泳、高吉、罗椅;抚州有危稹、李涛、曾极;建昌军有

---

[1] 刘克庄著,辛更儒笺校:《刘克庄集笺校》卷一五零《孙花翁墓志铭》,中华书局2011年版,第5924页。

[2] 刘壎:《隐居通议》(二)卷九《诗歌》四《黄希声古体》,《丛书集成初编》本。

余观复、吴汝式、利登、黄文雷、黄大受、赵崇嶓、赵崇鉘；临江军有赵与时、邓允端、章采、章粲、萧元之、邹登龙等。人数众多，地域相对集中，但依诸人现存诗，除黄文雷诗社外，江西籍诗人彼此间却缺少江西地域内密集的酬唱交游。

首先，江湖诗派之"游"对地域内酬唱交游产生影响。诗人的漫游经历对地域酬唱产生不利的影响，长期的漫游生活令诗人很难在一地停留太久，诗友间的交游也只能凭借书信的往来，即便能保持联系，漫游中的居无定所也对信息有效传达造成一定的负面影响。刘过是吉州人，但他属于江湖诗派早期诗人且去世较早的，又长年漫游江淮间，晚岁定居昆山，所以他没有参与本地域酬唱活动。又如曾极终生未仕，嘉定间漫游金陵，作《金陵百咏》组诗，受到时人的大力称赞，后因江湖诗祸被贬道州死于贬所；危稹中先后在南康、临安、潮州、漳州等地为官，为仕宦所累，很难与本地诗人有过多的交流。那些在江南西路宦游的官员诗人酬唱交流因资料有限，也只能推测他们之间存在小地域的酬唱关系，至于具体的酬唱活动却难以考证。虽然裘万顷与萧立之是本地域诗歌数量最多的两位诗人，酬唱诗均达到了百余首，裘万顷除在乐平、临安任职外，大部分时间都在江西；萧立之曾任南城知县，南昌推官，但他们在江西还算不上有较大影响力的作家，所以除建昌军黄文雷等人组建的诗社外，难以有繁盛的唱和。

其次，缺乏共同的诗歌主张与领袖诗人，对地域间的酬唱产生也不良影响。江西诗派中以南昌、临川、黄冈等地形成酬唱小群体的出现，在各个小群体之间又有大群体的联系[①]，有明确的诗歌主张、作诗之法以及领袖诗人黄庭坚，江西诗派诗人有意唱酬彼此联系，故而酬唱交往密切。而江湖诗派诗人的地域性更为突出，吉州、建昌军、临江军皆有6位及以上诗人，可惜多地域间唱酬关系并不密切，究其原因在于江西地域内缺少像黄庭坚那样的领袖诗人，令江湖诗派地域大群体间彼此酬唱关系不显，再加上文献资料相对有限，更难以考证。

---

① 参见伍晓蔓：《江西宗派研究》，巴蜀书社2005年版，第154—163页。

## 二、漫游与唱酬：刘过、释绍嵩的交游活动

刘过和释绍嵩都是吉州人，二人一生漫游多地，与多地域的诗派成员均有唱酬，是典型的江湖游士。刘过是江湖诗派早期成员，他将一生志向付诸诗词，漫游江湖、干谒权贵，以期能得重用。释绍嵩是位僧人，足迹遍江西、两浙。他们通过游走，联络着不同地域的诗派成员。

### （一）刘过的酬唱交游活动

刘过（1154—1206），字改之，号龙洲道人，吉州太和县人。有《龙洲道人集》十五卷。多次应举不第，终生未仕，漂泊江淮间，与主张抗战的诗人陆游、陈亮、辛弃疾等多有唱和。刘过是抗金志士，曾上书朝廷提出恢复中原方略，未被采纳，一直郁郁不得志。

#### 1. 诗友眼中的刘过其人与其诗

刘过具有强烈的功名之心，他对国政大事的关心与其身份看似极不相称，以一介布衣而上疏言事，自然难得朝廷重视，但他毫不气馁，屡次上疏，其间试图以科举及第步入仕途，终究难以如愿。刘过落第后自作《下第》诗以自勉："荡荡天门叫不应，起寻归路叹南行。新亭未必非周顗，宣室终须召贾生。振海潮声春汹涌，插天剑气夜峥嵘。伤心故国三千里，才是余杭第一程。"首联极叙下第后心情，"叫不应""叹南行"表明诗人对这次科举事抱着极大希望而事与愿违，无可奈何之下只好选择归乡，诗人失意而不消沉，东晋周顗以忠言进谏被朝廷重用，西汉贾谊虽被招来问鬼事但终究有召，刘过以两人而自勉，对日后寄予极大希望，归乡之时感慨万千。刘过此次下第得到好友的大力抚慰，李大方作《改之下第赋赠》安慰道："刘郎气豪酒豪诗更豪，乃肯折节作赋遗恨无纤毫。诗雄赋老不入世俗眼，仰空大叫索酒歌离骚。刘郎新诗今莫敌，挑战梅社无遗力。果然桃杏一山开，龙马行天晓无迹。锦标重夺更一年，却来走马春风前。撑肠文字五千卷，吟哦得意扬休鞭。世间荣辱俱游戏，莫为功名销壮志。"李大方诗夸赞刘过气豪酒豪诗更豪，诗雄赋老难入世俗眼，在盛行晚唐体的南宋，诗歌雄豪之气不大受时人待见，但诗人极力夸赞刘过其人其诗，希望友人莫为功名消磨壮志。身有才名而科举不第，对任何一位士人来说此种结局都难以接受，更何况是对科举寄予极大希望的刘过，最后

李大方以自身经历宽慰道："自怜却被微官缚，不及相从上酒楼"，自身为微官所缚，不若刘过自由自在，期望能宽解友人不第的抑郁心情。刘过有着极强的入世之心，有着建功立业的壮志雄心，他一心渴望收复失地，气势上较之江湖派其他诗人多了豪放之气，诗歌也是其表现豪放气的工具。

刘过其人其诗如李大方所言"气豪诗豪"，诗友在酬唱诗中针对他这一特点给予了极高评价。陆游在《赠刘改之秀才》中说："胸中九渊蛟龙蟠，笔底六月冰雹寒。有时大叫脱乌帻，不怕酒杯如海宽"，以"胸中蛟龙蟠""六月冰雹寒"来形容刘过之气势，刘过之笔力。此外，还点出刘过不拘小节，"大叫脱乌帻"，道出其恣肆的姿态，海宽酒杯说其酒豪，陆游对这样一位青年人才极力褒扬，除却其令人惊叹的性格和胸次，还在其诗歌的雄放恣肆。

> 刘郎饮酒如渴虹，一饮涧壑俱成空。胸中磊瑰浇不下，时吐劲气嘘青红。刘郎吟诗如饮酒，淋漓醉墨濡其首。……刘郎才如万乘器，落漠轮囷难自致。强亲举予作书生，却笑书生败人意。合骑快马健如龙，少年追逐曹景宗。弓弦霹雳饿鸮叫，鼻尖出火耳生风。安能规行复矩步，敛袂厌厌作新妇。黄金挥尽气愈张，男儿龙变那可量。会须斫取契丹首，金甲牙旗归故乡。（陈亮《赠刘改之》）

陈亮同为抗金志士，亦是南宋豪放词派的中流砥柱，同刘过一样，陈亮屡次上疏均不被重视，相似的命运使他对刘过生出惺惺相惜之意，其笔下的刘过颇有几分英雄气，饮酒如虹，酒豪非浪得虚名，笔墨酣畅，诗豪亦名副其实，更重要的是诗人浑身的胆气，骑快马，挽良弓，虎虎生风，直取契丹首级，刻画了一位"人间烈丈夫"的伟岸形象。

刘过一生志向尽付诗歌中，除却主战派友人，大部分诗歌为呈给朝廷官员的干谒之作。

### 2. 刘过干谒诗

刘过一生漫游多地，科举的失意、现实的打击并未泯灭其内心理想。为了实现政治抱负，在科举之路不通的情况下，刘过越来越热衷于干谒，希望以诗得到达官显贵的赏识从而被破格提拔。其实后一条路在南宋时期鲜少行得通，即便如此，刘过这条路走得也比同时期的江湖游士更为坚定。和戴复古的干谒求取钱财不同，刘过献诗主要为实现政治理想，所以他献诗时特别注意自身理想的表达，干谒权贵不自卑，反而极为自信，和唯唯诺诺的江湖游士迥然不同。如《谒江华曾百里》："抠衣三十年前事，曾以诸生傍绛纱。一国所尊吾白下，双凫犹远令江华。时来馆学总余事，老去衣冠怀故家。共怪我门郊岛外，狂生尚有一刘叉。"三十年前事诗人娓娓道来，科举失利也能表达得不卑不亢，唐代诗人孟郊和贾岛同样清寒终身，丝毫不影响他们在诗坛的声誉，更有狂生刘叉任侠负气，刘过在官员面前举唐代科举不第的诗人是自信的表现，也暗示了自己和那些诗人一样颇有才气，如若得到举荐，定然不孚众望。

刘过对自身才能有着非凡的自信，不似戴复古般在权贵面前小心谨慎，而是充分发挥豪放的性格和诗才，以期能打动达官贵人，所以和其他诗人干谒时重点褒扬权贵不同，刘过虽然也对要干谒之人予以褒扬，但更多的是对自身的褒扬和肯定。如《上周少保》二首：

> 游戏公孤了，归来不爱名。昌黎前进士，司马老先生。有节花宜晚，无波水自平。翳云遮不得，南极益精明。（其一）
> 早被儒冠误，依稀老更侵。科名数行泪，岐路一生心。自惜亡猿木，谁怜跃冶金。使无钟鼎志，何地可山林。（其二）

前诗刘过称周少保不爱名，赞扬其不为功名利禄奔波，韩愈和司马光亦为文士一位政治家，以两人衬托周少保才干，接下来赞扬其晚节清明。后诗述及自身，自己在科举之苦上挣扎良久而无所得，刘过虽然自信豪放，但科举不第的遭际还是令他耿耿于怀，数行泪即是诗人的直观感受，既然科举之路不通，刘过寄希望于权贵，"钟鼎志"三字表达出希望周少保能帮助自己实现志向。

刘过的干谒诗在赞扬自身优点的同时，还显示出诗人的个性特征，带有一股豪侠之气。如刘过干谒辛弃疾的诗《呈辛稼轩》："书生不愿黄金印，十万提兵去战场。只欲稼轩一题品，春风侯骨死犹香。"辛弃疾是南宋豪放词的领军人物，亦是主战派的代表，共同的抗金愿望使得两人关系比较亲密。作为一介布衣书生，刘过所希望的不是高官厚禄，而是收复失地，他对辛弃疾的戎马生涯很是钦慕，诗中说若能得到辛弃疾题品身死不憾，实则有希望辛弃疾提携之意。豪侠之气在他的另一首《谒苏州守》诗中也有体现："十年狂荡客征途，时为文章未剖符。引臂欲攀天上月，回身却碍日中乌。穷愁自是真男子，慷慨须投大丈夫。闻道使鱼鳖海阔，特将香饵钓姑苏。"穷愁经历给刘过心灵带来的负面影响并不多，字里行间始终洋溢着自信，"真男子""大丈夫"是刘过自我形象的认知和塑造，以肯定自身之心态行干谒事，真男子和大丈夫相对举，赞美之词充满豪气，末联用钓鳖客之典故表明自己的才干能力，希望得到苏州守的援引。

(二) 释绍嵩的酬唱交游活动

释绍嵩，字亚愚，吉州庐陵人，长于诗，今存《江浙纪行集句诗》七卷，为理宗绍定二年（1229）访游江浙途中所作，后主嘉兴大云寺。诗作入《南宋群贤小集》，今存诗377首，其中唱酬诗有120余首。

释绍嵩与福建路僧人圆悟、浙西僧人斯植、永颐一同入列江湖诗派，按照江湖派诗人的界定标准看，虽四人生卒年不详，但从其交游对象可以判定，四僧主要活动时间均在1209年以后。从社会身份上来说，僧侣属于江湖游士，四僧也确实漫游江湖，流动性较强。最重要的原因在于他们的作品集入江湖诗集，且四僧均与江湖派成员有酬唱交往。永颐、绍嵩作品入《南宋群贤小集》，释斯植作品入《南宋六十家小集》。释永颐与周文璞、周弼父子唱和交游，释斯植与陈起有交游，释绍嵩与江湖派成员王谌唱和往来颇多。四人中永颐和绍嵩存诗过百首，在江湖派成员中数量均不少，故而他们被列入江湖诗派在情理之中。

虽为僧人，在宋代僧人文人化的背景下，绍嵩的酬唱交游具有特殊的含义。宋代开始，儒学和佛学进入重新整合的时期，"自唐之后，不独儒者混于佛，佛者亦混于儒"①，可以看到更多的文人士大夫崇佛、信佛，与僧人交游，而僧人不但主动结交士大夫，还进行文学创作，一时间涌现出不少有成就的文人僧。元祐酬唱群体诗人也与僧、道人士交往，但局限在一个小群体内，他们的酬唱诗并没有僧人或道人的参与。南宋时期，儒学和佛学的整合日渐完成，儒学家佛学化，不但接受了佛教文化，还把佛教和儒学相比附，意识到佛学在人伦教化的作用。与儒学家佛学化相对应，僧人逐渐儒学化，出现了很多文学僧。僧人的关注点不仅仅在宗教上，还转移到了文学的领域，所以南宋文人多研习佛

---

① 陈澧：《东塾集》卷四，光绪十八年菊坡精舍刻本。

教，和僧人的赠答较多也就好理解了。不过现在保存下来的江湖诗派诗人和僧人的酬唱诗，以赠诗为主，次韵、和韵类诗很少。之所以存在这种情况，原因在于大多数僧人的文学造诣普遍不高，和士人的交往也不以文学交往为主。对士人来说，他们和僧人的交往出于对佛教和道教的兴趣，所以士人有较多的赠诗，僧人则很少作答诗回赠。如果能得到士人的垂青赠诗，就有机会在游走权贵、郡县时得到更多的认可，具有一定的经济和社会效应。与赠答诗不同的是，次韵、和韵诗要求参与双方具备较高的文学修养和创作能力，这种酬唱模式也多出现在关系较好的诗友圈里，僧人和士人属于不同的身份圈，即便僧人与个别士人交好，也难完全融进士大夫的群体中，故僧人和士人之间很少出现次韵、和韵形式的唱和作品。

理宗绍定二年（1229）秋，释绍嵩自长沙出发访游江浙，作《江浙纪行集句诗》，这段访游开阔了绍嵩的视野，并促成他与多位士人的交游。释绍嵩有《咏梅五十首呈史尚书》，诗下小记曰："西圃道中，梅花数百株，将开欲落，清绝可爱。……同游者愿宿留，求集句以尽吟赏之意，因得二十首。后六日谒史尚书，陪往观梅，续得三十首，遂并录呈云。"西圃在两浙东路庆远府鄞县附近，诗中史尚书当为鄞县史氏家族成员。梅花是宋人吟咏最多的花卉，绍嵩对梅花的热爱丝毫不逊于刘克庄。《咏梅五十首》为集句诗，虽为集句，绍嵩以其广博的学识把梅花吟咏得分外传神。

释绍嵩和官场士人结交颇多，贺黄少府（《贺黄少府受辟》），为黄寺簿、通判曾温伯寿（《知府黄寺簿生日》《通判曾温伯生日》），黄少府去世后还作诗哭之（《哭黄少府》）。释绍嵩积极与官场士人交流，却拒绝胡槻招揽（《胡伯圆尚书以松山虚席力招补其阙辄辞以小诗遂获免》），大抵和其性情相关。

释绍嵩似是对放浪江湖生涯较为满意，他曾与浩西堂唱和《解嘲诗》，绍嵩作《解嘲十绝呈浩西堂》，浩西堂和诗后再次韵《浩西堂见和因再用韵》，"江湖放浪未宁居，处世真同逐队鱼"，"镜中老色日侵寻，更有江湖万里心"，即便老之将至，诗人也依然有漫游之心。绍嵩一生漫游多地，足迹遍江西、两浙，是位典型的江湖游士。

## 第二节　江南东路酬唱交游活动

江南东路共有六位成员，分别为姜夔、董杞、程炎子、徐文卿、周端臣、方岳。六人中，姜夔与董杞为饶州人，方岳徽州人，程炎子宁国府人，徐文卿信州人，周端臣建康府人。其中方岳进士及第并入仕，徐文卿进士及第未授官而死，周端臣尝入仕十年，程炎子为江湖隐士，其余诸人或未入仕。除姜夔、周端臣、方岳外，其余三人今存诗作较少，以下对各地诗人作一考察（姜夔、方岳其后论述）。

饶州董杞，字国材，诗入《江湖后集》，今存诗10首。宁国府程炎子，字清臣，今存诗17首，有五首唱和官员的诗作。二人在江湖派其他诗人中也难觅与酬唱诗作，不予考察。

信州徐文卿，字斯远，号樟丘，朱熹弟子，早年游踪颇广，与赵蕃、韩淲等人唱和颇多。赵、韩二人与其唱和诗多达240首，有次韵、赠寄类酬唱之作。徐文卿经常拜访赵蕃并寄诗唱和，远游时二人也未中断联系，赵蕃有《次韵斯远别后见寄六言四首》《次韵斯远见寄》等诗，当是二人分别后以诗歌交流。韩淲与二人也有许多酬唱诗，如《次韵昌甫并帖斯远五首》《雪后昌甫将归章泉斯远诸兄偕来留饮因咏林逋诗约同赋》《次韵昌甫斯远落花行》《斯远云闲睡醉天下之至乐也约各赋一首寄昌甫》等诗，三人经常会面唱和，俨然一个小型的酬唱圈。

建康周端臣，字彦良，号葵窗，光宗绍熙三年（1192）寓居临安，与释斯植、陈起有交游。陈起有《真静馈新茶、菰干、黄独、乳酪，约葵窗、适安共享，适安不赴，葵窗诗来道谢，次韵答之，兼呈真静、适安》一诗，从诗题看，周端臣与胡仲弓也有交游，据陈起另一首《与适安夜饮忆葵窗》，三人或经常在一起聚会。

### 一、姜夔的酬唱交游活动

姜夔（1155?—1221?），字尧章，自号白石道人，鄱阳人。姜夔诗词均自成一派，颇有时名，有《白石道人诗集》《白石道人歌曲》等传于世，是一位典型的江湖游士。

## （一）诗友眼中的姜夔其人与其诗

姜夔诗词得到诸多诗人的喜爱。《齐东野语》记载曰：

> 内翰梁公于某为乡曲，爱其诗似唐人，谓长短句妙天下。枢使郑公爱其文，使坐上为之，因击节称赏。参政范公以为翰墨人品，皆似晋、宋之雅士。待制杨公以为于文无所不工，甚似陆天随，于是为忘年友。复州萧公，世所谓千岩先生者也，以为四十年作诗，始得此友。待制朱公既爱其文，又爱其深于礼乐。丞相京公不独称其礼乐之书，又爱其骈俪之文。丞相谢公爱其乐书，使次子来谒焉。稼轩辛公深服其长短句。如二卿孙公从之、胡氏应期、江陵杨公、南州张公、金陵吴公及吴德夫、项平甫、徐子渊、曾幼度、商翚仲、王晦叔、易彦章之徒，皆当世俊士，不可悉数，或爱其人，或爱其诗，或爱其文，或爱其字，或折节交之。若东州之士，则楼公大防、叶公正则，则尤所赏激者。①

姜夔以布衣之身得到诸公如此多的赞誉，主要得益于诗文词的巨大成就。诸公眼中，诗文大家若范成大对姜夔人品大力称赞，以为似晋宋人物，杨万里爱其文章成就和晚唐诗人陆龟蒙相似，萧德藻因诗赏识姜夔，并以兄子妻之，成为莫逆之交。而朱熹爱其文和深于礼乐。丞相京镗和谢深甫都称赞姜夔之乐书，辛弃疾爱其词，其余诸公或爱其人、诗、文、词、字、乐等。姜夔文艺才能十分出众，气质形貌瘦弱，看似若不胜衣，故陈郁《藏一话腴》也有相似评价："白石道人姜尧章气貌若不胜衣，而笔力足以扛百斛之鼎，家无立锥，而一饭未尝无食客。图史翰墨之藏，充栋汗牛，襟期洒落，如晋宋间人，意到语工，不期于高远而自高远。"② 姜夔虽为布衣，晚年在余杭等地依名公为生，专心于艺术，看似和政治隔绝，但姜夔依然有用世之心，庆元三年（1197），姜夔上《大乐议》《琴瑟考古图》，希望能够得到朝廷重视与提拔，两年后又上疏，终究未被破格提拔。此时，姜夔已经40余岁，若说早年的流落江湖是无可奈何之举，那么在和诸公有所交流并受到称赏之际，中年奋力上疏则有求取功名的意味。

---

① 周密：《齐东野语》卷十二《姜尧章自叙》，中华书局1983年版，第211页。
② 陈郁：《藏一话腴》内编卷下，《景印文渊阁四库全书》本。

以上诸公对姜夔的评价很高，具体来说，主要集中在对姜夔诗词的赞美。如潘柽《书姜夔昔游诗后》："我行半天下，未能到潇湘。君诗如画图，历历记所尝。起我远游兴，其如须毛霜。何以舒此怀，转轸移清商。"韩淲亦作《书姜白石昔游诗后》，叙述看到诗后的心理感受，"君无诧彼我愧此，急还诗卷心徒松"。姜夔曾作《昔游》十五首，诗下曰："夔早岁孤贫，奔走川陆。数年以来，始获宁处。秋日无谓，追述旧游可喜可愕者，吟为五字古句。时欲展阅自省生平，不足以为诗也。"《昔游》记述姜夔奔走川陆之艰辛，诚如潘柽所言"君诗如图画，历历记所尝"，姜夔把经历过的种种危险呈现于诗中，读来令人动容，难怪韩淲急还诗卷心陡松。而杨万里《进退格寄张功父姜尧章》一诗则侧重评价姜夔诗才："尤萧范陆四诗翁，此后谁当第一功。新拜南湖为上将，更差白石作先锋。可怜公等俱痴绝，不见词人到老穷。谢遣管城依已晚，酒泉端欲乞移封。"诗中的南湖指的是张镃，张镃字功甫，又字时可，号约斋居士，南渡后居临安。张镃生活优越，于孝宗淳熙二十年（1185）购园林于南湖之滨，曾先后从杨万里、陆游学诗，与他们多唱和往来。有《南湖集》，已亡佚。在杨万里看来，尤、萧、范、陆四位诗人后惟张、姜二人可称许诗坛，足见杨万里对两人的推重。方回在《读张功父南湖集》曰："乾淳以来，称尤、杨、范、陆。而萧千岩东夫、姜梅山邦杰、张南湖功父、亦相伯仲。南湖……盖所谓得活法于诚斋者。生长于富贵之门，辇毂之下，而诗不尚丽，亦不务工。洪景卢谓功父深目而癯，予谓其诗亦犹其为人也……其诗活法妙处，予未能尽举，当续书之"[①]，对张镃诗称许有加。姜夔和张镃亦有唱和往来，姜夔曾赠之以诗卷（张镃《因过田倅坐间得姜尧章所赠诗卷以七字为报》），一同会饮张达可堂，还有同题赋词的文学交流："丙辰岁，与张功父会饮张达可之堂。闻屋壁间蟋蟀有声，功父约予同赋，以授歌者。功父先成，辞甚美。"（姜夔《齐天乐·蟋蟀》小序）姜夔和张镃因诗文交往，同受诗坛名家杨万里、范成大之推崇，张镃新屋落成，姜夔专门作词祝贺。姜、张二人均与诗坛大家陆游、杨万里有唱和往来，又彼此交好，互相切磋诗艺、词艺，实乃良师益友。

---

① 傅璇琮等编：《全宋诗》第 66 册，北京大学出版社 1998 年版，第 41531 页。

除却政坛诗坛位高权重者，姜夔与江湖派成员如陈造、刘过、敖陶孙、周文璞、葛天民等亦有唱酬，他们互相赏识推崇，唱和诗词，拜访出游，酬唱内容不拘一格，丰富多彩，展现了南宋远离政治的士人的日常生活。

葛天民和姜夔相识较早，在葛天民出家为僧时两人即有交游（姜夔《夏日寄朴翁朴翁时在灵隐》）。葛天民诗《清明日访白石不值》"画船已载先生去，燕子无人自入帘"，恰逢姜夔外出，葛天民只好无功而返。时隔不久，他又去拜访姜夔，《重访白右》曰（右疑为石误）："长安唯白石，与我最相关。每到难逢面，翻思懒下山。欲归愁路远，小住待君还。尽日看幽桂，无人似我闲。"此次拜访葛天民还是未见到姜夔，在姜家小住待好友归来。相见后，好友一同泛舟西湖（葛天民《六月一日同姜白石泛湖》），登山玩乐（《同朴翁登卧龙山》）。

姜夔新建山堂，好友周文璞题咏作《题尧章新成山堂》："早将心事付渔樵，若被幽人苦见招。多种竹将挑笋喫，旋栽松待斫柴烧。壁间古画身都碎，架上枯琴尾半焦。犹有住山穷活计，仙经盈卷一村瓢。"周文璞，字晋仙，号方泉，又号野斋、山楏，与姜夔、葛天民、韩淲等多有唱和。姜夔山堂环境优雅，周围遍植竹松等植物，室内仙经盈卷，再加上半尾焦琴，突出姜夔的文艺气质。

姜夔诗词文俱佳，在世时受到诸公称允，去世后得到诸友怀念。姜夔死后葬在西湖马塍，去世后好友浙江山阴诗人苏泂亲到马塍哭葬。苏泂是典型的江湖诗人，除却短暂为官期，多任幕府职，和在杭州一带定居的姜夔唱和往来，有多首诗寄酬姜夔，如《寄白石姜尧章》《寄尧章》《忆尧章》《梦尧章桂花下》等。姜夔去世时，苏泂作《到马塍哭尧章》四首寄托哀思。苏泂从听闻噩耗写起，记述内心伤悲和亲见好友灵柩之场景："初闻讣告一场悲，写尽心肝在挽词。今日亲来见灵柩，对君妻子但如痴"（其一），写陪葬物品之简少："除却乐书谁殉葬，一琴一砚一兰亭"（其二），写姜夔妻儿之悲切："孺人侍妾相持泣"（其三）、"儿年十七未更事，曷日文章能世家"（其四）。苏泂以诗歌的形式向世人展现姜夔落葬情形，颇有文献价值。

姜夔诗在当时即颇受好评，"白石姜尧章奇声逸响，率多天然，自成一家，不随近体，有《诗说》行于世。数十年来，曾景建、刘改之、张韩伯、翁灵舒、赵紫芝、徐无竞、高菊礀公俱已矣,自余以诗鸣者,皆非能专续白石之灯"①。

姜夔布衣终身的遭际与安于现状的心态,使他和刘过一类的江湖游士明显不同。刘过一生行藏皆为实现政治理想,诗中抒发理想,干谒渴求提携;而姜夔备受权贵赞誉却难见干谒之语,作为寄食公卿的江湖文人,姜夔也创作题为"上某某"的诗作,和传统干谒诗不同的是,姜夔的干谒诗作充满了精准的文艺气息。如《寄上张参政》:"姑苏台下梅花树,应为调羹故早开",《寄上郑郎中》:"名下一生劳梦想,尊前数语倍情亲",《贺张肖翁参政》:"从此与人为雨露,应怜有客卧云岚",等等,如果不看诗题,则很难看出这些都是干谒之作。

姜夔早年奔走川陆,中晚年在江浙间寓居,各地诗友唱和往来,晚年更一心不问世事,专精于艺术,诗歌内容和个人气质上与寻常的江湖游士有明显不同。姜夔因生活原因曾乞食作《书乞米帖后》,曰:"人生不食浪自苦,独不见子桑鼓琴十日雨。"他的这首乞米诗不含穷酸摇尾之态,生活的窘迫并未消磨掉姜夔专心于艺术之心,唱酬诗作为社会交际的一种手段,同时也承载着姜夔对艺术孜孜不断的追求。

## 二、方岳的酬唱交游活动

方岳(1199—1262),字巨山,号秋崖,祁门(今属安徽)人。理宗绍定五年(1232)进士,与包恢、释文珦、吴锡畴、吴龙翰、方蒙仲等有唱和。从方岳仕宦生涯看,他经历过三次罢黜,一次闲居四年,一次闲居七年,最后一次因忤逆丁大权遭弹劾被弃便索性辞官了。自考中进士后的30余年中,方岳至少有十余年时间闲居不仕,从布衣诗人到官员诗人,再至地方乡绅,又入官,其社会身份经历了多次变化,这些无不影响着其诗歌和唱酬对象。方岳现存的1400余首诗歌多以组诗的形式出现,如《山居十六咏》、《道中即事》(13首)、《即事十首》、《梅花十绝》、《山居十首》等,酬唱诗400余首,也多组诗形式,唱酬时往往多首次韵唱和,甚至再三次韵。

受东晋谢灵运《山居赋》影响,大量僧人作山居诗。《山居》诗在

---

① 陈郁:《藏一话腴》外编卷下,《景印文渊阁四部全书》本。

唐代僧人诗中既已出现，在宋代大量创作，和僧人创作之诗总量有700余首，盖与宋代隐逸之风相关，创作者的身份也包括隐士、官员诗人、僧人，多以组诗的形式出现。如北宋初年释延寿作《山居诗》六十九首，程俱作《山居》二十九首分咏不同景色，曹勋作《山居杂诗九十首》等，也有和人诗作者，如杨万里《和罗巨济山居十咏》，以组诗形式次韵友人诗歌。方岳未中进士前在乡居住，入仕途后三十年间有十余年皆赋闲，闲暇之余他创作了不少以《山居》为题的组诗，如《山居十六咏》、《山居十首》、《山居七咏》、《山居》、《次韵山居》（四首）、《次韵宋尚书山居十五咏》等50余首诗作。另有安徽休宁人吴锡畴和方岳《山居》诗作《山居寂寥，与世如隔，是非不到，荣辱两忘，因忆秋崖工部尝教以"我爱山居好"十诗，追次其韵，聊写穷山之趣》十首。吴锡畴（1215—1276），字元范，后改元伦，号兰皋子，休宁（今安徽）人。三十岁弃举子业。

　　方岳《山居》诗有两种类型，一类为吟咏山居景色之诗，如十六咏、七咏等，对不同景物分别吟咏；另一类不针对特定景物，总体吟咏山居之好，如《山居十首》。宋代《山居》题材也以两类为主，前者多以组诗的形式出现，后者既可以是组诗的形式，也可以是单篇诗作，形式上并无一定的限制。

　　方岳《山居十六咏》分咏入山林处、幽谷、便是山、石梯、清樾、雪林、小山、桃李蹊、归来馆、著图书所、草堂、锦巢、寒泓、饭牛庵、秋崖、田园居。《山居七咏》分咏经史阁、省斋、中隐洞、丹桂轩、乳泉、瑞萱堂、湛然亭。从所吟咏景色来看，有些是诗人山中实际生活之所，如十六咏中从第一首入山林处到最后一首田园居，俨然记录了诗人从步入林中，见幽谷青山，沿着石梯一路而来的景色，其中草堂、归来馆、秋崖更是诗人生活居住的场所，方岳筑秋崖（见《赵尉催筑秋崖》诗），秋崖落成后友人题咏，方岳作《次韵秋崖落成》诗。这两组诗分咏不同景物，实为一首首咏物诗。《十六咏》之《秋崖》："凿空为此名，忽已落众口。聊结一间茅，承当作崖叟"，说出方岳筑秋崖事，并在崖下建造茅屋，颇有隐居之逸兴。宋尚书亦作《山居十五咏》，惜其诗不传，方岳次韵，分咏日涉园、虚静堂、息斋、见南山亭、赋梅堂、辉然堂、亦乐堂、醉陶轩、驻履亭、金沙荼蘼径、竹径、清音亭、海棠径、烂柯台、茶岩、见一庵、卧云庵、梅坡、木瓜坞、见溪亭、正己亭、紫阳阁、东斋等十五处亭堂,依方岳诗,宋尚书山居诗为七言绝句,有些可能宋尚书日常生活或经常踏足之地,如日涉园、息斋、海棠径、茶岩等地,方岳十六吟,所咏充满山林野趣,而宋尚书所咏虽也体现出其闲情雅致一面,以亭台轩堂见多,也恰恰说明方岳作十六吟和宋尚书作十五吟时的日常居住涉足场所的差别。

除第一类山居诗外,方岳亦作有吟咏山居乐事之作,如《山居十首》,每句皆以"我爱山居好"为首句,下列十种爱好山居的原因完成一系列十首诗。其一曰:"我爱山居好,林梢一片晴。野烟禽谇语,春水柳闲情。藓石随行枕,藤花醒酒羹。吾诗不堪煮,亦足了吾生。"其三曰:"我爱山居好,闲吟树倚身。田园无事日,天地自由人。野竹穷三迳,山苗草八珍。醉归浑不记,黄犊自知津。"其五曰:"我爱山居好,堆豗忽坐忘。草塘银泼剌,庵户铁琅珰。只道云藏坞,那知市隔墙。人嫌吾寂寞,吾亦笑人忙。"山居生活在方岳眼中是如此充满情趣,山间花、草、树、丘、各种动物等,皆呈现出一派安然之态,方岳在此中感到闲适自由,心满意足,丝毫没有寂寞孤独之感。远离城市的喧嚣和繁华,大多数人感到寂寞,吴锡畴山居时便有如此感受,联想起方岳山居生活,吴锡畴作《山居寂寥,与世如隔,是非不到,荣辱两忘,因忆秋崖工部尝教以"我爱山居好"十诗,追次其韵,聊写穷山之趣》,寂寥、与世隔绝、是非不到、荣辱两忘,山居生活并非想象中那般美好,但在方岳《山居十首》的影响下,吴锡畴追次其韵作十首,皆以"山居好"起篇,叙说山居生活"陶然与世忘"。吴锡畴生年比方岳晚十余年,和方岳相识较早,从山居诗题来看,两人交往颇多,虽为忘年交但以方岳教导居多,从用韵到用典以及内涵的扩充,吴锡畴都深受方岳《山居十首》的影响,可以说,方、吴二人的唱和是一次诗艺的切磋和提升。

方岳擅作组诗,除山居诗唱和外,方岳和方蒙仲之间关于亭、室的唱和,即《高人亭》《采芹亭》《此君室》的唱和组诗。从现存诗歌看,两人唱和情况当为方蒙仲作诗,方岳次韵唱和。方蒙仲有《此君室》五言古体二十首,《采芹亭》七言绝句十九首(疑缺一首),《高人亭》亡佚,方岳有《此君室》五言古体十首,《次韵方教采芹亭》七言绝句十首,《次韵方蒙仲高人亭》五言古体十首。方蒙仲组诗可能均作二十首,方岳次韵均作十首。从诗意看，方蒙仲《此君室》组诗以竹为吟咏对象，意在表达士人为人处世之品德，"此君室"之名源自东晋王徽之"何可一日无此君"，方岳《此君室》组诗未曰次韵，但亦沿用方蒙仲诗意和诗韵，如"人兮吾与游，竹兮吾与俱。世浊此独清，室小自有余"与"匪书谁与稽，匪竹谁与居。以书造竹所，俯仰千载余"两诗皆用六鱼韵，皆很自然过渡到竹上，以组诗形式来表达竹之品格，加上方岳次韵方蒙仲《高人亭》《采芹亭》二组诗，推测《此君室》组诗应为次韵。

方岳曾与三四弟同属一诗社，诗社其他成员不详，参见方岳《以越笺与三四弟有诗次韵》诗曰："社友书来频寄语，山翁鬓已不禁秋"，他和三四弟亦常有书信往来和诗歌唱酬，如《次韵三四弟》《和三四弟韵》。

方岳唱酬诗数量较多，唱酬之作也已经逐渐成为其日常生活的一种常态，唱酬诗不仅是他与诗友交流情感的工具，也是其日常生活的一种折射，像上文所举他与方蒙仲之间的唱和，名为唱和，实则是诗人人格和日常生活居住环境的诗意书写。

## 第三节　淮南东路酬唱交游活动

淮南东路有2人，为扬州张蕴、高邮军陈造。张蕴字仁溥，尝入仕为官，与吴泳交游。陈造早年任各地当官职，中年以后放浪江湖。

陈造，字唐卿，高邮人。孝宗淳熙二年（1175）进士，历任地方官职，自以转辗州县幕僚，后放浪江湖，自号江湖长翁。有《江湖长翁文集》40卷，已佚。陈造是江湖诗派早期诗人，与永嘉四灵同时，现存诗2000余首，唱酬诗1000余首，约占其诗歌总数的一半。陈造早年沉浮官场，所作皆州县幕僚，难以伸展志向抱负，遂自放于江湖，故其唱酬诗涉及的对象有朝廷官员，又有江湖士人。陈造诗才兴盛，无论是独吟之作还是唱酬诗歌，往往连作多首，如《苦旱六首》、《近榆亭》（七首）、《次韵徐秀才十首》、《再用才子富文华校雠天禄阁韵赠周教授》（十首）、《谢程帅袁制使》（十首）等，皆显示出其诗思敏捷的一面，也和陈造把唱酬当作社会交际的手段相关。对陈造来说，与人游乐作诗记游、招饮招饭记宴饮、借房记友人之助，诸种生活琐事皆在其诗中，诗歌不仅是抒怀的工具，更重要的是日常生活的记录。

早年仕宦生涯使陈造对百姓疾苦有着深切的关注,《苦旱六首》饱含对遭受旱灾百姓的同情:"频年忍流移,犹幸稊稗熟。稊稗亦已无,何以填饥腹。时方迫冻馁,势恐菅荣辱。傥无意外忧,根蘖犹可劚"(其六)。冬日降瑞雪,陈造作"了知麦秋更好在,老农指此丰年媒"(《喜雪六首》其一),道出对来年农作物大丰收的期望。《田家叹》一诗则更直接以农夫口吻写出田家最为关心的天气问题:"秧欲雨,麦欲晴。补创割肉望两熟,家家昂首心征营。一月晴,半月阴。宜晴宜雨不俱得,望岁未免劳此心",把田家盼望风调雨顺的心情刻画得极其传神。当然他在诗作中也描写了百姓丰收的喜悦,如《田家谣》。若说陈造对百姓民生的关注源于他官僚士人的身份,那么他对陶渊明的崇拜则源于士大夫内心深处的隐逸情结。经过苏轼的大力推崇,陶渊明逐渐成为两宋士人学习和效仿的对象,陈造早年沉沦下僚,厌倦官场后的放浪江湖的经历虽不似陶渊明,但也相差不远。陈造和陶渊明诗作有《和陶渊明二十首》《和陶渊明归田园居六诗》等。他对陶渊明其人其诗都充满崇敬之情,不但盛赞陶渊明气度杰出,还对陶渊明诗作大力称赞:"渊明英杰气,不减运甓翁。漫仕径拂衣,高枕北窗风。平生经世意,萧然诗卷中。……把菊得沉醉,直气饮长虹。区区记隐德,史笔殊未公。"(《题五柳先生诗编年后二首》)陶渊明作《劝农诗》,陈造亦作多首与劝农相关诗作,如《次程帅劝农和陶诗韵》、《次韵张守劝农》(二首)、《劝农书净居壁》、《偕章宰劝农房山》、《次韵张守劝农二首》、《净居劝农三首》、《同沈守劝农十首》,无论次陶韵还是次同僚韵,陈造对劝农题材的关注和其早年仕宦身份相符合,由此可知,陈造的官员身份对他的影响非常大。

陈造交际丰富,与范成大、潘柽、姜夔等诗坛名流皆相交,彼此常有唱和。陈造和范成大的交往不同于姜夔,陈造比姜夔年长,和范成大年纪相若,又同为朝廷官员,他和范成大的交往更多的是诗友间的交流,不似范成大对姜夔的褒扬,但因范成大诗名和朝廷之地位,陈造对范成大也怀着深深的崇敬之意。他在范成大寿辰时曾作贺语《石湖生日致语口号》,既符合生日祝福的气氛,又可增进二人的关系。陈造对范成大是由衷地钦佩,在《石湖两帖还李推官》中,陈造把范成大的形象塑造得更为博学高大,俨然是一位谪居人间的神仙:"石湖老子家蓬丘,一笑俯作人间游。

风度人品第一流，结字亦复无朋俦。"

陈造唱和诗以次韵为主，往往作多首，显示出其遣词造句、用韵的深厚功底，唱和不仅是诗才的展现，也是社交活动的展现，唱和诗即是其日常生活的折射。官场同僚招饮，陈造感激之余赋诗记录招饮事，如《到房交代招饮四首》《再次韵四首》《再次交代韵四首》《再次韵四首》《复次韵四首》等，唱和之作竟达24首之多。

陈造以诗名和地位也受到布衣士人的关注和投赠，徐南卿就是其中一位。徐南卿，号竹友，家中遍植竹，建友竹轩，生平经历不详，当为苏、浙一代士人，与陈造、姜夔有酬唱。陈造有20首诗作记录二人交往事，从陈造诗看，徐南卿有段时间和陈造居住得较近，陈造约徐出游（《约徐南卿出游》），拜访其家，为友竹轩题吟，在赞扬徐南卿高洁风格的同时不忘叙述二人友情："萧然相对心莫逆，敢谓徐郎山泽臞。"（《徐南卿友竹轩二首》其一）徐南卿作为东道主有招饭之举，陈造有三首《徐南卿招饭》诗："徐郎陋巷四立壁，乘间亦戒宾友食。慈亲衰鬓不供剪，定卖春衣典书册。念君治具良骚骚，与渠侵早来得得。小楼十客不余地，犹胜陶翁劣容膝。"徐南卿家境贫寒，陈造推测他这次招饭定是典卖了春衣和书册，宴饮小楼也非常窄小。陈造追慕陶渊明，用陶渊明容膝之典衬托宴饮之地狭小，也更能体现出徐南卿这次招饭的不易，招待的食物在南方亦是寻常之物。徐南卿这次招饭做了相当充分的准备，其日常生活中这样的饭食可能还没有，足见江湖士人境遇之凄凉。

此外，江湖派还有些诗人属于荆湖南路、荆湖北路等地，人数较少，没有形成明显的地域分布特征，如荆湖南路乐雷发、刘翰等，也有几位诗人的籍贯为北方，金朝攻陷时辗转来到南方，散布在江浙一带，融入当地士人圈，如张弋、周文璞、周弼。还有一些诗人生平经历不甚详，存诗数量很少，难以考证，如来梓、李时可、李自中、郭从范等。以上诸人中，荆湖南路乐雷发较有诗名。

乐雷发，字声远，累举不第，理宗宝祐元年（1253）赐特科第一，短暂为官后退居家乡，自号雪矶先生。诗歌数量过百首，其中酬唱诗60余首，与曾极、戴复古、姚镛、许玠、沈庄可等有交游。曾极被贬而死，乐雷发作《濂溪书院吊曾景建》对好友之死深感悲伤。乐雷发与也戴复古有交游，有诗《寄戴石屏》曰："曾到元郎吟处吟，雪蓬烟艇欠相寻。凤鸣道国空诗句,雁到衡峰只信音。拾橡祠边寒听雨,纫兰院里夜分衾。蹇驴倘遂黄花约,鸦觜敲烟共掘参。"戴复古漫游江湖,乐雷发居荆湖南路,二人通过诗书互通音信,并约定好聚会之期。

# 第五章　江湖诗派的酬唱联谊网络

江湖诗派的酬唱关系是在本地域基础上的跨地域联络。诗人在与本地域内诗人保持酬唱关系的同时，又通过漫游结识不同地域的诗人，最终在南宋东南、中南部形成一个庞大的酬唱联谊网络。

## 第一节　游走促进多地域间酬唱

江湖诗派游走分为宦游、干谒与漫游，江湖诗派成员的游走并非漫无目的，而是与政治经济有着密切的联系。基于政治的考虑，为了能有仕进机会，诗人往往会选择边界或都城；基于经济的考虑，为了生活的需要，他们会选择经济繁荣的城市。漫游不仅为诗人提供了政治、经济的保证，还为跨地域的酬唱提供了可能。诗人在游走的过程中不可避免地要与亲朋酬唱交游，同时在游走途中又会结识新的友人，特别是同地之游与多地游走。

### 一、同地之游：京口与临安

同地之游，意为此地为大多数江湖诗派成员游走的目的地。通过对诸多游走之地的考察，江湖派诗人的同地之游有两个：一为极具有军事政治色彩的地点京口多景楼，一为政治经济文化的中心都城临安。

#### （一）京口多景楼

唐代是士人游边最为兴盛的时期，诗人之多、创作诗歌之盛都为后世所不及，唐时游边是至西北边塞，北宋时期也有士人游边，游边依然是至西北边界，但无论是士人数量还是诗歌质量皆不能与有唐一代相提并论。

南宋时期随着宋金疆域的改变，诗人游边现象逐渐多了起来。宋金以淮河为界，江淮一带遂成了南宋的北方边境，大多数诗人难以亲至战事前线，于是地处江淮地域的镇江便成了士人漫游的目的地。镇江属两浙西路，北临长江，自古就是重要的军事要塞，又是著名的风景胜地，有北固山、金山、焦山临长江而立。如此敏感的地理位置，如此丰厚的历史人文气息吸引着诸多诗人来此，江湖诗派成员漫游江淮一带时也多会至此。

多景楼是镇江名楼，在北固山上。乾隆年间《镇江府志》卷二十对北固山多景楼有如下记载："临江亭，唐建在山上，多景楼其址也。李德裕尝题诗于壁。"[1] 因李德裕《晚下北固山喜径松成阴怅然怀古偶题临江亭》"多景悬窗牖"一句，故楼名多景。

北宋时，诸多文人墨客登临此楼赋诗作文，留下了不少佳作。如曾巩《甘露寺多景楼》："欲收嘉景此楼中，徙倚阑干四望通。云乱水光浮紫翠，天含山气入青红。一川钟呗淮南月，万里帆樯海外风。老去衣衿尘土在，祇将心目羡冥鸿。"诗人登楼远眺，好风景尽收眼底，中间二联对仗工整，颇有动感和气势。曾巩这首多景楼以写景为主兼而抒情，吸引后来者不断登临题咏。北宋文学家、书法家米芾亦曾登临此楼，并赋诗两首《秋暑憩多景楼》《题多景楼》，更是对"天下江山第一楼"（《题多景楼》）的多景楼赞不绝口。此外裴煜的《多景楼》、韦骧的《多景楼》、蔡肇的《登多景楼》等诗，皆赞美多景楼风景之胜，如"登临每忆卫公诗，多景唯于此处宜"（裴煜），"尽道人间占胜游，天将多景遗斯楼"（韦骧），偶有人生感慨，但非主流。北宋时期，镇江尚属内陆，诗人登临除观赏美景外，所抒发情感也属于个人感慨，不与国家民族相关。

到了南宋，随着金国铁骑的南下，北方大好河山落入了金人之手，镇江距离两国边界非常近，加上北固山北临浩荡长江，中间无高山阻隔，一眼可望断神州，所以诗人便赋予了多景楼更深沉的内涵和民族情感。和北宋诗人登楼描绘景色不同，南宋诗人登楼往往有江山疮痍之感；和北宋诗人壮阔的气势相比，南宋诗人多含悲怆之叹。

两宋时期共有 49 位诗人登上此楼，其中北宋诗人 10 位，诗 10 首；

---

[1] 高龙光修，朱霖纂：《乾隆镇江府志》卷十八，清乾隆十五年增刻本。

南宋的诗人 39 位，诗 47 首①。江湖派成员和诗作均占南宋登楼诗人、诗作的三分之一，江湖派多景楼题咏不仅昭示着江湖派诗人对国家大事的关心，也为后人描摹出诗派成员漫游的聚集足迹。

历来研究者提起江湖诗派，往往认为他们对国计民生关注较少，没有深刻的民族感情，诗歌从内容上说就逊色不少，更不用说其他弱点了。其实江湖诗派对国计民生的关注不仅体现在刘克庄、刘过、戴复古等有限的几位诗人身上，多景楼吟咏亦是佐证。江湖诗派成员中有十余位诗人都曾登楼作诗，如刘过《多景楼醉歌》《题润州多景楼》《题京口多景楼》、赵师秀《多景楼晚望》、高翥《多景楼》、赵汝鐩《多景楼》、薛师石《多景楼》、吴惟信《多景楼》、王琮《题多景楼》、叶茵《多景楼》、方岳《宿多景楼奉简吴总侍》《次韵吴殿撰多景楼见寄》、张蕴《多景楼》、柴望《多景楼》、王同祖《京口》（诗有"闲上南徐多景楼"句故列入）等。

登楼的 12 位诗人来自不同地域，两浙地域有 8 人，赵师秀、薛师石、高翥、王琮、柴望、吴惟信、王同祖等。赵师秀有宦游经历，王同祖曾任建康地官职，两人的登临和仕宦有极大联系，高翥、吴惟信、薛师石以诗游于江湖，此三人登临似有游览当地风景名胜之意。赵汝鐩曾任镇江地方官职，登临较便利。刘过一生渴望收复失地，与主战派中坚辛弃疾、陆游等交好，他一生漫游多地，多次至宋金边界，曾干谒京口官员（《谒京口张守》），镇江重要的地理位置和深厚的历史背景无不吸引着刘过至此。方岳曾在淮东安抚司干官，所处之地时受战事影响，因代淮帅赵葵书稿责史嵩之被罢官，闲居四年，两首多景楼之作皆为和作，可知时人对战事之关注。叶茵出仕十年不调，张蕴曾为沿江制置使属官，多年的仕宦生涯令他们对宋金战事关注颇多。

不难看出，登临多景楼之人主要身份为两种，官员诗人或江湖游士。这两类占据江湖派诗人绝大多数，前者对多景楼的关注受诗人社会身份的影响，如方岳、赵汝鐩、叶茵等；后者参与多景楼吟咏固然与儒家传统道德有关，但主要还是受诗人漫游行踪的影响。无论何种原因，两类诗人的登临之举皆表达了江湖诗派的忧国忧民之怀。"事实上，江湖诗人对社

---

① 参见陶广学：《一座多景楼，几许登临意——由地域视角论宋人题咏多景楼诗》，《山西师大学报（社会科学版）》2011 年第 4 期，第 63 页。

会现实并不缺少关注。"[①]做这一判断后，张宏生统计江湖诗派具有政治内涵的诗作有 180 首以上（在《南宋六十家小集》5340 首诗作中），主要为忧国渴望恢复和忧民关心民生。可以说，虽然南宋中后期有大量江湖诗人，但他们对政治的关注并不因身份的低下而泯灭，相反，一旦有机会，还是能够创作出许多感人肺腑的现实主义诗歌。

本书第一章提到江湖诗派成员的社会身份分类，官员诗人占诗派总人数的三分之二强，这批诗人无论后来或仕或隐，都深受儒家传统思想影响，一方面所受的教育和所在职位时刻提醒他们要有所建树，另一方面现实环境的无奈也不得不令人正视。时代和地域的变动不仅消磨了士人的进取热情，同时又点燃了他们积淀于内心的家国情怀。登楼的 12 位诗人中，有 9 位曾入朝为官，多景楼以其独特的地理位置吸引了诸多诗人，登楼作诗正是他们关注家国命运的一种表达。江湖诗派也另有部分江湖诗人，虽流落江湖究其本质仍属士人阶层，漫游足迹遍布整个南宋疆域，和唐代诗人游边相对，江湖诗人的漫游之路也到达了宋金边界，寻找机会求取钱财或步入仕途，镇江便也成为江湖诗派诗人踏足之地。年年岁岁景相似，南北宋时期多景楼景色在士人眼中并无差异，"金山焦山相对起，挹尽东流大江水。一楼坐断水中央，收拾淮南数千里"（刘过《题润州多景楼》），依然是那么浩瀚壮阔，但是士人情感发生实质性的变化。北宋时，士人登临也说愁，总体思想是面对浩荡长江、秀丽河山升起的渺小感，联想起建功立业之宏远，油然升起逝者如斯夫之感慨，南宋时期士人所愁诸人从以上诸种转而为黍离之叹。"残风忽送吹营角，声引边愁不可听"（赵师秀《多景楼晚望》），"秋满阑干晚共凭，残烟衰草最关情"（王琮《题多景楼》），"北望中原惨莫烟，楼头风物故依然"（叶茵《多景楼》），情绪不同，诗作中所选用意象也相应地发生变化，"残风""残烟""衰草"等一些衰败的意象出现在诗歌中，同时"营角""栏杆""神州""中原"等和边疆军旅相关的词语也随之出现，衰败意象的使用和边疆军旅词汇的充实，不但壮大了诗作境界，也在某种程度上矫改了江湖派纤巧的诗歌特征。

（二）都城临安

南宋都城临安是士子与江湖游士的聚集地，西湖、孤山作为临安著名

---

① 张宏生：《江湖诗派研究》，中华书局 1995 年版，第 44 页。

的风景胜地，以清雅的自然环境与浓厚的人文环境吸引着江湖游士的到来。依诗派成员诗作统计，江湖诗派中有30多位诗人游赏过西湖，如陈造、张良臣、刘过、周文璞、高翥、赵汝鐩、沈说、叶绍翁、刘克庄、陈鉴之、刘子澄、张侃、吴惟信、周弼、李涛、赵崇嶓、宋伯仁、叶茵、释绍嵩、释斯植、胡仲弓、胡仲参、林洪、柴望、敖陶孙、姜夔、葛天民、朱南杰、陈起、林洪、王志道、邓林、陈允平等。上述诗人有来自福建路的刘克庄、胡仲弓兄弟、徐集孙，江南西路的刘过、赵崇嶓，淮南西路的陈造等，更多的是两浙东西路诗人。

　　临安是江湖诗派成员漫游途中最为重要的目的地。诗人们至临安往往游览西湖、孤山，有时是独自前往，有时与友人一起，活动不外乎泛舟、登临、访梅、拜祭和靖墓、拜访隐居此地的友人。陈造晚年放浪江湖，到访西湖后留下了许多酬唱之作，如《正月晦步西湖小憩市楼》《清明西湖再次韵》《步西湖次韵徐南卿（九首）》《四月望再游西湖十首》《暮春泛西湖次口号韵呈程待制十首》《同徐吕二子游西湖复次前韵五首》等近40首。如果这些诗创作时间比较集中的话，则陈造在西湖停留了小半年，从正月到暮春诗人多次游览，步行、泛舟皆而有之，其中还与徐吕两位友人共游。

　　和酬唱活动密切相关的要数多人同游，陈鉴之与刘叔泰放步湖边，陈起同毛谊夫、喻可中夜泛西湖，与刘子澄会饮西湖，与王志道西湖社日之宴，胡仲参参与西湖会，在游览之后皆有诗作产生。

　　西湖孤山因是林逋隐居之地也吸引着多人造访，除上列人员外，裴万顷、武衍、施枢、徐集孙等人登临孤山，有些诗人还不止一次造访过西湖、孤山，甚至有些诗人移家隐居西湖，如葛天民、孙惟信、林洪、高翥晚年定居西湖，叶绍翁弃官归隐西湖，姜夔也曾在西湖居住停留。西湖、孤山因林逋而名愈显，"梅妻鹤子"的典故两宋文人如数家珍。在士人眼中，林逋不仅是隐居士人的典型代表，同是也代表着一种孤傲清高的人格魅力。到至此地的江湖诗派成员包括官员诗人与江湖游士，甚至有些官员诗人未入仕之前便有漫游的经历。

　　诸多诗人汇集临安，与临安政治经济地位息息相关。临安作为南宋都城是科举士子必来之地，布衣士子求取功名，官员诗人因仕途而来。或进士及第后等待选官，或宦游至此，或入京述职，政治仕宦的诉求让他们不得不来到此处，不过因上述目的至临安的官员诗人还在少数，大部分是弃官、罢官后隐居此处，盖因风景秀丽、文化氛围浓厚之故。与官员诗人相比，江湖游士的情况要复杂得多。林洪移家孤山自称林逋后人，盖因生计计，刘过至临安多是为谋求入仕之路，陈起、葛天民等人居临安，其余诸多游士或因漫游干谒至此。

多景楼与临安西湖均风景胜地，江湖诗派来此不仅能欣赏美景，更为重要的是，同地之游往往会带来诗人间思想的交流与情感的碰撞。在多景楼赋诗的成员中，赵师秀、薛师石、高翥、王琮、柴望、吴惟信、王同祖、叶茵为两浙地域人，赵、薛、高、叶等有唱和往来，赵师秀等与赵汝鐩（江南西路）等有唱和，方岳（江南东路）与刘过（江南西路）有交往。虽然难以确定各位诗人的登楼年月，或是否属同游所作，但同地之游无疑为诗友提供了一个交游的平台。

## 二、多地交游

无论是官员诗人为了仕途的宦游，还是江湖游士为生存的干谒、漫游，绝大部分都属于多地之游。多地，意指诗人在宦游或漫游途中辗转多地，事实上，多地之游才是江湖派诗人最常见的漫游。

官员诗人因官位的不同，往往需要在多地任官，来往奔波也就成为他们仕宦生涯中不可或缺的一部分。

赵师秀是江湖诗派的早期成员，绍熙元年（1190）进士及第后开始宦游与漫游生涯。据其诗集所述地点，赵师秀曾至缙云县、进贤、筠州、信州、安仁、德安、贵溪、严州、镇江、姑苏、临安、弋阳、吴松，而据叶适《送赵紫芝游天台》、翁卷《送赵紫芝为江东从事》、薛师石《送赵紫芝入金陵幕》、葛绍体《送赵紫芝入金陵幕》，张弋《豫章别紫芝》《高邮送紫芝》等诗，赵师秀游走之地还应加上天台、金陵。这些州县属于六个地域：两浙东路（处州、建德府、台州）、两浙西路（镇江府、平江府、临安府）、江南西路（隆兴府、筠州、江州）、江南东路（信州、建康府）、荆湖南路（衡州）、淮南东路（高邮军）。其中有明确记载，赵师秀在江南东路入幕府等职（江东从事、金陵幕），庆元初为上元县尉（建康府），嘉定初入江西安抚司幕，后为筠州推官，由此判断赵师秀游走于江南东路、江南西路是因仕宦之故。赵师秀为两浙东路人，晚年居钱塘，游走两地除仕途外，极有可能与当地诗友有关。而在赵师秀宦游途中，他与江湖诗派多位诗友保持了酬唱来往，离开家乡永嘉宦游时，好友翁卷、薛师石、葛绍体相送，而至两浙西路入幕后与浙西诗友陈起、孙惟信、葛天民唱和往来；荆湖南路时与江湖派诗人张弋相逢，并赠诗交流；在江南西路又遇张弋（张弋作《豫章别紫芝》），在淮南东路高邮军，二位友人又相聚，张弋为赵师秀送别（《高邮送紫芝》）。多地宦游并没有隔断赵师秀与诗友们的联系，相反，多地游走为赵师秀与更多地域诗人的交游提供了可能，他与诗友的酬唱交流活动有些就在游走途中完成。

而福建路刘克庄也是位典型的宦游人，他在诗中无限感慨，说："二十宦游今七十，于身何损复何加。"（《丙辰元日》）依据《刘克庄年谱》考察他青中年时期的宦游经历①，嘉泰三年（1203）十七岁的刘克庄随父刘弥正至临川（江南西路），开始了在外游走的生涯，开禧元年（1205）至临安补国子监生（两浙西路），直至嘉定二年（1209）年以门荫补将侍郎时一直在临安。嘉定三年（1210），刘克庄任靖安主簿（江南西路），在任职期间结识裘万顷、曾极等人。嘉定六年（1213），刘克庄因父丧回到故乡。嘉定八年为怀安尉（福建路），其后改仪真郡掾（淮南东路），后入金陵幕，与"上饶二泉"等人结识，嘉定十二年（1219）才再次回到故乡，在乡里居一年有余，又于嘉定十四年（1221）受到广西经略安抚使司胡槻的入幕邀请，途经江西、湖南入桂，在桂半年有余便回到家乡莆田。此后辗转各地为官，期间受"江湖诗祸"影响在乡里居多年。在宦游、漫游中，刘克庄结识了诸多友人，在临安期间结识敖陶孙，任靖安主簿时结识裘万顷、曾极，为怀安尉时期结识戴复古，入幕金陵时与赵蕃、韩淲交往，回莆田后与方信孺、孙惟信酬唱交游。在广南西路时与胡槻、叶岂潜等有唱和往来。虽然刘克庄改任多地，但他与诗友间的交流并未因此中止，比如他多次在诗文中提及曾极，《舟中寄景建》《得景建书》《怀曾景建二首》等诗作都是二人交游的凭证。

通过对江湖派诗人的游走，可以发现，他们的多地游遍布南宋东南、中南部，两浙东西路、江南东西路、淮南东西路、福建路、广南西路等皆有江湖诗派成员的足迹。

---

① 参见程章灿：《刘克庄年谱》，贵州人民出版社 1993 年版，第 13—80 页。

从地域角度说，江湖诗派成员籍贯多集中在以上地区，在未开始宦游或漫游前，东南、中南部是诗人的居住地，主要的社会关系也在这里，在宦游、漫游途中也会与本地诗友、亲友保持紧密的联系。

从政治上来说，南宋都城临安在东南部，无论是官员诗人还是布衣士人，皆会因仕途来此。淮河边界一带又是宋金战争的主战场，身处时代洪流中的江湖诗派诗人对政治、军事并非毫不关心，同时这些地方也有更多入幕的机会。在经济上，东南部与中南部正是南宋最为繁荣富裕之地，诗人在经济发达的地域有更多的机会干谒，为了生存之需他们也会来此。

多地游走虽然会对本地域诗人酬唱关系产生不利影响，但在游走中可以让诗人结识更多的酬唱对象，而且把多个地域的诗人联系起来，诗人间彼此联系为跨地域酬唱提供了可能。

## 第二节 错综复杂的唱酬交游网

江湖诗派成员中，官员诗人与游士诗人占据了绝大多数，正是他们的游走为跨地域的酬唱交游提供了可能，特别是汇聚众多江湖游士的两浙东西路、福建路、江南西路等地。在上述区域内，每一地均有江湖诗派的主要成员，如两浙东路的永嘉四灵与戴复古，两浙西路的陈起、姜夔等，福建路的敖陶孙、刘克庄、胡仲弓，江南西路的刘过、黄文雷、曾极等，通过主要成员的游走与酬唱串联起多地域诗人，同时每一地域的诗人又都与本地域内诗派成员保持着交游联系，这样在诗派成员聚集的东南部就形成了错综复杂的酬唱交游网。

福建路与两浙东西路的联络主要诗人有：敖陶孙、刘克庄、胡仲弓、戴复古。

敖陶孙是福州清源人，省试下第后，居浙西平江府昆山，庆元五年（1199）进士及第步入仕途。敖陶孙与福建地域内诗友刘克庄、陈鉴之等有诗文交往，同时又与浙西江湖派诗友陈起、周文璞、姜夔等有酬唱往来。他有题为《凄其岁晚不胜乡国坟墓之情再得四篇赠宗之毋以示他人也》诗四首赠陈起，其四曰："昔我宦南海，宾友日击鲜……愿为墓户家，毋为地行仙。"宦游生涯的辗转不定令其发出"愿为墓户家"的悲慨之语。而陈鉴之《古诗四首奉寄陈宗之兼简敖臞翁》亦表明他们三人的酬唱关系。

刘克庄大部分时间生活在家乡莆田，与本地诗友如敖陶孙、胡仲弓、林希逸、林尚仁等保持着亲密的联系，同时多重的社会身份又令他有机会接触更多地域的诗人，进而同外地诗人保持着唱酬联络。"同时社友如赵紫芝、仲白、翁灵舒、孙季蕃、高九万，皆与式之化为飞仙。"① 刘克庄所提诸人均有漫游或宦游经历，除赵庚夫（仲白）外，其余四人皆为两浙东西路人，刘克庄称之为社友，他们当在同社之中，那么极有可能是在刘克庄嘉定年间宦游临安时所结的文社。刘克庄在临安还结识了江湖诗集的编纂者陈起，与之交往数十年，多年后刘克庄因江湖诗祸遭受弹劾，陈起、胡仲弓为之送行（《辛亥去国，陈宗之、胡希圣送行，避谤不敢见，希圣赠二诗亦不敢答，乙卯追和其韵》）。此外，刘克庄还与两浙东西路的戴复古、薛嵎等人有酬唱关系。

胡仲弓与其弟仲参曾至临安，与陈起、武衍、周端臣结识，四人经常会面、聚饮，在胡仲弓离开临安后还与三人保持着诗歌交流。

若说刘克庄、胡仲弓至临安连接了福建路与两浙东西路的酬唱交游的话，那么戴复古则恰恰相反。戴复古曾漫游至福建路，也正是在那里，他结识了刘克庄、严粲、胡仲弓等人，他与刘克庄曾三次会面，每次均有诗相赠，刘克庄曰："余为仪真郡掾，始识戴石屏式之。后佐金陵阃幕，再见之。及归田里，式之来入闽，又见之，皆辱赠诗。"② 其实赠诗并非仅发生在会面之时，多数时候赠诗活动发生在游走的途中。胡仲弓有诗《泛湖晚归式之有诗见寄因次其韵》："晚趁归舟醉复醒，一湖烟水淡冥冥。自怜吟鬓新添白，强学游人去踏青。足迹未经龙井寺，梦魂常绕冷泉亭。何时携手同登览，花满乌纱酒满瓶。"胡仲弓是福建路人，他泛舟晚归收到戴复古所寄之诗，从"龙井寺""冷泉亭"来看，胡仲弓当时在临安，龙井寺与冷泉亭尚未游览，故末联有同登览之语。

多地交游并未中断诗人与其他地域的联系，相反还促使诗人在漫游中结识更多诗友，进而扩大个人的酬唱交游群体，特别是江湖游士的典型代表戴复古。戴复古一生漫游江湖、辗转多地，他的游踪遍及南宋东南、中

---

① 刘克庄著，辛更儒笺校：《刘克庄集笺校》卷一〇九《跋二戴诗卷》，中华书局 2011 年版，第 4525 页。
② 刘克庄著，辛更儒笺校：《刘克庄集笺校》卷一〇九《跋二戴诗卷》，中华书局 2011 年版，第 4525 页。

南地域。他在两浙西路结识武衍、周弼、张榘、高翥等人：戴复古尝至周弼处拜访（周弼《戴式之垂访村居》，在吴门与高翥等诗人参加翁际可宴席，并现场赋诗（《诸诗人会于吴门翁际可通判席上，高菊磵有诗，仆有"客星聚吴会，诗派落松江"之句，方子万使君喜之，遂足成篇》）。戴复古离开浙西时，张榘作诗相送（《送戴式之自越游江西》）。在江南西路，戴复古结识当地诗友曾原一、黄文雷、邹登龙、裘万顷、宋自逊、曾极等人，与诸人保持着长久的诗歌交流：戴复古亲自拜访邹登龙，并赠送《石屏小集》，与曾原一等人在钟陵组建江湖吟社，举行群体性的出游活动，曾原一诗《同戴石屏十人重游分韵得凿字即席赋》则表明诗友间的活动不止一次。与诸友分别，戴复古作《既别诸故旧，独黄希声往曲江禀议未回，不及语离》诗，表达与黄文雷等人的依依不舍之情。别后，还与江南西路诗友保持着诗书往来，宋自逊有诗《赠戴石屏》："又是六年别，浑无一字书。性宽难得老，交久只如初"，分别六年虽无一字消息，但是二位友人并未中断对彼此的挂念。而江西诗友前来拜访戴复古时，他殷勤相送（《送吴伯成归建昌二首》）。戴复古在刘克庄为官仪真时相识，此后辗转多地，依然保持着诗书联系，及至戴复古漫游至福建路，又结识了胡仲弓、严粲、严羽等人。离开福建时，戴复古作《别邵武诸故人》一诗，严羽、严粲二人为邵武军人，严羽诗《送戴式之归天台歌》、严粲诗《送戴式之》可为证。游走并不能隔断戴复古与严氏兄弟的联系，即使分离也依然关注对方消息，严羽尝热切关注戴复古音信（《天末遇周子俊自行在还言石屏消息》），戴复古在严粲任耒阳令时，亦寄诗问候（《寄耒阳令严坦叔》）。漫游江南东路时，戴复古结识方岳，二人次韵唱和，颇为融洽，方岳曾书其诗卷，并约其相会（《再用韵约式之》）。在荆湖南路时，戴复古与乐雷发结识，荆湖北路时，与杜旃同返浙西（《杜仲高自鄂渚下仪真》）。可以说，游走不仅没有阻断戴复古与诗友的酬唱交往，反而促使他结识了更多的诗友，虽然分别给酬唱交游带来一定的困难，但诗人们并没有中断彼此的联系。戴复古通过游走把不同地域联络起来，又通过酬唱交游与各地域诗友保持着联系，在一定程度上构建了一个贯通诸地域的酬唱网络。

陈起为江湖诗集的编辑者，他与不同地域诗人都有密切的联系。陈起与福建路的敖陶孙、刘克庄、胡仲弓、张至龙、朱继芳、黄简、陈鉴之七人保持着持久的诗书联系，与江南西路的危稹、黄文雷、赵与时等四人有交往，同时又与两浙东西路的武衍、徐棐、赵师秀、施枢、王琮、叶茵、叶绍翁、周文璞、赵汝绩、俞桂、释斯植等有交游。历来研究者也非常看重陈起的作用，不仅因他编纂江湖集，更重要的是，在编纂江湖集时与其中的一批诗人酬唱交流，而酬唱关系恰恰是确定江湖诗派成员的重要条件。以陈起为中心，辐射江湖派诗人最为集中的两浙东西路、江南西路、福建路等，同时陈起又与连接多地的诗派成员如刘克庄、胡仲弓、敖陶孙、黄文雷等皆有酬唱，这样就把更多的诗人纳入进来。

整个东南地域是江湖派诗人聚集之地，也是游走最为频繁之地，除却连接地域的主要诗人，每一位诗人不仅与地域内诗人保持着长久的联系，与其他地域的诗友也保持诗书往来，这种情况几乎出现在江湖诗派的每一位成员身上，即便那些存诗较少，生平资料不甚详的诗人也不例外。

福建路建宁府陈鉴之，今存诗 40 余首。对于一位漫游江湖间的诗人来说，诗歌数量确实不多，从《古诗四首奉寄陈宗之兼简敖臞翁》诗中，仅能判断他与两浙西路陈起、本地敖陶孙有酬唱，但事实是怎样的呢？他还与本地曾由基、林希逸，江南西路黄文雷有唱和往来。曾由基、林希逸尝与同地域内陈鉴之论诗（《与陈刚父论诗》），而陈鉴之与外地的黄文雷有交游（黄文雷《次陈刚父见简韵》），他们的联络丰富了福建路与江南西路、福建路与两浙西路的士人酬唱网。

周文璞、周弼父子与李彝同里，居吴兴之地，二人的诗友群以本地诗人为主，如陈起、姜夔、薛师石、高翥、张端义、张侃、戴复古、李彝、释永颐等，同时父子二人也与福建路的诗人有唱和往来，如周文璞与刘克庄、敖陶孙，周弼与朱继芳、徐集孙之间有唱酬活动。另外，周弼与江南西路黄文雷也有诗歌往来。可以说，对于每一位有游走经历的诗人来说，他们的交际圈是广阔的，甚至遍布整个南宋东南、中南部这片广大的区域。

相较于地域内交游的稳固性，跨地域交游形成的诗友圈联谊关系较弱。因为诗人的居住地相对不变，所以地域内的交游往往有着比较稳固的交际圈，而以干谒为目的的漫游并不局限在一地，相反为了获取更多的机会，诗人往往需要游走多地，这种情形下结识的诗友稳固性就没有那么强，游走的交游模式虽然不利于他们保持长久的联谊，有些诗友五六年甚至多年不再会面，只能借助于诗文来获取些微的联络，但是依然可以看到诗人的游走在串联多地域交游时所起的作用。江湖诗派成员的酬唱交游是以地域为基础的跨地域交往，既有本地域诗人稳固的交游群体，又由连接多地域的主要诗人沟通，由一个个小地域的唱和逐渐融合成遍及整个东南、中南地域的酬唱联谊网络。

# 结　语

　　13世纪初，成员众多的江湖诗派登上了历史舞台，直至南宋灭亡，诗派的创作才归于沉寂。对任何一个诗派来说，138位成员都是庞大的群体。这么多诗人集中在两浙东西路、福建路、江南西路等地，在本地域内，诗人互相唱和，彼此交流，组成一个稳固的酬唱圈，本地域外，游走又把不同地域的诗友联系起来，建构了更为广阔的联谊交游网络。

　　江湖诗派最为集中的两浙东西路、福建路、江南西路等地，是诗人间酬唱关系较为频繁之地，浙东的永嘉、浙西的临安、福建的莆田、江南西路等地成为江湖派诗人唱和的中心，并且在上述所列地点皆有江湖派的主要成员，比如浙东的永嘉四灵与薛师石、临安的陈起与葛天民等人，福建路的刘克庄、胡仲弓，江南西路的黄文雷等，在他们周围皆有一批本地诗人与之进行诗文唱和。而在其他地域内，因诗人游走的原因，酬唱虽不甚密切，却通过主要成员的游走与地域外诗人保持了酬唱联系。主要成员的游走连接了多地域诗人，构成以小地域为基础，多地域、跨地域酬唱交游的江湖诗派唱酬网络。时至今日，江湖诗派诗歌的研究已经取得了很大的成果，作为一个成员众多且居住地相对分散的诗歌流派来说，诗人间的彼此酬唱交游对诗派的凝聚联系具有非常重要的作用。

　　以往对江湖诗派的界定，归纳起来往往从时间、人物、作品来考察。时间有限定，人物方面有要求，即诗人的社会身份、诗人的酬唱关系、诗人在诗派内的地位等，作品方面则指诗派成员的诗歌风格、诗歌主张。具体到江湖诗派，时间大致界定在南宋中后期，诗人的社会地位较低且与主要成员有酬唱交游，从作品角度来说，作品入陈起所编诸集，或属于"江湖体"有"江湖味"，但仅有这几点只能大致确定诗派成员，给不了精准的答案。即便加上传统的看法也会出现一些问题。葛天民与孙惟信二位诗人皆居西湖,与江湖诗派成员有酬唱联系,张宏生在《江湖诗派研究》中考察诗派成员时将葛天民归入江湖诗派。[①] 葛天民入江湖诗派是毫无疑义的,他不仅与姜夔、翁卷、赵师秀、薛师石、陈造、叶绍翁、周文璞等人皆有酬唱,其生活时代当在南宋中后期,诗入《江湖小集》《南宋六十家小集》等集。而孙惟信并没有被纳入江湖诗派,在附录《不入江湖诗派之人员考略》中也没提及他。至于孙惟信是否入江湖诗派,则需要从时间、人物、诗歌等方面来考察,详见第二章第二节。

张宏生按照五条标准衡量出郑清之、魏了翁、周密、杜范等32人不当列入诗派,原因为与年代、社会地位以及传统看法不合。为了对江湖诗派成员有较为准确的界定,应该也确实需要把不属于诗派成员的诗人剔出去,在剔出的同时应当把符合标准的一些诗人加进来,比如上文所列孙惟信,从时间、社会地位、酬唱关系等方面考虑,他确实当入江湖诗派,但他的诗集并入江湖集,今存之所以现在对江湖诗派成员尚无确切的定论,主要原因在于"江湖诗派"并不是一个准确的概念。"江湖"一词虽被诗派成员反复使用,胡仲参有题为《夜坐与伯氏苇航对床阅江湖诗偶成一首》的诗,诗中提及"江湖诗"当为陈起出版之集,再如诗友们论陈起"江湖名姓香""江湖少一人",论戴复古"诗翁香价满江湖""气挟江湖老更清",但诗派在南宋时未如江西诗派般被明确提出。其实,在南宋是存在一个江湖诗人群的,其社会身份、生活状况、生存手段等皆与江湖派成员类似,结合诗风与酬唱关系,应该还有更多的诗人可纳入江湖诗派。一个明显的例子就是方岳,诗不入江湖集[②],但依其酬唱关系与诗风等相关因素而将他纳入。所以本书考察江湖诗派诗人的交游活动时,还对诗派外的酬唱对象有所考察,即是希望能对"江湖诗派"这个不甚准确的概念有更多的认识与思考。

事实上,对江湖诗派群体性和地域性的考察是对诗人社会关系的考察,而这恰恰是了解一位诗人所必需的,特别是对江湖诗派中那些社会地位较低、声名不显、生平资料较少的诗人来说,意义更为重大。当然最主

---

① 参见张宏生:《江湖诗派研究》,中华书局1995年版,第311页。
② 参见张宏生:《江湖诗派研究》附录一,中华书局1995年版,第271-294页。

要的目的还是希望能对江湖诗派有更深入的认识,比如,江湖诗派的交游特点,众多的诗人虽然聚集一地是否彼此联系,宦游、漫游的生涯中通过何种手段保持联系,互通音信时诗人最为关注什么,等等。

江湖诗派备受质疑之处在于诗派成员不如其他诗派那样联系紧密,若无陈起编纂江湖诸集这一举动,众多诗人依然散落在各地,难以以群体的姿态在诗坛引起较大反响。不可否认陈起在江湖诗派中所起的作用,他与两浙地域、福建路、江南西路等诗人有交往联系,也曾因江湖诗祸而被流放,与他酬唱联谊的诗派成员有40余人,尚未占总人数的三分之一,那么其他诗人的诗集是如何进入陈起的视野的?与陈起有交往酬唱之人中有江湖隐士许棐、漫游江湖的张弋、文坛大家刘克庄、永嘉四灵、江南西路黄文雷等,他们大多是本地域内的中心诗人,与地域内诗人保持着密切的联系,同时又是联络各地域的重要诗人。那么,是否可以大胆揣测,陈起编纂江湖诸集或多或少会受到交游对象的影响,特别是其中诗名斐然者。以陈起一人之力,似乎很难联络到其他诗人,但地域内中心诗人的酬唱联系却弥补了这一缺憾,通过宦游、漫游,诗派成员如戴复古、曾极、刘克庄、方岳等人与多地域诗友唱和往来,可以说,游走联络了江湖诗派的大多数成员,使得江湖派这批诗人凝聚成在晚宋诗坛具有广泛影响的诗人群体,互有联系,彼此酬唱,形成了一个跨地域的诗歌流派。

本书尝试展现江湖诗派众多成员的酬唱交游关系,试图从社会交际关系的角度来研究江湖诗派成员的群体性和地域性特征,但还有许多不足需要改进,希望在以后的时间里不断思考完善。

# 参考资料

## 一、古籍

《爱日斋丛抄》，叶寘，中华书局 2010 年版。
《八闽通志》（修订本），黄仲昭修纂，福建人民出版社 2006 年版。
《白居易诗集校注》，白居易撰，谢思炜校注，中华书局 2006 年版。
《沧浪诗话》，严羽著、郭绍虞校释，人民文学出版社 1983 年版。
《戴复古诗集》，戴复古撰，金芝山点校，浙江古籍出版社 1992 年版。
《东塾集》，陈澧，光绪十八年菊坡精舍刻本。
《都城纪胜》，灌圃耐得翁，古典文学出版社 1956 年版。
《瓜庐集》，薛师石，《景印文渊阁四库全书》本。
《浩然斋雅谈》，周密撰，孔凡礼点校，中华书局 2010 年版。
《鹤林玉露》，罗大经撰，王瑞来点校，中华书局 1983 年版。
《弘治温州府志》，王瓒、蔡芳编纂，胡珠生校注，上海社会科学院出版社 2006 年版。
《江湖后集》，陈起编，《景印文渊阁四库全书》本。
《江湖小集》，陈起编，《景印文渊阁四库全书》本。
《荆溪林下偶谈》，吴子良，《景印文渊阁四库全书》本。
《历代诗话》，何文焕辑，中华书局 2004 年版。
《历代诗话续编》，丁福保辑，中华书局 2006 年版。
《两宋名贤小集》，陈思编，《景印文渊阁四库全书》本。
《刘克庄集笺校》，刘克庄撰，辛更儒笺校，中华书局 2011 年版。
《梦粱录》，吴自牧，古典文学出版社 1956 年版。
《南宋六十家小集》，陈起编，汲古阁景宋钞本。

《南宋群贤六十家小集》，陈起编，汲古阁景宋钞本。

《齐东野语》，周密，中华书局1983年版。

《乾隆镇江府志》，高龙光修，朱霖等纂，清乾隆十五年增刻本。

《全宋诗》，傅璇琮等编，北京大学出版社1998年版。

《全宋诗辑补》，汤华泉辑撰，黄山书社2016年版。

《诗人玉屑》，魏庆之撰，王仲闻点校，中华书局2007年版。

《书林清话》，叶德辉撰，上海古籍出版社2012年版。

《水心先生文集》，叶适撰，《四部丛刊》本。

《四库全书总目》，永瑢等，中华书局1965年版。

《宋诗纪事》，厉鹗撰，上海古籍出版社1983年版。

《宋诗纪事补遗》，陆心源撰，山西古籍出版社1997年版。

《宋诗精华录》，陈衍编，上海古籍出版社2008年版。

《宋史》，脱脱等，中华书局1983年版。

《宋元学案》，黄宗羲撰，全祖望补修，中华书局1982年版。

《唐僧弘秀集》，李龏辑，《景印文渊阁四库全书》本。

《苕溪渔隐丛话》，胡仔，人民出版社1981年版。

《王右丞集笺注》，王维撰，赵殿成笺注，上海古籍出版社1961年版。

《西湖游览志》，田汝成，《景印文渊阁四库全书》本。

《西山文集》，真德秀撰，《景印文渊阁四库全书》本。

《剡源集》，戴表元，《景印文渊阁四库全书》本。

《姚少监诗集》，姚合撰，上海古籍出版社2013年版。

《叶适集》，叶适撰，刘公纯、王孝鱼、李哲夫点校，中华书局2010年版。

《隐居通议》，刘壎，《丛书集成初编》本。

《瀛奎律髓汇评》，方回选评，李庆甲集评校点，上海古籍出版社1986年版。

《永嘉四灵诗集》，徐照、徐玑、翁卷、赵师秀撰，赵平点校，浙江大学出版社2010年版。

《永嘉四灵与江湖诗派选集》，牛鸿恩编，首都师范大学出版社1993年版。

《游宦纪闻》，张世南撰，张茂鹏点校，中华书局1981年版。

## 二、著作

《第六届宋代文学国际研讨会论文集》，周裕锴编纂，巴蜀书社 2011 年版。

《管锥编》，钱锺书，生活·读书·新知三联书店 2007 年版。

《江湖——南宋"体制外"平民诗人研究》，陈书良，中国国际广播出版社 2013 年版。

《江湖诗派研究》，张宏生，中华书局 1995 年版。

《江西诗派研究》，莫砺锋，齐鲁书社 1986 年版。

《江西宗派研究》，伍晓蔓，巴蜀书社 2005 年版。

《姜夔与南宋文化》，赵晓岚，学苑出版社 2001 年版。

《两宋文学史》，程千帆、吴新雷，上海古籍出版社 1991 年版。

《刘克庄的文学世界：晚宋文学生态的一种考察》，侯体健，复旦大学出版社 2013 年版。

《刘克庄年谱》，程章灿，贵州人民出版社 1993 年版。

《刘克庄诗歌研究》，景红录，上海古籍出版社 2007 年版。

《刘克庄与南宋后期文学研究》，王述尧，东方出版中心 2008 年版。

《庙堂与江湖——宋代诗学的空间》，内山精也著，朱刚、张淘等译，复旦大学出版社 2017 年版。

《南宋江湖派研究》，张瑞君，中国文联出版社 1999 年版。

《南宋江湖诗派与儒商思潮》，陈书良，甘肃文化出版社 2004 年版。

《南宋理宗朝诗坛研究》，戴路，复旦大学出版社 2020 年版。

《南宋诗选与宋代诗学考论》，卞东波，中华书局 2009 年版。

《南宋文人与党争》，沈松勤，人民出版社 2005 年版。

《南宋文学史》，王水照、熊海英，人民出版社 2009 年版。

《钱锺书手稿集·容安馆札记》，钱锺书，商务印书馆 2003 年版。

《诗国高潮与盛唐文化》，葛晓音，北京大学出版社 1998 年版。

《士人身份与南宋诗文研究》，侯体健，复旦大学出版社 2019 年版。

《宋代官制辞典》，龚延明，中华书局 1997 年版。

《宋代家族与文学研究》，张剑、吕肖奂、周扬波，中国社会科学出版社 2009 年版。

《宋代科举与文学》，祝尚书，中华书局 2008 年版。
《宋代诗歌论集》，吕肖奂，中国社会科学出版社 2017 年版。
《宋代诗学通论》，周裕锴，巴蜀书社 1997 年版。
《宋代士绅结社研究》，周扬波，中华书局 2008 年版。
《宋代文化与文学研究》，张海鸥，中国社会科学出版社 2002 年版。
《宋代文学》，吕思勉，商务印书馆 1964 年版。
《宋代文学思想史》，张毅，中华书局 2006 年版。
《宋代文学通论》，王水照，河南大学出版社 1997 年版。
《宋人传记资料索引》，昌彼得、王德毅、程元敏、侯俊德编，鼎文书局 1974 年版。
《宋诗派别论》，梁崑，商务印书馆 1942 年版。
《宋诗史》，许总，重庆出版社 1992 年版。
《宋诗体派论》，吕肖奂，四川民族出版社 2002 年版。
《宋诗选注》，钱锺书，人民文学出版社 1989 年版。
《宋学与宋代文学观念》，李春青，北京师范大学出版社 2001 年版。
《宋元诗社研究丛稿》，欧阳光，广东高等教育出版社 2011 年版。
《宋元之际士人阶层分化与诗学思想研究》，史伟，人民文学出版社 2013 年版。
《谈艺录》，钱锺书，中华书局 1984 年版。
《唐宋词社会文化学研究》，沈松勤，浙江大学出版社 2007 年版。
《唐宋词与人生》，杨海明，河北人民出版社 2002 年版。
《晚宋诗歌与社会》，勾承益，电子科技大学出版社 2001 年版。
《王水照自选集》，王水照，上海教育出版社 2000 年版。
《永嘉四灵：徐照、徐玑、翁卷、赵师秀传》，吴晶，浙江人民出版社 2008 年版。
《永嘉四灵暨江湖派诗传》，胡俊林，吉林人民出版社 2000 年版。
《永嘉四灵诗派研究》，赵平，浙江大学出版社 2006 年版。
《中国文学发展史》，刘大杰，上海古籍出版社 1997 年版。
《中国文学论丛》，钱穆撰，生活·读书·新知三联书店 2002 年版。
《中国文学史》，游国恩等编，人民文学出版社 1964 年版。
《中国文学史新著》，章培恒、骆玉明主编，复旦大学出版社 2014 年版。

### 三、论文

《"江湖"非"诗派"考论》，史伟、宋文涛，《社会科学家》2008年第8期。

《"江湖诗派"概念的梳理与南宋中后期诗坛图景》，侯体健，《文学遗产》2017年第3期。

《〈江湖集〉、〈江湖前后续集〉的刊行及江湖派的鉴定》，张瑞君，《文献》1990年第1期。

《〈论千家诗选〉与刘克庄及江湖诗派的关系》，钱志熙，《北京大学学报（哲学社会科学版）》2013年第2期。

《〈钱锺书手稿集·容安馆札记〉与南宋诗歌发展观》，王水照，《文学评论》2012年第1期。

《20世纪80年代以来的江湖诗派研究》，叶帮义、胡传志，《阴山学刊》2004年第1期。

《酬唱诗学的三重维度建构》，吕肖奂、张剑，《北京大学学报（哲学社会科学版）》2012年第2期。

《从历代宋诗选本看"江湖诗派"之传播与接受》，王顺贵，《湖南社会科学》2015年第2期。

《戴复古诗词专题研究》，诸葛忆兵，《河南社会科学》2018年第3期。

《关于江湖派的鉴别标准与"江湖诗人名单"》，胡益民，《江淮论坛》1990年第5期。

《江湖派、江湖体及其他》，季品锋，《文学遗产》2006年第4期。

《江湖诗祸与宋季诗人心态、创作趋向研究》，刘婷婷，《杭州师范大学学报（社会科学版）》2010年第4期。

《江湖诗派的姚贾余绪》，白爱平，《苏州大学学报（哲学社会科学版）》2011年第5期。

《介乎士大夫与平民之间的文学形态——南宋中后期游士阶层的诗歌创作》，吕肖奂，《阅江学刊》2014年第2期。

《经济依附与职业独立——南宋江湖诗派个案研究》，耿春红，《河北师范大学学报（哲学社会科学版）》2008年第3期。

《刘克庄研究》，王述尧，复旦大学博士学位论文，2004年。